NITOCRIS, PRINCESSE D'ÉGYPTE

Violaine Vanoyeke est poétesse, romancière et historienne, notamment spécialisée dans l'égyptologie. Elle a écrit près de quatre-vingts ouvrages traduits dans une cinquantaine de pays. Elle est également pianiste virtuose.

Paru dans Le Livre de Poche :

AMÉNOPHIS
1. Le Prince de lumière
2. Le Breuvage d'amertume
3. Vénérable Tiyi

LES HISTOIRES D'AMOUR DES PHARAONS (2 vol.)

LES LOUVES DU CAPITOLE

NÉFERTITI ET AKHENATON
1. La belle est venue
2. L'Horizon d'Aton
3. Le Faucon d'or

LA PHARAONNE
1. La Princesse de Thèbes
2. Le Pschent royal
3. Le Voyage d'éternité

THOUTMOSIS
1. Le Rival d'Hatchepsout
2. L'Ibis indomptable
3. Au royaume du Sublime

TOUTANKHAMON
1. L'Héritier
2. La Fille de Néfertiti
3. Le Pharaon assassiné

VIOLAINE VANOYEKE

Nitocris, princesse d'Égypte

ROMAN

ALBIN MICHEL

ISBN : 978-2-253-12452-8 – 1re publication LGF

À Philippe qui a partagé
mes années de découvertes
et de passion en Égypte.

Aucun homme n'a jamais chanté l'Amour à sa juste valeur jusqu'à ce jour.

PLATON, *Le Banquet*, 177c.

Le Proche-Orient à l'époque des pyramides

I

– Nitocris ne doit jamais rien savoir… Ce secret ne sortira jamais de ce palais ! Ce n'est pas parce qu'elle n'a jamais connu son père qu'elle est malheureuse. Elle a mené jusque-là une vie de princesse. Nous nous en sommes occupés. Qui lui dira un jour que Mérenrê Antiemzaf, le chéri de Rê, protégé par le dieu faucon Anti de Haute-Égypte, ne l'a pas conçue et qu'il n'est pas ton frère ? Qui pourrait bien lui expliquer que tu n'es que mon demi-frère et époux alors qu'elle pense que nous avons tous deux été conçus par le pharaon Pépi Ier et par son épouse Ankhenesmérirê ?

Le pharaon Pépi II écoutait sa demi-sœur, la vénérable Neit, avec beaucoup d'attention car il avait pour la jeune Nitocris, sur laquelle il avait veillé dès son enfance, une grande affection. Il lui répondit :

– Je ne voudrais pas qu'elle souffre en sachant un jour la vérité par d'autres que nous. Elle s'enorgueillit, à juste titre, d'être la fille de Mérenrê Ier qui laisse dans la mémoire des Égyptiens un souvenir impérissable, notamment pour avoir renoué des liens avec la Haute-Égypte. Le jour où il a pris comme nom Antiemzaf en faisant référence à un dieu vénéré par les Égyptiens des nomes de Haute-Égypte, il est devenu dans l'esprit de tous le grand réconciliateur, celui qui voulait la paix et l'équilibre. Le fait qu'il ait régné jeune, et sur une courte durée, ne l'a pas empêché d'être aimé. Pépi Ier s'était remarié trop tard pour avoir un prince héritier plus expérimenté quand il a gagné le pays des bienheureux. Mérenrê a attendu l'âge requis. Aussi n'a-t-il pas dirigé l'Égypte pendant longtemps. Mais il laisse des regrets.

La reine Neit reconnut qu'il aurait pu régner pendant de nombreuses années. Neuf ans pour un adolescent était une période trop courte, d'autant que Pépi II était alors trop jeune pour prendre sa place.

– Je vois souvent Nitocris se rendre avec sa nourrice sur la tombe de celui qu'elle pense être son père. Elle part en char pour Saqqarah, les bras chargés d'offrandes, et se lamente parce que la pyramide de Mérenrê n'a jamais été achevée. Mais comment aurait-elle pu être parfaite alors qu'il a disparu si vite ?

– Nitocris était en larmes lorsqu'elle a appris que des pilleurs de tombes s'y étaient introduits. Les tombes inachevées sont plus visitées que les autres. On y entre facilement.

– Neit, le pillage des pyramides est un véritable fléau ! Je cherche un moyen de l'éviter. Les policiers n'en ont trouvé aucun pour empêcher ces vauriens de pénétrer à l'intérieur de ces sépultures ! À croire qu'ils sont aidés par les dieux néfastes, hostiles aux nôtres !

Nitocris poussa légèrement la porte de l'antichambre qui permettait aux membres de la famille royale de se rencontrer sans passer par les couloirs. Elle entendait mal la voix faible de Neit mais comprenait qu'on parlait d'elle. Elle distingua nettement le mot « secret » et tendit l'oreille.

– Que faisons-nous ? insistait Neit. Dans ce palais de Memphis, de nombreux domestiques, à l'affût du moindre ragot, doivent être au courant des mystères entourant notre famille. L'histoire et les scandales ne sont pas assez anciens pour être oubliés !

– Tous les serviteurs qui étaient employés par le père de Nitocris et par sa grand-mère ont été renvoyés. Ils n'habitent plus ici.

– Qu'en sais-tu ?

Pépi II apprit sans détour à sa demi-sœur qu'ils avaient été tués.

– Le pharaon n'a voulu garder aucune trace de ce triste événement. Il a fait exécuter les coupables et disparaître tous ceux qui auraient pu en parler.

– Ces pauvres Égyptiens étaient inoffensifs...

– Les erreurs des rois doivent être effacées et ne plus jamais ressurgir !

Nitocris ne comprenait rien aux propos du couple royal. Parlait-on réellement d'elle, la fille de Mérenrê ?

– Un jour, dit Neit en se rapprochant de la porte dérobée, Nitocris aura accès aux écrits d'Ouni. Elle apprendra alors tout ce qui s'est passé sous le règne de Pépi Ier.

– Ces écrits auraient dû être détruits depuis longtemps ! Pourquoi ne pas les jeter au feu ?

– Ils sont protégés dans la Maison de Vie.

– Retrouvons ces rouleaux et déchirons-les ! Ouni n'y parle que de la politique de Mérenrê. Il évoque l'exploitation des mines et des carrières du Sinaï en Nubie. Il rappelle son rôle de gouverneur de Haute-

Égypte et les campagnes qu'il a faites avec succès en Asie.

– Pharaon, si tu détruis ces précieux documents qui rendent compte de plusieurs règnes, tu ne pourras détruire tous les graffitis, toutes les inscriptions qu'Ouni a laissés ici ou là, en Nubie, à Assouan, à Hatnoub... Nous ne les connaissons pas tous. Ce sont autant de récits autobiographiques.

La jeune Nitocris se mit à trembler. Elle semblait si fragile dans sa tunique blanche qui épousait son corps frêle. Mais elle avait, en réalité, une volonté de marbre. Elle plaça ses deux bras repliés sur sa poitrine et tourna avec son doigt l'une des bagues qu'elle portait, d'une grosseur étonnante, en or et en turquoise. Ses épaules étaient couvertes et le haut de sa tunique formait un V qui laissait une partie de ses seins menus découverts.

En entendant le couple susurrer, Nitocris décida de s'introduire dans la petite pièce qui jouxtait celle où Neit tentait de convaincre son mari de dire la vérité.

– Mais quelle vérité ? disait Pépi II, un peu surpris par tant d'insistance. Nitocris connaît la seule qu'elle doit savoir ! Son père est officiellement Mérenrê le Protégé du Faucon et sa grand-mère l'inoubliable Ankhenesmérirê dont je suis le fils, comme l'était Mérenrê, et dont tu es la fille. Qui sait qu'Ouni a remporté les batailles d'Asie à la place de son maître ? Les faits importent peu ! Tout le monde se souvient des victoires de Mérenrê. Ouni lui-même a écrit que Sa Majesté avait rassemblé son armée en regroupant des soldats de Haute et de Basse-Égypte recrutés jusqu'au sud d'Assouan et qu'elle avait battu les ennemis habitants du désert. Même si Ouni rappelle qu'il était à la tête de l'armée, que les princes, les trésoriers, les nomarques, les chefs, les amis du roi, les gouverneurs dirigeant les villes, les régions, les nomes avaient commandé aux troupes de Basse et Haute-Égypte en suivant ses plans, Ouni met en avant Mérenrê le tout-puissant sur qui est retombée toute la gloire. Ouni a été comblé en recevant, après ses exploits, le gouvernorat de Haute-Égypte. Les Égyptiens ne lisent pas les écrits d'Ouni mais de leur roi. Ils n'apprennent pas à l'école les exploits des gouverneurs, mais ceux de leurs pharaons. Où est la vérité dans tout cela ? L'histoire de l'Égypte s'en porte-t-elle plus mal ?

Nitocris avait ôté ses sandales. Elle fit quelques pas pieds nus mais, à force de triturer son large gorgerin de perles, de turquoises, de cornaline et de lapis-lazuli, dont les couleurs se mêlaient avec goût, elle le cassa et ne put rattraper toutes les pierres qui l'ornaient.

En tombant sur le sol de mosaïques, représentant des scènes mythologiques et des tableaux de chasse et de pêche, les pierres firent un léger bruit cristallin qui interrompirent la reine Neit. Celle-ci se précipita dans la petite pièce et trouva une princesse réjouie qui affichait un large sourire, dissimulant parfaitement sa surprise et sa stupéfaction.

– Nitocris !

– Grande Épouse, je te cherchais… J'ai cassé ce bijou auquel je tiens puisqu'il s'agit d'un cadeau du roi. Pourrais-tu prévenir l'un des bijoutiers du palais afin qu'il soit réparé pour les prochaines fêtes ?

– Nous ferons le nécessaire, dit la reine en ordonnant aux domestiques de ramasser les pierres.

Nitocris se retira rapidement après avoir embrassé

les genoux du roi. Elle avait besoin de réfléchir aux bribes de conversation qu'elle avait réussi à entendre et qui étaient pour elle une véritable énigme. Elle se demandait si le couple royal faisait allusion à elle ou s'il parlait de quelqu'un d'autre. Mais elle ne connaissait pas d'autres Nitocris au palais.

« À quel secret Neit faisait-elle donc allusion ? » se dit la princesse dès qu'elle fut seule dans sa petite chambre à peine éclairée. « Une histoire de famille, un scandale, un événement malheureux, des domestiques éliminés, renvoyés ou tués... Que signifie tout ceci ? Pourquoi serais-je au centre d'un tel mystère ? Que m'a caché le roi ? Pourquoi n'est-il pas le frère de Neit ? A-t-il inventé ce lien de parenté pour faire croire aux Égyptiens que son épouse était sa sœur comme le peuple le souhaitait ? Mais qui est donc Pépi II ? Qui est mon père ? Qui sont les parents de Pharaon ? Comment vais-je pouvoir le savoir ? Le roi l'a dit : toutes les preuves ont disparu ! Ouni ! La reine Neit a évoqué Ouni, le grand serviteur de Mérenrê, celui que j'ai toujours aimé parce qu'il a secondé et secouru mon père ! Le gouverneur de Haute-Égypte a laissé de précieux écrits, une autobiographie, des inscriptions, des notes rédigées au jour le jour pendant ses campagnes ou ses expéditions... Je devrais retrouver dans ces textes l'histoire de mon père et peut-être celle de ma vie... »

Mais Nitocris avait subitement peur d'en savoir plus.

« Le roi a raison. Il est parfois préférable de ne pas tout connaître et de vivre tranquillement. Pourquoi fouiller le sable et déterrer les chiens ? »

Ne sachant quelle option prendre, elle s'allongea tout habillée sur son lit et se laissa aller à imaginer l'impossible.

« Demain, Rê éclairera ma pensée comme il éblouit le monde. Mon esprit se brouille. Je dois dormir pour y voir plus clair ou pour oublier. Rê m'indiquera peut-être, à l'aube, que j'ai fait un terrible cauchemar et que tout ce que j'ai entendu ce soir n'était que nuées. »

Nitocris finit par s'endormir. Elle rêva à Mérenrê dont l'armée avait toujours vaincu. Elle le voyait partir de Memphis avec panache dans son char doré, le bras levé, le fouet à la main, haranguant ses soldats. Le cartouche à son nom qui ornait sa ceinture en or resplendissait au soleil. Tous les habitants de Memphis, rangés sur le bas-côté des chemins, l'acclamaient, confiants et fiers.

Mérenrê rassurait les Égyptiens et renflouait les caisses de l'État. Après chacune de ses campagnes, le trésorier royal passait des mois à compter tous les objets que Pharaon rapportait d'Asie, donnant les plus beaux aux grands prêtres de Ptah.

Nitocris ne se réveilla pas jusqu'au lendemain. Elle imagina son père en train de détruire les villes ennemies après avoir battu ses adversaires. Il frappait avec courage au premier rang, refusant de se tenir à l'écart ou à l'abri. Mérenrê n'avait pas coutume de s'asseoir sur un trône pour regarder un combat d'une hauteur en donnant ses ordres. Il emmenait ses hommes et lançait sa lance avec habileté.

Pendant qu'elle rêvait, Nitocris s'agita. Son père était menacé mais il sortait toujours d'une bataille sain et sauf. La paix revenue, il prenait le temps de connaître la région où il venait de combattre. Il faisait cueillir des fruits ou des légumes parfois inconnus des Égyptiens. Il mangeait des figues et parcourait les vignobles. Il s'inquiétait des blessés et comptait avec les scribes ses soldats morts avec angoisse, laissant sur le terrain moins de victimes que ses adversaires.

Mérenrê avait l'habitude de ramener à Memphis de nombreux prisonniers qu'il incorporait parfois à son armée. Il récompensait alors tous ceux qui s'étaient montrés courageux.

Quand le soleil se leva et que la pièce s'éclaira un peu, Nitocris vit apparaître dans ses songes le personnage d'Ouni qui avait organisé cinq fois de suite une expédition en Asie.

– Toutes les fois que les habitants du désert osaient se révolter contre Pharaon, je rassemblais les troupes et je partais avec plusieurs bateaux. Lorsque nous arrivions près du pays des habitants du désert, je débarquais. Je laissais une bonne partie de mes hommes en arrière et j'assiégeais l'ennemi. J'étais sûr qu'aucun d'entre eux ne m'échapperait ! Mérenrê souhaitait étendre le pouvoir de l'Égypte en Nubie. Je l'ai aidé. J'ai laissé des inscriptions témoignant de mon passage dans les oasis, mais aussi à Ouaouat. Ainsi tous les Égyptiens sauront que je conseillais au roi d'éviter la Première Cataracte pour pénétrer dans le pays de Ouaouat. Lis mes textes, Nitocris… tu y trouveras les noms de tous les fonctionnaires et de tous les généraux qui m'ont accompagné, que j'ai fait inscrire sur des stèles de la Première à la Troisième Cataracte. J'ai également fait rapporter d'étranges produits de ces régions. Si tu le peux, rends-toi à Assouan. Là tu trouveras trois graffitis. Il y est dit que le grand Mérenrê accepta, après neuf ans de règne et de combats, les régions de Basse-Nubie. Les chefs de Ouaouat venaient de se rendre. Désormais cette région appartient à l'Égypte. Lis mes textes, Nitocris, et penche-toi surtout sur ma biographie. J'y parle de Pharaon, de sa vie, des crimes et des complots… »

La princesse se voyait entrer par effraction dans la Maison de Vie. Elle cherchait sur les étagères les rouleaux qui pouvaient l'intéresser, plongeait ses mains dans des coffres qui auraient dû être fermés, tremblait d'être surprise. Elle reconnaissait enfin les textes qu'elle cherchait, comme si Ouni les lui avait déjà montrés. Elle les déroulait, les lisait. Elle allait parvenir au sujet qui la concernait quand une ombre se profilait derrière elle, une lance à la main. Elle se retournait et criait de toutes ses forces en appelant de l'aide.

Nitocris fit un bond dans son lit.

– Que se passe-t-il ? demanda l'une de ses servantes en se précipitant à son chevet. Pourquoi la princesse crie-t-elle aussi fort. Est-elle souffrante ?

– Depuis quand es-tu là ? demanda Nitocris qui n'avait pas encore repris tous ses esprits. Que fais-tu dans la Maison de Vie ?

– Maîtresse, nous sommes au palais de Memphis. J'ai cru bon de te déshabiller alors que tu dormais et je m'apprêtais à approcher cette lampe pour ton réveil quand tu t'es mise à crier comme si je voulais mettre le feu dans cette chambre !

– Ce n'est rien. J'ai fait un cauchemar, répondit Nitocris en s'asseyant sur sa couche. Apporte-moi de l'eau et rafraîchis-moi le cou. Je suis bouleversée.

II

Après s'être lavée et parfumée, Nitocris renvoya son masseur. Elle quitta le palais, s'enfonça dans le parc et gagna la Maison de Vie située non loin de la résidence royale. Comme personne ne s'y trouvait pour la recevoir, elle envoya un domestique chercher le chef des archives qui en gardait l'entrée et qui avait seul le droit d'en briser le sceau. Celui-ci vint sans tarder, s'étonnant de voir la princesse debout avant même l'arrivée des marchands qui s'installaient sur une place dégagée entourée de hauts palmiers et de sycomores.

– Je suis pressée, lui dit-elle. Viens par ici.

Elle lui expliqua qu'elle avait besoin de consulter des documents capitaux.

– As-tu l'autorisation de Pharaon ? lui demanda l'Égyptien, respectueux du règlement.

– Je n'en ai pas besoin.

– Dans ce cas, je n'ai pas le droit de te laisser lire un seul de ces textes.

– Mais il n'y a là que des traités de paix, des actes de naissance, des listes de mariage, la correspondance entre les pharaons et les rois étrangers.

– Précisément ! Non seulement ces documents sont

précieux et ne doivent pas être déroulés faute de tomber en miettes, mais ils sont secrets.

Malgré ses ruses et son insistance, Nitocris n'obtint pas ce qu'elle voulait. Bien qu'elle ait rempli son sac d'or et de bijoux, elle était en face du seul fonctionnaire incorruptible de l'Égypte qui la regardait avec un air buté et qui refusait même de l'entendre.

– Ne prononce plus une parole, lui dit-il. Si quelqu'un nous entend, je suis un homme perdu. Qui nourrira mes enfants ? Que deviendra ma femme ? Je viens d'avoir un quatrième fils et j'ai déjà cinq filles !

Nitocris haussa les épaules et s'éloigna, exaspérée. Il fallait que les dieux fussent opposés à son projet pour l'empêcher d'entrer dans la Maison de Vie et y rencontrer l'homme le plus borné d'Égypte.

– Aucun scribe ne refusera mon or. Je reviendrai plus tard !

Les commerçants, qui venaient souvent d'Abydos après être passés par le Sud, la peau noire et la taille impressionnante, commençaient à installer leurs tréteaux. Ils vendaient des volailles qu'ils plumaient devant les clients, des épices qu'ils avaient troquées contre des bijoux, des colliers en perles extrêmement rares et des tuniques ordinaires, non pas en lin comme celles que portait Nitocris mais en tissu plus épais et coloré. Certains proposaient aussi des capes en peau de chèvre et des récipients de cuisine en argile.

Nitocris passa devant les statues gigantesques des pharaons qui avaient vécu à Memphis et qui avaient contribué au développement de la ville. Certains s'étaient fait représenter en sphinx, d'autres debout dans une attitude hiératique, les bras le long du corps, tenant dans leurs mains les attributs du pouvoir. Leur posture, leur attitude, leur visage étaient très conventionnels comme si tous les sculpteurs avaient travaillé à partir des mêmes modèles.

Sans entendre ni les cris des marchands qui s'interpellaient ni les bruits des chars qui arrivaient, Nitocris décida de faire fi des conventions et du décorum et se rendit chez l'un des scribes chargés des impôts qui n'était pas encore parti en tournée. Son travail consistait à annoncer à chaque paysan le montant des redevances qu'il paierait pour l'année en cours.

– Je n'ai jamais vu un scribe responsable des impôts honnête ! Tout le monde se plaint de leur chantage et des sacs de céréales qu'ils volent aux cultivateurs !

Elle n'avait entendu dire que du mal de celui chez lequel elle se rendait.

– Il m'écoutera avant de partir taper aux portes des fermes !

Elle hâta le pas et interrogea une Égyptienne qui partait laver son linge dans le canal le plus proche. La femme saisit son panier plein et le plaça énergiquement sous son bras. Elle confirma à Nitocris qu'elle se trouvait sur le domaine du scribe.

– Maître Titou est sur le point de partir. Son cocher l'attend déjà dans le char.

Mais l'Égyptienne prit peur en voyant la tunique en *byssos* que portait Nitocris.

– Ce lin sort des ateliers du palais, dit-elle en s'écartant. Tu habites dans la résidence royale. Qui es-tu ? Que fais-tu seule ici sans escorte ?

Nitocris ne chercha pas à la rassurer. Elle avança d'un pas décidé vers la demeure cossue du scribe et distingua presque aussitôt ses chevaux attelés qui piaffaient. Au moment où elle arrivait à leur hauteur, le scribe sortit, le port de tête altier et le regard plein d'assurance. Il ne prêta pas attention à Nitocris et monta dans son char. Mais la princesse lui ordonna d'en descendre.

– Majesté, je ne pensais pas voir ici la fille de Mérenrê ! dit le scribe en se couchant devant elle et en embrassant la poussière. Pardonne-moi. Comment imaginer que la princesse Nitocris pouvait rendre visite à un simple scribe ? Mais où est ta garde personnelle ?

– Je suis venue seule, scribe, dit Nitocris en laissant l'Égyptien respirer le sable sale de son allée. J'ai besoin de toi. Je veux te parler sans témoins. Reporte ta tournée.

Méprisant ce fonctionnaire corrompu, la princesse lui ordonna de se relever en le poussant légèrement avec son pied.

– Entrons chez toi et renvoie tes domestiques ! J'ai besoin de tes services… En échange, tu seras récompensé. Je dois consulter des documents dans la Maison de Vie. On m'en a interdit l'accès, à moi fille du grand roi Mérenrê, le Protégé du Faucon ! Connais-tu un moyen d'ouvrir la porte de cet endroit ?

Le scribe lui expliqua qu'il était prêt à l'aider, mais qu'il n'était pas le gardien du lieu.

– Je le sais déjà ! lui répondit abruptement Nitocris. Tu m'accompagneras dans la Maison de Vie. Tu trouveras bien une solution pour décider les scribes qui ont accès à cette maison à m'aider. Invente une ruse pour qu'ils ferment les yeux ou apporte-leur de la bière de bonne qualité. Si tu préfères les mettre dans la confidence et partager avec eux ta récompense, libre à toi d'agir comme tu l'entends.

Elle sortit de son petit sac en peau l'or et les bijoux qu'elle avait sur elle. Le scribe les regarda et tendit une main tremblante vers eux. Il les toucha, les caressa, les retourna plusieurs fois pour en admirer chaque côté.

– Je vais trouver une idée, dit-il. Mais il faudra agir discrètement. Nous ne pourrons rentrer en plein jour dans la Maison de Vie. De combien de temps auras-tu besoin sur place ?

– Je veux avoir la paix pour travailler et lire tranquillement certains documents. Je ne sais pas où ils sont rangés. Je ne suis même pas certaine qu'ils sont dans cette maison !

Le scribe lui proposa de la retrouver après le festin du soir dans le jardin du palais.

– Près de la mare..., lui dit-il.

Nitocris se leva sans répondre. Elle reprit l'or et les bijoux et les plaça de nouveau dans son sac.

– Accomplis cette mission et tu seras récompensé !

Quand elle sortit de la demeure du scribe, la ville s'était encore animée. Les marchands interpellaient les badauds. Des chars se gênaient les uns les autres si bien qu'une dizaine de cochers se disputaient avec une violence rare. Des enfants suivaient en files leurs professeurs qui se dirigeaient vers les champs voisins pour donner leurs cours en plein air. Des musiciennes tentaient de séduire les gardes du palais pour y pénétrer et proposer leurs numéros.

Avec ses arbres hauts, aux feuillages touffus et riches, Memphis avait attiré au fil des années une population de plus en plus nombreuse. Tous les commerçants ou les caravaniers qui passaient par Thèbes s'arrêtaient ensuite dans la capitale royale. Les Égyptiens avaient creusé des canaux qui leur permettaient d'irriguer leurs champs et dans lesquels les enfants se baignaient.

Non loin de là se trouvait la nécropole dominée par plusieurs pyramides, la plus prestigieuse étant celle de Djoser. Les Égyptiens le vénéraient à l'égal d'un dieu et contemplaient sa pyramide à degrés comme le symbole de Pharaon montant des escaliers vers le Soleil et les Cieux afin de poursuivre pendant la nuit sa course avec le dieu de la Lumière, de la Chaleur et de la Vie. Tout autour avaient été construites d'autres pyramides, plus discrètes et plus petites, et des mastabas de hauts fonctionnaires.

Les premiers rois connus de l'Égypte, originaires de This, une ville située non loin d'Abydos, qui possédaient leur tombeau dans la cité du dieu Osiris, avaient eu parfois une seconde sépulture près de Memphis. Les Égyptiens étaient même convaincus que ces anciens pharaons préféraient être enterrés dans le nord de l'Égypte plutôt qu'en Haute-Égypte, Memphis étant déjà considérée, à leur époque, grâce à son fondateur le pharaon Narmer, adorateur du dieu crocodile Sobek et du taureau Apis, comme la capitale où toutes les décisions importantes se prenaient. Ce roi n'avait-il pas décidé d'installer tous les bureaux de ses hauts fonctionnaires dans le nord du pays ? N'avait-il pas facilité les relations entre les différentes régions égyptiennes en appelant Memphis la « capitale politique » ? Le nom de sa femme, la séduisante Neithhotep, enterrée à Nagada, ne faisait-il pas allusion, comme celui de la reine Neit, à une déesse vénérée à Saïs en l'honneur de laquelle le roi Narmer avait fait construire un temple où se déroulaient chaque année les fêtes du dieu à tête de chacal, Anubis, et du dieu faucon Sokaris ? La déesse Neit n'avait-elle pas été associée au jubilé du pharaon Narmer ? Autant de preuves que le roi Narmer voulait développer Memphis et le Delta. Une politique que ses successeurs, comme Den, avaient poursuivie puisque l'épouse de ce roi, qui avait jugé bon de créer un poste de chancelier en Basse-Égypte, s'appelait Merneith et que certains de ses fonctionnaires avaient été enterrés à Saqqarah.

À partir du règne d'Hotepsekhemoui, « les deux tout-puissants Horus et Seth ne s'affrontent plus », symbole des rivalités qui devaient exister entre le nord et le sud du pays, tous les pharaons avaient manifesté le désir de vivre leur existence éternelle à Saqqarah. Ceux qui avaient honoré Bastet et Rê y avaient laissé des traces : Nebrê, le grand partisan de Memphis, Ninéter, Ouneg jusqu'à la reprise en mains de Peribsen, peu apprécié de Mérenrê et de Pépi II, qui avait redonné au Sud son hégémonie.

Nitocris avait entendu maintes fois son père prôner le martelage du nom et des images du « traître » alors que Khâsekhemoui, époux de la mère de Djoser, avait de nouveau réuni les deux Tout-puissants en devenant roi de Haute et de Basse-Égypte, titre repris après lui par tous les pharaons.

Nitocris connaissait, grâce au pharaon Mérenrê, la politique de tous ces rois thinites. Mérenrê approuvait le fait qu'ils aient organisé des campagnes contre les Nubiens et les Libyens ainsi que des expéditions en Asie afin d'en rapporter le cèdre si utile pour la construction des bateaux.

Prenant exemple sur eux, Mérenrê avait également envoyé des chercheurs de turquoises dans le Sinaï et des spécialistes de l'or en Nubie. Il avait une grande admiration pour Narmer qui restait le bâtisseur du palais de Memphis et l'organisateur du pays. Il possédait des statues de Khâsekhemoui, celui qui avait définitivement unifié l'Égypte, lui apportant paix, équilibre, richesses, favorables au développement de l'art et de la culture. À ses yeux, Khâsekhemoui était le véritable fondateur de la grande Memphis et de l'Égypte dirigée par les deux chanceliers de Haute et de Basse-Égypte ; les scribes chargés des cadastres, des impôts, de l'irrigation et de la gestion des greniers ; les chefs des *sepat*, régions au nombre de vingt en Basse-Égypte et de vingt-deux en Haute-Égypte.

Le principal sujet de discussion des habitants de Memphis était la création d'une nouvelle pyramide : celle qui abriterait le corps du pharaon Pépi II. Tous les Égyptiens attendaient le débordement du Nil. Quand la saison *akhet* de l'inondation aurait commencé, les paysans, inactifs, seraient embauchés pour aider les ouvriers sur le plateau de Saqqarah dans l'attente des saisons *peret* de la germination et *chemou* de la récolte. La construction de la pyramide pourrait alors avancer plus vite sous une chaleur plus facile à supporter, car moins suffocante.

Les Égyptiens guettaient l'apparition de l'étoile Sirius, très visible à Memphis, qui marquerait le début de l'année après la mi-juillet.

Nitocris dissimula son visage derrière le voile qu'elle avait jusque-là gardé sur ses épaules. Elle ne s'attarda pas dans la rue principale et rejoignit bien vite le jardin du palais, sans même jeter un regard aux charmeurs de cobras qui jouaient de la flûte devant les portes du palais, et qui attiraient une foule nombreuse.

Les gardes en poste s'étonnèrent de la voir seule et à pied. Mais elle ne leur adressa pas la parole. Elle suivit un chemin ombragé, le soleil étant déjà très chaud, longea une petite mare où s'ébrouaient trois canards aux plumes verdoyantes, cueillit une rose au passage et réclama son scribe personnel.

Elle s'assura que la reine Neit, qui avait coutume de lui rendre visite chaque matin, était occupée, puis elle ordonna au scribe de s'asseoir en tailleur, de sortir ses calames, de les tailler et de faire fondre ses pains d'encre noire.

– Je vais te confier une véritable mission, lui dit-elle. Tu n'en parleras à personne. Tu vas me faire la liste complète de tous les textes que mon père, le pharaon Mérenrê, a laissés, et que son conseiller Ouni, gouverneur de Haute-Égypte, a écrits. Je sais de source sûre qu'ils sont nombreux. En enquêtant, tu entendras probablement parler d'inscriptions, de stèles, de documents autobiographiques... Ne laisse rien au hasard.

Je dois absolument savoir où ils se trouvent, même dans les oasis ou en Nubie, afin de pouvoir en prendre connaissance à tout moment.

Le scribe s'arrêta d'écrire car il se demandait comment il pourrait réaliser un tel exploit. Croyant qu'il ne voyait pas les caractères qu'il dessinait de droite à gauche sur sa feuille de papyrus, Nitocris fit apporter une deuxième lampe constituée d'un bol, d'une mèche et d'un produit inflammable.

– Maîtresse, les écrits d'Horkhouef, gouverneur d'Éléphantine, pourraient m'aider. Il faudrait que je me rende à Assouan pour consulter ses rapports. Il connaissait parfaitement les oasis et toutes les pistes empruntées par les caravaniers. Si des stèles ou des monuments ont été placés dans le désert, il le savait obligatoirement. Je connais le texte qu'il a fait graver sur la façade de sa tombe en face d'Assouan. Il parle des trois expéditions qu'il a faites pour aller en Nubie en passant par les oasis. Il a été à Iam avec des ânes chargés de mille objets, de paniers d'encens, d'ébène, d'huile, d'ivoire, de peaux de félins, d'objets pratiques, comme des boomerangs, et a rencontré tous les gouverneurs des régions nubiennes. Il a vu les textes commémoratifs que les généraux ou les pharaons ont laissés sur les routes des oasis, aux alentours de Kharga, le long des pistes menant à Farafra. Il s'est rendu au moins quatre ou cinq fois dans la région de Balat qu'il a développée et qui est passée sous domination égyptienne. Depuis, les Égyptiens y exploitent des terres et les soldats surveillent le passage des caravaniers. Il m'est assez facile de faire le voyage jusqu'à Kharga puisque notre roi a favorisé l'activité de cette ville et de l'ensemble des oasis. Je trouverai un prétexte.

– Utilise tous les moyens qui sont à ta disposition, lui dit Nitocris : le bouche à oreille, les récits des Anciens, tes souvenirs…

Le scribe lui rappela que Mérenrê avait laissé peu de papyrus en comparaison d'Ouni. Nitocris le congédia en lui accordant un délai extrêmement court. Elle appela l'une de ses servantes, se laissa laver avec de l'argile et de l'eau, choisit des onguents qu'elle passa elle-même sur sa peau et se fit longuement peigner, coiffer et maquiller. Tout en tendant ses pieds au pédicure, elle essayait de rassembler les bribes de renseignements que la reine Neit et le pharaon Pépi II lui avait donnés la veille, malgré eux.

Il lui revenait en tête des phrases étranges. « Nitocris ne connaît pas son père… Il vaut mieux qu'elle ne sache rien… Mérenrê n'est pas son vrai père… Que penserait-elle si elle apprenait que tu n'es pas mon frère au même titre que Mérenrê ?… Tous les domestiques qui servaient les coupables ont été tués… Toute cette affaire doit rester secrète… Il ne faut pas que les erreurs de certains membres de la famille royale ressurgissent… »

Les propos qui la bouleversaient le plus étaient ceux qui faisaient allusion à Mérenrê qu'elle aimait comme un père et qu'elle avait admiré comme un pharaon respecté de tous. Elle sentit subitement la nécessité de courir à Saqqarah, là où avait été élevée la pyramide inachevée du roi pour se confier à lui, pour se rapprocher de son père, pour essayer d'y trouver la réponse à ses questions.

Elle alla s'étendre sur la table de massage et livra son corps mince aux mains d'un masseur noir qui l'apaisa. Allongée sur le ventre, la tête reposant sur ses bras repliés, les paupières fermées, elle songea alors à son enfance et revit Mérenrê auprès d'elle. Elle avait alors pour le roi une véritable vénération et redoutait chacune de ses paroles. Sa seule présence suffisait à l'effrayer tant il lui paraissait grand et puissant. Elle l'assimilait à un dieu semblable au pharaon Djoser. Elle avait souvent comparé son caractère au sien. Elle regrettait de ne pas avoir connu sa mère, une épouse secondaire morte en couches.

Il lui vint à l'esprit qu'il lui serait plus facile d'interroger son oncle Pépi II pour en savoir plus que de remuer ciel et terre pour apprendre la vérité. « Si je lui dis que j'ai surpris une conversation avec la reine Neit, il cessera peut-être de me mentir. Mais n'inventera-t-il pas un nouveau mensonge que je croirai comme le premier en me jurant qu'il dit la vérité ? »

Elle préféra s'en tenir à son plan et attendit le repas du soir avec impatience.

III

Nitocris assista, comme elle le faisait presque chaque soir, au banquet donné par le roi pour remercier les ambassadeurs étrangers en visite à Memphis qui lui avaient apporté de nombreux présents. Les festins commençaient après la tombée de la nuit et se prolongeaient tard à cause des spectacles dont la reine Neit était friande. Elle louait elle-même les musiciens, les danseurs ou les acrobates qui agrémentaient les soirées.

Quand le couple royal se retira, Nitocris accompagna la reine jusqu'à sa chambre et fit mine de regagner la sienne. Elle avait la certitude que le scribe Titou l'attendait depuis longtemps près de la mare. Aussi courut-elle jusqu'à l'endroit du rendez-vous en relevant sa tunique sans prendre le soin de se changer. Gênée par ses sandales aux lanières un peu raides, elle les ôta après avoir regardé si personne ne la voyait. Dans le ciel clair, les étoiles brillaient avec un éclat particulier. Il faisait terriblement chaud. Chaque jour était plus harassant que celui de la veille comme si une tempête allait éclater.

Les astres éclairaient le petit chemin emprunté par Nitocris dont la tunique s'accrocha plusieurs fois aux branches des arbustes et aux fleurs. Elle avait presque peur en entendant les cris de certains oiseaux de nuit et s'arrêta en voyant les yeux des chats du palais briller dans la nuit.

Elle ralentit un peu en arrivant à proximité de la mare et se rendit compte que son chignon s'était défait. Elle enleva son bandeau en tissu d'un geste prompt et secoua sa chevelure qui se déroula complètement, recouvrant son dos.

– Ah, te voilà ! dit-elle au scribe qui se courba devant elle.

– J'ai regardé les lumières du palais. J'ai compris que la fête était finie lorsqu'elles se sont éteintes une à une et que les bruits et les rires ont cessé. J'ai entendu certains chars partir.

– As-tu trouvé le moyen d'ouvrir la Maison de Vie ?

– Oui. Je vais briser le sceau. La rue est vide. Je n'en ai pas pour longtemps.

– Tu parais habitué à ce genre d'exercice, lui dit Nitocris en le suivant après avoir remis ses sandales.

Le scribe se garda de répondre.

– Par quelle porte sortons-nous ? demanda-t-il en regardant les cheveux défaits et la tunique déchirée de la princesse.

– Ce n'est pas la meilleure façon de passer inaperçue, reconnut-elle. Il m'est impossible de passer la porte principale dans cette tenue, sans char et sans escorte ! Empruntons la porte du jardinier. Elle sert très peu. Elle est complètement vermoulue et recouverte de feuillages.

Le scribe la suivit et tenta en vain d'ouvrir la porte qui ne servait plus depuis plusieurs années.

– Tu dois y arriver, dit Nitocris.

Ils regardèrent autour d'eux.

– La cabane du jardinier... Il doit y avoir des outils à l'intérieur. Prends une lance et enfonce cette porte !

Le scribe donna un violent coup de pied dans la porte de la cabane en bois et tenta de voir à l'intérieur. Il choisit au hasard une hampe en bois et s'en servit avec vigueur.

– Si les gardes de nuit passent par ici, je serai tout à fait ridicule, dit Nitocris. Dépêchons-nous !

Le scribe redoubla d'efforts et réussit enfin à venir à bout des planches qui s'écartèrent, puis se brisèrent. Il remit l'outil à sa place et invita la princesse à passer par le trou qu'il venait de faire.

– Il faudra faire réparer ce passage dès demain, lui dit-il. Sinon tous les truands et les voleurs vont s'introduire dans le jardin du palais ! Remettons provisoirement ces morceaux de bois en place pour ne pas attirer l'attention.

Ils ramenèrent ensuite le feuillage sur la porte pour la dissimuler.

Une fois de l'autre côté, ils attendirent derrière un arbre puis se hâtèrent de rejoindre la Maison de Vie. Les rues étaient tranquilles, les maisons éteintes. Tous les habitants de Memphis paraissaient dormir. Les animaux se reposaient et somnolaient, eux aussi, près des murs des maisonnettes en argile ou près des canaux.

– Vite ! Par ici ! dit le scribe en indiquant à Nitocris de rester cachée derrière le mur de la Maison de Vie pendant qu'il faisait sauter le sceau qui en interdisait l'accès.

Nitocris pria les dieux Horus et Anubis de l'aider.

Mais, au moment où le scribe allait arriver à ses fins, le ciel s'éclaira d'une lumière blanche étonnante. La ville fut aussi lumineuse qu'en plein jour. Un astre, plus éclatant que la lune, scintilla comme un immense joyau dans le ciel.

– Sirius ! dit Nitocris sans pouvoir détacher son regard de l'étoile gigantesque qui la dominait de son éclat d'argent.

Elle cligna des yeux puis ferma les paupières, trop éblouie par les scintillements de celle que tous les Égyptiens attendaient. Elle resta immobile, interdite. Jamais elle n'avait vu une étoile aussi belle. Cet astre, qui blanchissait les cieux, les recouvrant d'une cape de lumière souveraine, la paralysait. Puis l'astre se fit plus discret, comme s'il retrouvait sa place dans la galaxie. Mais il demeurait le plus grand et le plus visible de tous, faisant aux Égyptiens des clins d'œil réconfortants en leur annonçant des saisons prospères.

– Nous ne l'attendions que dans deux jours…, murmura Nitocris. Les mages se sont encore trompés. Pourquoi Sirius apparaît-elle si tôt ?

Le scribe se précipita vers elle.

– Partons ! Dans quelques instants, nous serons entourés par tous les habitants de Memphis !

– As-tu ouvert la porte ?

– Presque…

– Dans ce cas, termine ton travail et pénétrons à l'intérieur ! Personne ne nous verra…

– Tu n'y penses pas, maîtresse ! Le risque est trop grand. Le chef des archives va arriver et noter l'apparition de Sirius. Les scribes seront tous assis, ici même, et rédigeront leurs rapports pour les placer dans la

Maison de Vie. Je ne sais même pas comment nous allons pouvoir retourner au palais sans être vus ! Hâtons-nous !

– Je ne crois pas que ton idée soit la meilleure, insista Nitocris. Pendant que les responsables seront occupés à l'extérieur, nous serons à l'abri à l'intérieur. Admettons qu'ils nous y trouvent… Ils seront trop réjouis par l'arrivée de Sirius pour nous en faire le reproche. Profitons de l'euphorie générale !

Mais, en très peu de temps, la question ne se posa plus car des dizaines de personnes se pressèrent sur la place, dans les ruelles et près de la Maison de Vie, leur interdisant toute retraite. Les enfants s'étaient réveillés et couraient en tous sens, montrant du doigt l'astre exceptionnel. Les femmes frappaient à toutes les portes pour prévenir leurs voisins. Les Égyptiens sortaient leurs présents et commençaient à les échanger en se souhaitant une année faste et glorieuse.

– Il y a une petite porte de l'autre côté…, chuchota Nitocris.

Ils s'éclipsèrent par-derrière et laissèrent le peuple chanter un hymne à Sirius. Pendant que les enfants jetaient dans les canaux du Nil des petites pâtisseries en forme de dieu Hâpy, la divinité du fleuve nourrissier qui allait déborder et inonder les champs secs et arides, le scribe réussit à ouvrir la porte. Tous deux pénétrèrent à l'intérieur et refermèrent la porte en bois qui racla le sol.

– Je ne vois rien, dit Nitocris, refusant de bouger.

– L'étoile se trouve près de cette petite fenêtre. Je vais retirer le morceau d'étoffe qui empêche la lumière d'entrer. Ensuite, tu pourras chercher ce que tu veux.

Ils entendaient les cris des enfants qui frappaient contre la porte comme s'ils les avaient vus entrer. Nitocris se retourna d'un seul coup, subitement apeurée. Elle reprit confiance en elle quand la salle s'éclaira. Elle se rendit dans une petite pièce voisine et se trouva en face de plusieurs coffres tous hermétiquement fermés.

– Il te faudrait plusieurs jours pour consulter tous ces documents…

Nitocris s'avança vers les premiers coffres et demanda au scribe d'en ouvrir un. Quand elle comprit qu'il s'agissait de traités signés entre l'Égypte et les pays étrangers, elle préféra voir l'intérieur d'un coffre plus petit rangé contre le mur opposé.

– Tout est méthodiquement classé. Quelles sont ces lettres ?

Le scribe en déroula quelques-unes.

– La correspondance du roi Djoser avec les souverains d'Asie.

Ils procédèrent par ordre et trouvèrent, enfin, dans cinq grands coffres, les Mémoires des principaux fonctionnaires de l'Égypte depuis le règne de Narmer. Ils étaient tous signés de noms célèbres, chambellans, scribes royaux, architectes, conseillers qui avaient presque tous leur mastaba à Saqqarah.

Nitocris fit ouvrir les coffres et ordonna au scribe de l'aider.

– Ne reste pas là comme si tu redoutais une punition quelconque. Le fait de toucher ces rouleaux de papyrus n'attirera pas sur toi la malédiction ! Nous cherchons les textes d'Ouni. Mon oncle Pépi II affirme qu'il s'agit d'un récit autobiographique.

Ils ne trouvèrent que dix rouleaux écrits de la main d'Ouni. Nitocris en glissa deux sous sa tunique et donna les autres au scribe.

– Cache-les… Nous partons !

– Il est formellement interdit de sortir ces documents de la Maison de Vie. Nous commettons là un acte grave ! Tu m'avais juré que tu consulterais ces textes sur place !

Nitocris lui reprit les rouleaux des mains et chercha un coffre de petite dimension. Elle le trouva, derrière un pot en argile plein de toiles d'araignées. En tentant de l'attraper, elle réveilla un serpent des sables qui se faufila dans une fente du mur. Elle ôta la poussière du coffre avec un morceau de tissu qu'elle arracha au bas de sa tunique. Puis elle plaça à l'intérieur la précieuse autobiographie qui était peut-être la clef des mystères de la famille royale. Sans se soucier du scribe, elle ressortit en tirant énergiquement sur la porte close et courut en direction du jardin royal. Elle parvint chez elle sans éveiller les soupçons.

Au palais, tout le monde était debout. Les courtisans regardaient avec gaieté l'éclat de Sirius. Pépi II commentait cette apparition. À n'en pas douter, cette luminosité annonçait une crue plus abondante que celle de l'année passée. Les récoltes seraient plus importantes et les redevances plus élevées.

Jugeant que le moment était l'un des plus mal choisis pour consulter en paix les papyrus, Nitocris se lava à l'insu de ses servantes et changea de tunique. Elle jeta tout d'abord celle qui était déchirée dans un panier mais elle se ravisa, estimant que l'Égyptienne responsable du linge royal ne manquerait pas de s'étonner de la saleté et de l'état d'un tel vêtement. Elle finit par le glisser en boule dans un coffre en se proposant de le jeter dès que l'occasion se présenterait.

Après avoir mis les documents à l'abri, elle rejoignit la reine Neit qui s'étonnait de son absence.

– Mais que fais-tu donc ? lui demanda-t-elle. Tous les membres de la famille royale sont déjà descendus ! Pharaon va prononcer un discours sur l'estrade qui a été disposée devant l'entrée du palais. Les ouvriers venaient juste de terminer le travail, pensant qu'il leur restait encore deux jours pour dresser le dais ! Pépi devra se contenter d'une simple estrade en bois et d'un trône !

Les Égyptiens avaient oublié leur réveil subit. Ceux qui avaient fait le voyage à Memphis pour mieux contempler l'astre du nouvel an se massaient autour du palais dans l'attente du discours traditionnel de Pépi II. Celui-ci rejoignit à pied l'endroit où le peuple l'attendait. Il était suivi de tous les dignitaires du palais. Les grands prêtres de Ptah le retrouvèrent avant qu'il ne montât sur l'estrade et baisèrent ses sandales.

Gravissant alors les quelques marches en bois, restant un instant debout devant son trône imposant, à l'assise particulièrement large, au dossier, aux accoudoirs et aux côtés ornés de pierres semi-précieuses et d'or, les bras croisés sur sa poitrine, tenant dans une main le fouet et dans l'autre une crosse, portant la couronne de Basse et de Haute-Égypte, le roi attendit le silence complet. Puis il leva les bras vers le ciel et remercia les dieux d'apporter au peuple égyptien l'eau du Nil favorisant l'irrigation des terres.

Après avoir entendu une nouvelle fois les acclamations du peuple, il s'assit, se concentra comme s'il réfléchissait, puis il dit en se levant de nouveau :

– Les dieux m'ont donné, à moi, Pharaon, Horus, seigncur des deux terres, vainqueur de Nubie, le pays que l'on appelle Égypte. Ils m'ont prêté ces terres pour que je les fasse cultiver, prospérer, fleurir. Je les protège de l'envahisseur et j'aménage des canaux pour que nos récoltes permettent à tous les Égyptiens de manger. J'ai juré de les rendre en l'état et d'accroître si possible le royaume. Le dieu du fleuve va m'aider à remplir ma tâche. Que la saison de l'inondation laisse assez de liberté aux paysans pour qu'ils gagnent le plateau de Saqqarah afin de contribuer à la construction de ma pyramide ! Pensons aujourd'hui à Imhotep qui a construit la pyramide du roi Djoser en abandonnant les matériaux jusque-là utilisés, l'argile et le bois, pour faire des sépultures en pierre. J'ai longuement hésité entre le plateau de Gizeh et celui de Saqqarah. Les architectes, les vizirs, les scribes m'ont affirmé que Gizeh était extrêmement résistant. Le fait qu'il soit si proche des eaux du Nil permet au moment de la saison de l'inondation d'acheminer les blocs de pierre détachés des carrières de Toura jusqu'aux abords du chantier. Mais j'ai finalement décidé que ma sépulture serait construite à Saqqarah. Là se trouvent les rois Ounas, Djoser et tant d'autres ! Nous avons déjà fait une évaluation du nombre de blocs qu'il me faudrait et j'ai ouvert des carrières proches de Gizeh. Il est temps de rassembler plus d'ouvriers et de les installer près de

Saqqarah. Nous avons des architectes, chefs des scribes et des travaux du roi, aussi compétents que l'étaient Imhotep, Nèfermâat ou Hemioun, concepteurs des pyramides de Snéfrou à Meïdoum et de son fils Khéops à Gizeh. Je pense notamment à la famille Sennedjemibès à qui j'ai demandé de dessiner les plans de ma pyramide. Je n'ai pas besoin, comme Snéfrou, de trois pyramides à Meïdoum et à Dachour. Je n'attendrai pas non plus douze ans pour inaugurer mon tombeau. Une pyramide à face lisse bien orientée me conviendra. Le peuple tout entier est concerné par la pyramide de Pharaon. Le moment est venu d'œuvrer pour sa vie dans l'Au-Delà. Réjouissez-vous et travaillez dur ! Vous serez récompensés et vous recevrez un salaire décent. Mais, avant tout, vous aurez eu le privilège de participer à l'élaboration du tombeau de Pharaon ! Vous serez des dizaines de milliers à pouvoir le raconter un jour à vos enfants !

Les Égyptiens sortirent les jarres de bière, les instruments de musique et allumèrent des brasiers. Ils s'apprêtaient à festoyer pendant plusieurs jours. Des milliers de lampes furent allumées. Des torches furent placées devant les portes des maisons pour indiquer au passant que la famille fêtait le début de l'année nouvelle. Les femmes et les cuisiniers allumèrent les fours, si bien qu'une chaude odeur de pains croustillants monta bientôt dans l'air. Les hommes faisaient griller du *bolti* et des cuisses de bœuf. Tous buvaient du lait, la friandise des jours de fêtes. Certains décrochaient les poissons qu'ils avaient salés et fait sécher au soleil, les gardant avec la saumure pour les grandes occasions.

Le regard de Nitocris, qui avait écouté sagement le discours du roi en compagnie de Neit, croisa celui du scribe qui l'avait aidée. Mais elle ne manifesta aucune réaction. Elle se contenterait de lui remettre l'or et les bijoux promis en y ajoutant une broche en argent pour acheter son silence.

IV

Nitocris ne put trouver le sommeil et passa, comme de nombreux Égyptiens, une nuit blanche. Trop fébrile et trop curieuse, elle se retira dès que possible dans sa chambre et fit mine de dormir pour ne pas être dérangée. Elle prit aussitôt le coffre qu'elle avait rangé sous son lit et l'ouvrit avec déférence. Puis elle s'approcha de la petite fenêtre et profita, une fois encore, de la lumière de Sirius. Elle déroula le premier papyrus écrit de la main d'Ouni et tenta de le déchiffrer. Mais la princesse connaissait mal les hiéroglyphes, l'écriture des prêtres et des scribes. Aussi était-elle incapable de comprendre l'ensemble du texte.

Dans le troisième papyrus, elle découvrit une indication intéressante. Ouni avait écrit très distinctement :

Sa Majesté, le roi Mérenrê, l'a emporté sur les habitants du désert, les Amou, grâce à son armée nombreuse formée de soldats du Sud. Réunissant les militaires habitant au sud d'Éléphantine et ceux du nord du nome d'Aphroditopolis en Basse-Égypte, il a gagné haut la main ! J'y étais et je peux en attester ! Tous les amis royaux, les trésoriers, les gouverneurs étaient mobilisés. J'ai renouvelé cinq fois cet exploit pour plaire à Pharaon qui m'a récompensé en me donnant un titre envié.

– Ouni fait la liste de ses exploits et des services qu'il a rendus à mon père.

Par deux fois, il mentionnait son nom et ceux des autres enfants du roi. Mais alors qu'elle espérait en savoir plus, Ouni semblait se refuser à révéler les secrets de la famille royale. Il rappelait son amitié pour Horkhouef, le gouverneur d'Éléphantine, le conquérant de la Nubie, qui avait à trois reprises envahi les régions du Sud pour les soumettre à la puissance égyptienne.

Ouni citait le récit autobiographique qu'Horkhouef avait fait graver sur la façade de sa tombe :

Mérenrê m'a envoyé à Iam. Je m'y rendais pour la troisième fois. J'avais déjà pris la route des oasis et je connaissais le gouverneur de Iam qui se dirigeait alors vers la région de Tjémeh. Je le suivis et lui livrai une bataille mémorable. Après cet exploit, je me rendis auprès des gouverneurs de Irtjet, Zatjou et Ouaouat afin d'unir nos forces. Ils avaient compris que je venais de l'emporter et que je désirais des vivres, de l'encens, de l'ébène et des défenses d'éléphants.

Ouni précisait que le gouverneur d'Éléphantine était plus loquace sur la vie privée des rois. Il ajoutait que Mérenrê avait tenu à raconter son existence sur des vases en pierre et sur des tablettes d'ivoire comme l'avaient fait certains des premiers rois égyptiens.

Pour connaître des faits historiques importants, les aventures des pharaons et leur vie privée, les décrets concernant l'administration, les finances, les réformes de l'État, rien n'est plus précieux que les textes de Mérenrê. Le roi a tenu à les faire placer après sa mort dans sa sépulture. Ils resteront secrets pour l'Éternité.

Après des pillages de tombes, des ouvriers et des chefs de chantiers avaient retrouvé à Saqqarah des vases de l'époque de Ninéter. On racontait aussi que le roi Djoser avait fait creuser des galeries sous sa pyramide et que des vases à inscriptions y avaient été déposés. Les Égyptiens avaient ainsi appris des détails sur les rois Ouneg et Senedj. Des vases jubilaires, donnés à certains fonctionnaires à l'issue de la fête-sed du roi Mérenrê, étaient restés dans les familles de la noblesse et, de ce fait, plus difficiles d'accès.

– Ces écrits autobiographiques ne m'avancent guère, dit Nitocris, épuisée. Je fixe ces textes et essaie de les comprendre. Mais nulle part le nom de mon véritable père n'est cité.

Elle continua sa lecture.

– Ouni fait encore référence au gouverneur d'Éléphantine. Il affirme que Mérenrê lui aurait offert des vases avec des inscriptions extrêmement précieuses, connues de lui seul. Je dois donc parvenir à lire ce que Mérenrê a fait graver sur les vases qui seraient enterrés dans sa tombe. Il me faut aussi trouver ces fameuses tablettes auxquelles Ouni fait allusion. Mais comment vais-je réussir à retrouver les vases qui appartiennent maintenant à la famille d'Horkhouef ?

Nitocris était à la fois épuisée et déçue.

– J'espérais comprendre ce soir même les propos de la reine Neit. Mais les dieux en ont décidé autrement. Je vais devoir m'armer de patience et jouer d'astuces pour trouver les objets que je recherche. Personne n'a le droit de pénétrer dans les sépultures. Je vais régulièrement déposer des offrandes devant le tombeau de Mérenrê, mais comment pourrais-je y entrer ?

La seule idée d'y pénétrer glaça Nitocris d'effroi.

– Jamais je ne serai capable de commettre un tel sacrilège. Déranger le repos éternel de mon père, frôler son sarcophage, marcher sur les traces des pilleurs de tombes, me comporter comme une vulgaire criminelle ouvrant les tombeaux des rois !

Nitocris ne voyait pas d'autres solutions que de lire ces inscriptions mystérieuses évoquées par Ouni. Elle était sûre qu'elles étaient la clef de tout. Mais, pour y parvenir, il ne suffisait pas d'acheter la complicité d'un petit scribe corrompu. Elle devrait chercher des hommes capables de la faire entrer dans la sépulture ou d'y aller eux-mêmes. Seuls des pilleurs de tombes connaissaient les passages secrets et les plans des pyramides qu'ils se procuraient grâce aux ouvriers.

– Voilà la solution. Je n'irai pas moi-même dans la tombe. J'enverrai un homme à l'intérieur et lui dirai très exactement ce qu'il doit me rapporter.

Une bande de pilleurs avait précisément été arrêtée. S'ils sortaient de prison, peut-être l'aideraient-ils dans sa quête. Elle envisagea également de se rendre en personne à Assouan pour y rencontrer la famille du gouverneur.

– Je ne laisserai rien au hasard tant que je n'aurai pas trouvé la réponse à mes questions !

Le lendemain, alors que tous les Égyptiens guettaient la crue du Nil et qu'ils s'organisaient en vue des inondations, préparant les barques et rangeant les chars, Nitocris s'empressa de s'habiller et de réclamer un véhicule.

– Impossible de sortir ! lui dit son cocher. Les rues sont tellement encombrées que personne ne peut circuler en char. Nous tomberons dans les embouteillages dès que les portes du palais se seront ouvertes.

Sans tenir compte de ces conseils, Nitocris prit le fouet des mains grassouillettes du petit homme et fit sortir deux mules.

– Qu'on les attelle et vite ! Je n'ai pas besoin de cocher !

Elle monta dans l'un des chars royaux de Pépi II.

– Parfait ! dit-elle en brandissant son fouet. Écartez-vous ! Laissez-moi passer !

Elle roula trop vite sur le chemin sec et caillouteux au risque de verser sur le bas-côté. Quand elle se trouva devant la porte principale, elle ordonna aux gardes de se hâter et de l'ouvrir.

– Faites réparer la porte du jardinier ! On m'a dit que des vandales avaient essayé de pénétrer dans le parc royal. Je veux que tout soit en ordre à mon retour !

N'ayant jamais vu la jeune princesse aussi excitée, les soldats se précipitèrent pour lui obéir et transmettre ses directives à un scribe. Nitocris s'élança à l'extérieur en réclamant le passage. Elle jouait de son fouet, l'agitant à droite et à gauche, pour qu'on la laissât avancer.

Les ouvriers avaient momentanément déserté le plateau de Saqqarah pour prêter main-forte aux cultivateurs et aux éleveurs qui rejoindraient ensuite la nécropole. Tout devait être en place pour recevoir le dieu Nil et son eau bienfaitrice. Les rez-de-chaussée étant parfois inondés, les femmes mettaient les lits et les ustensiles à l'abri au premier étage de leur maison quand elles en avaient ou sur les toits en terrasses où étaient rangés les silos et les jarres d'huile. Sachant qu'ils se serviraient de leurs embarcations plus souvent que de leurs bêtes de somme, les Égyptiens contrôlaient l'état des coques, ajoutant parfois un coup de peinture réparateur.

Nitocris réussit enfin à sortir du centre de Memphis et à gagner les environs de la ville en direction de Gizeh. Là, les fermes étaient moins nombreuses et plus grandes. Elles appartenaient à de riches propriétaires. Elle longea d'immenses champs de céréales alimentés par un large canal dans lequel des Égyptiennes lavaient leur linge et arriva près de la prison gardée par une dizaine de soldats. Elle s'adressa au chef qui se courba devant elle en reconnaissant le char royal.

– Sa Majesté ne devrait pas s'aventurer seule dans ces chemins déserts. L'eau du Nil va monter et recouvrir cet endroit. Je te conseille de rentrer très vite chez toi.

– Pas avant d'avoir parlé à trois vauriens qui se trouvent dans cette prison, dit Nitocris en sautant à bas de son char.

– Ne t'adresse pas à eux directement. Ils sont sales, vulgaires et agressifs.

– Je désire juste parler aux pilleurs de tombes. Ceux qui ont été pris par la police avant même d'avoir emporté le moindre objet.

Le soldat fit sortir les prisonniers et leur ordonna de s'aligner contre le mur. Ils avaient les mains et les pieds entravés. Barbus, les cheveux longs, ils avancèrent à petits pas, les yeux baissés.

– Allons ! Saluez la princesse ! dit le soldat en leur donnant un violent coup de pied dans les mollets. À genoux !

Nitocris les observa.

– Vous avez pénétré par effraction dans la pyramide de mon père Mérenrê, leur dit-elle.

– Nous n'avons rien volé… Nous ne sommes pas des criminels comme ceux qui sont détenus ici !

– Vous n'avez rien pris parce que vous n'avez rien trouvé.

– Ce tombeau est vide.

– Réfléchissez, leur dit Nitocris. Si vous me répondez avec franchise, je parlerai au juge en votre faveur. Vous pourriez être libres dans quelques jours. Jusqu'où êtes vous allés ? Dans la chambre funéraire ? Près du sarcophage du roi Mérenrê ?

– Nous avons emprunté une galerie creusée par d'autres pilleurs. Aucun objet ne se trouvait dans le couloir. La chambre funéraire était vide. Nous n'avons écrasé à terre que des morceaux de poterie. Il s'agissait sans doute de vases cassés…

– Ces tessons étaient-ils recouverts d'inscriptions ?

– Princesse ! Nous marchions dans le noir le plus complet. Nos torches s'étaient éteintes…

– Bien ! dit Nitocris en remontant dans son char. J'ai du travail pour vous. Chef ! Tu vas les faire laver car ils puent la chèvre ! Tu leur laisseras les poignets liés mais tu couperas les cordes qui les entravent. Vous allez me suivre à Saqqarah. Nous y serons en sécurité puisque les eaux du Nil n'atteignent jamais ce plateau. Comme tous les ouvriers travaillent aujourd'hui dans l'oasis, la nécropole sera quasiment déserte. Ne demande pas d'explications. Tu n'en auras pas ! Je suis pressée !

Tous les ordres de Nitocris furent exécutés à la lettre. Les trois hommes prirent place dans un petit char conduits par le fonctionnaire chargé de la prison de Memphis. Les deux véhicules bifurquèrent sur la droite en direction du désert, là où toutes les pyramides avaient été construites. La rive des morts n'était jamais aussi tranquille qu'au début de l'inondation. Les paysans qu'ils croisèrent allaient tous dans la direction opposée.

En tête, Nitocris s'enfonça au milieu des palmiers dont les branches devenaient plus touffues et plus larges. Personne n'avait déblayé ce chemin peu emprunté qui conduisait, comme la voie principale, à Saqqarah. Le paysage qui s'offrait à eux changea subitement. Aux champs verdoyants, aux hauts arbres, à la verdure foisonnante, succéda le sable doré.

Nitocris excita ses bêtes pour les encourager à gravir la colline. Elles montèrent péniblement. Personne ne la questionna. Elle devait passer devant le tombeau à degrés du roi Djoser et longer les chapelles que le pharaon avait fait construire pour fêter son jubilé. Le complexe était entouré d'un mur en calcaire de Toura où se trouvaient quatorze fausses portes. Après être descendus de leurs chars, les quatre hommes et Nitocris entrèrent par la colonnade d'accès située au sud-est, dépourvue de porte, qui permettait de pénétrer dans un couloir étroit donnant sur un corridor orné de vingt colonnes.

Ils débouchèrent dans la salle hypostyle, déserte, également agrémentée de colonnes, au nombre de huit. Dans la grande cour se trouvait la pyramide à degrés qui trônait, majestueuse, dans la partie septentrionale. La cour était, elle aussi, entourée d'un mur orné d'une frise de cobras, symbole de royauté, et de la déesse Ouadj, veillant sur la Basse-Égypte. Un puits très profond, semblable à celui qui avait été creusé sous la pyramide de Djoser, décoré de l'Horus Neterkhet, permettait d'accéder à une pièce funéraire où avaient été déposés les vases canopes du roi Djoser. Les prêtres racontaient que les viscères de Djoser avaient été placés à l'intérieur et que l'embaumeur avait dû trouver des vases appropriés tant ils étaient gros.

Nitocris, suivie des quatre Égyptiens, marcha d'un pas énergique en direction du pavillon orné de trois colonnes qui protégeait, pendant son jubilé, le *ka* du roi, son âme symbolisée par une statue magnifique. Elle passa juste devant les bornes en calcaire que le roi Djoser contournait quand il accomplissait sa course rituelle pendant cette fête-sed, montrant ainsi sa vigueur et son éternelle jeunesse à tous les Égyptiens.

Elle longea une chapelle au toit complètement plat, à la façade ordinaire et lisse, puis une dizaine d'autres plus élaborées avec des colonnes cannelées et des chapiteaux. Certaines chapelles possédaient des niches capables de recevoir la statue du roi pendant son jubilé.

Nitocris marcha dans chaque corridor dépourvu de toit qui permettait de passer d'une chapelle à une autre. Elle ne regarda pas les fausses portes qui ornaient les murs, ni les fausses barrières en haut-relief et avança droit devant elle, priant pour que les gardiens fussent occupés. Toutefois, elle ne passa pas sans émotion devant la chapelle où Djoser avait reçu son titre de roi de Basse et Haute-Égypte. Elle longea ensuite les treize chapelles et les statues inachevées de Djoser qui semblaient protéger le site.

Elle se dirigea vers deux maisons bâties juste en face de la pyramide de Djoser. L'une était ornée de colonnes lotiformes et cannelées où apparaissait le nom d'Horus Neterkhet. Elle traversa la petite cour de la seconde où avaient été élevées des colonnes papyriformes, le lotus et le papyrus étant les symboles de Haute et de Basse-Égypte. Tous les Égyptiens savaient que le roi Djoser recevait là les tributs des ambassadeurs du nord et du sud de l'Égypte.

Nitocris arriva à une petite chapelle, fermée en permanence, qui protégeait une immense statue de Djoser. Elle jeta un œil à l'intérieur, par une petite ouverture qui permettait de voir le pharaon, le visage tourné vers la lumière.

Elle s'attarda dans le complexe du roi Djoser, attendant que tous les ouvriers travaillant au tombeau de Pépi II fussent partis. Or, ces ouvriers se trouvaient précisément à côté des pyramides de Pépi Ier et de Mérenrê, toutes deux proches l'une de l'autre. Quand ils eurent pris la direction de la colonnade de l'entrée du complexe de Djoser, elle ordonna aux quatre hommes de se hâter.

– Es-tu sûre qu'ils sont tous partis ? Nous ne distinguons pas le plateau oriental d'ici.

– Ne discute pas et avance. Nous verrons bien. Je doute qu'il reste des ouvriers sur le chantier alors que les scribes ont relevé les noms de ceux qui ont rendu leurs outils. Ils ne reviendront pas travailler aujourd'hui. Ne me regarde pas ainsi ! Je n'ai pas entendu les scribes les appeler par leur nom, mais je me doute qu'ils l'ont fait puisqu'ils sont sortis les derniers.

Sans perdre de temps, ils quittèrent l'endroit qui leur servait de cachette, juste derrière la pyramide à degrés, et marchèrent rapidement en direction de la pyramide « équilibrée » du roi Pépi Ier qui portait le nom de la ville de Memphis. Elle était, comme la capitale, entourée d'un mur clair en calcaire de Toura. Les prêtres avaient appris à Nitocris qu'à l'intérieur de cette pyramide se trouvaient des textes précieux comme dans les tombeaux de Téti et de son père. Les rassembler lui aurait peut-être permis d'en savoir plus sur l'histoire secrète des pharaons.

– Plus vite ! dit Nitocris en se retournant.

– Nous aurions dû garder les bêtes et laisser les chars à l'entrée.

Nitocris accéléra encore le pas à hauteur du temple de Pépi Ier. Elle passa entre la pyramide principale et celles, plus petites, des reines du pharaon, et parvint enfin à « Mérenrê brille de tout son éclat », le tombeau de son père. Comme des cris se faisaient entendre à proximité, elle s'arrêta et se baissa, faisant signe aux hommes de faire de même. Ils étaient cachés par le petit mur d'enceinte qui entourait le tombeau de son père.

Des chefs de chantier et deux architectes se querellaient sur les dimensions de la pyramide de Pépi II.

– Que faisons-nous ? chuchota le fonctionnaire à Nitocris. Ils en ont peut-être pour longtemps ! Ils ne semblent pas d'accord.

– Évitons-les. Gardez la tête baissée.

Leurs murmures étaient couverts par les voix rauques des spécialistes qui semblaient résonner dans cet immense espace sablonneux où trônaient de gigantesques complexes encore intacts. Nitocris frissonna.

– Être subitement seuls dans cette nécropole gigantesque où dorment les hauts fonctionnaires et les rois est impressionnant, dit le chef de la prison.

– Nous, ça ne nous dérange pas, raillèrent les trois pilleurs de tombes en riant.

– Dites-moi très exactement où vous êtes entrés, dit Nitocris.

Ils lui parlèrent du premier corridor, très étroit, qui conduisait à un vestibule, plus large et rectangulaire, du second corridor, beaucoup plus long que le premier, qui permettait d'accéder à l'antichambre et, de là, à la chambre funéraire, également rectangulaire, au fond de laquelle avaient été déposés le sarcophage et la momie de Mérenrê.

– Je croyais que vous étiez dépourvus de torches et que vous vous étiez perdus à l'intérieur du tombeau.

– Nous sommes habitués. Nous savons reconnaître un corridor d'une antichambre, ainsi que la chambre funéraire où sont normalement déposés tous les objets du défunt. Dans cette pyramide, il ne reste quasiment rien.

Le plateau calcaire s'étendait jusqu'à Gizeh. Ils n'étaient entourés que de sable. À proximité, des notables s'étaient fait construire les plus beaux mastabas. Les plus grandes des pyramides à l'ombre desquelles d'autres tombeaux, plus modestes, dessinaient leur ombre sur le sol aride, étiraient leur sommet vers le ciel.

Nitocris se taisait, la gorge nouée. Elle approcha de la pyramide de son père sans se relever. Comme aucun ouvrier ne travaillait plus sur le plateau, tous les outils avaient été rangés.

– Je veux que vous entriez de nouveau dans le tombeau de Mérenrê, dit Nitocris. Vous allez me rapporter les vases et les tablettes que vous y trouverez.

Les trois hommes se plaignirent : ils n'avaient pas de pioches pour enlever les pierres qui avaient été placées devant l'entrée de la pyramide, empêchant ainsi les Égyptiens d'y pénétrer jusqu'à ce que l'entrée fût entièrement refaite.

– Vous ôterez ces blocs un à un avec vos mains. Ce sera votre punition !

Tandis qu'ils chuchotaient, ils n'entendirent pas deux hommes armés de lances s'approcher. Intrigués par la présence d'un petit groupe sur le site, ils vinrent au-devant de Nitocris. La princesse sursauta.

– Que voulez-vous ? demanda-t-elle avec autorité en se relevant. D'où venez-vous ?

Les deux gardiens, qui s'étaient retirés à l'ombre pour déjeuner de quelques oignons, furent stupéfaits quand Nitocris se plaça devant les quatre hommes comme si elle voulait les dissimuler. Elle fit signe au fonctionnaire de se taire et de cacher les liens qui tenaient encore les mains des prisonniers.

– Les dieux vous envoient ! dit-elle aux gardiens en les obligeant à reculer. Venez par ici. J'ai précisément besoin de vous.

Ils lui demandèrent si elle était venue avec les architectes qui travaillaient sur le futur tombeau de Pépi II.

– Pas tout à fait, mentit-elle.

– Ton visage ne nous est pas inconnu…

– Je suis Nitocris.

Quand ils reconnurent la fille de Mérenrê, ils tombèrent à genoux et s'étendirent sur le sol en citant ses titres.

– Princesse, que fais-tu ici ?

– J'ai besoin de vous ! Je viens souvent rendre hommage à mon père. Je lui apporte des offrandes. Tous ces paniers remplis de fruits blets qui se trouvent près de son tombeau ont été déposés là par mes soins. Je dois changer ces fruits et en mettre des frais. Les fleurs sont fanées et les victuailles ont pourri au soleil. Il est grand temps de remédier à cela ! J'ai toujours apporté à mon père ce qu'il y avait de meilleur.

Les deux gardiens lui proposèrent leur aide.

– Où as-tu laissé tes paniers et tes cruches ? Nous allons te les apporter. Qui sont ces hommes qui t'accompagnent ?

– Allez plutôt me chercher une dizaine de gardes ! J'ai appris que la tombe de mon père avait encore été visitée ! Je ne veux pas être surprise par des pilleurs de tombes ! Assurez ma protection, mais ne restez pas là. J'ai besoin de me recueillir. Je souhaite constater par moi-même les dégâts qui ont été commis et faire restaurer cette tombe si nécessaire.

Très surpris par une telle attitude bien que l'affection de Nitocris pour son père fût connue à Memphis, ils se hâtèrent d'exécuter ses ordres.

– Dépêchez-vous. Il doit y avoir quelques gardes à l'entrée du complexe de Djoser. Courez les chercher !

Dès qu'ils furent partis, comme le fonctionnaire se penchait pour couper les liens de ses prisonniers, Nitocris lui demanda d'attendre le retour des soldats.

– Je n'ai aucune confiance dans ces gaillards ! Ils t'assommeraient facilement, même si tu es armé et qu'ils ne le sont pas ! Attendons du renfort. Ces gardiens, grâce aux dieux, n'ont pas compris ce que nous étions venus faire et ils n'ont pas reconnu les pilleurs. Je n'avais pas le choix. Je vais faire en sorte que ces soldats ne nous gênent pas. J'espère seulement que ma petite escapade ne sera pas connue de Pharaon.

Les deux gardiens revinrent avec douze soldats qui restèrent en retrait, surveillant les alentours. Les trois pilleurs de tombes se mirent aussitôt à déblayer l'entrée. Quand celle-ci fut enfin visible, Nitocris leur ordonna d'y pénétrer et de lui rapporter ce qu'elle leur avait demandé.

– Discrètement ! ajouta-t-elle. Personne ne doit vous voir. Pensez à votre libération ! Si vous accomplissez correctement cette mission, je parlerai en votre faveur, je vous l'ai dit. La reine Neit s'étonnera sans doute de ma clémence car je ne pardonne jamais à un voleur d'avoir dérangé le sommeil de Mérenrê, mais j'inventerai une excuse.

– Princesse, il nous faudrait des sacs assez profonds

pour y placer les tablettes. Il est inconcevable de les porter nous-mêmes jusqu'à nos chars après avoir traversé les cours !

– Tu as raison.

– Nous avons également besoin de torches ou de lampes. Comment ne pas en oublier si nous travaillons dans l'obscurité complète ?

– Un soldat va aller chercher tout cela. En attendant, commencez à rassembler les objets qui m'intéressent. Votre liberté dépend aussi de votre discrétion. Ne dites à personne que vous avez sorti des objets même cassés de cette tombe !

Les trois hommes ne restèrent pas longtemps à l'intérieur de la tombe qu'ils connaissaient parfaitement. Ils rapportèrent bientôt les premières tablettes. Nitocris détailla les tessons de poteries dépourvus d'inscriptions. Elle leur dit de les remettre aussitôt en place.

Alors qu'elle n'y croyait plus, elle tomba sur deux morceaux intéressants où étaient écrits des textes en hiéroglyphes.

– Saurais-tu les lire ? demanda-t-elle au fonctionnaire.

L'Égyptien secoua la tête.

– Je ne suis pas scribe.

Elle se rendit compte que plusieurs tessons s'assemblaient parfaitement. Elle les plaça dans le sac qu'on venait de lui apporter et fit un tri rapide des tablettes, séparant celles dont les textes, plus lisibles, semblaient se rapporter à l'enterrement et aux funérailles de son père de celles qui rappelaient sa vie. Le peu qu'elle réussissait à lire lui suffisait pour comprendre le sujet.

Nitocris ressentit une grande émotion en voyant trois vases intacts. L'un, en albâtre, avait une signification religieuse. Sur un côté du vase, un homme à genoux, tenant au-dessus de sa tête et à bout de bras l'hiéroglyphe signifiant « un million d'années », rappelait que Pharaon pouvait célébrer son jubilé des millions de fois. Sur les anses avaient été dessinés les trônes de Haute et de Basse-Égypte.

Quand les trois hommes lui eurent juré qu'il n'y avait plus à l'intérieur de la tombe d'objets du même genre, Nitocris leur ordonna de remettre les blocs de pierre qui protégeaient l'entrée à leur place. Elle avait dissimulé le sac derrière la pyramide.

– Il est impossible de transporter ce sac en plein jour ! Enterrons-le ici et viens le chercher quand la nuit sera tombée, demanda-t-elle au fonctionnaire. Les gardiens s'endorment. Ils ne te verront pas. Si tu es surpris, dis-leur que tu as perdu un objet précieux en m'accompagnant.

– Et s'ils m'arrêtent avec le sac sur l'épaule ? Je me retrouverai en prison à la place de ces hommes !

– Tu n'as pas le droit de te faire prendre ! Cachons ce sac et partons ! Je t'attendrai au palais, avant le banquet !

Le fonctionnaire n'avait pas prévu un tel dénouement. En transportant des objets volés appartenant à un roi défunt, il était passible de la peine de mort. Il était mieux placé que quiconque pour le savoir. Aussi exécuta-t-il avec réticence les ordres de Nitocris. Il ordonna à l'un des pilleurs de s'emparer discrètement du sac et de contourner la pyramide en le traînant sur le sol. Puis il lui tendit une pioche et lui ordonna de creuser.

Quand le trou fut suffisamment profond, l'homme y jeta le sac et le recouvrit de sable.

– N'en mets pas trop ! C'est moi qui viendrai le chercher et je n'ai pas l'intention de travailler pendant toute la nuit !

Nitocris s'était approchée des soldats qu'elle cherchait à distraire, les entraînant à l'écart en direction de la pyramide de Pépi Ier. Les architectes du tombeau de Pépi II venaient juste de quitter les lieux.

– Personne ne vient ici dans la journée ? demanda la princesse.

– Nous ne sommes pas les gardiens de cette tombe. Nous restons à l'entrée du complexe de Djoser. Pourquoi ne pas interroger les deux gardes qui sont venus nous avertir de votre présence ? Cette zone était plutôt déserte auparavant. Mais la construction de la nouvelle pyramide a entraîné ici toute une activité. Le tombeau de Mérenrê est le plus proche du chantier. Aujourd'hui, les ouvriers ont été appelés à Memphis et dans ses environs. Mais ils reprendront bientôt le travail. As-tu rendu hommage à ton père Mérenrê comme tu le souhaitais ?

– J'ai fait ce que j'avais prévu.

V

Dès que la nuit fut tombée, Nitocris guetta l'arrivée du chef de la prison. Les pilleurs de tombes avaient regagné leur cachot avec l'assurance de voir leur peine allégée. La princesse leur avait même promis une libération avant le retrait de l'eau du Nil. Elle marchait de long en large dans sa chambre, réclamait tantôt un bol de bière nubienne, pourtant très amère, tantôt une coupe de grenadine. Elle s'asseyait pour se lever aussitôt, souhaitait entendre une musicienne puis un poète qu'elle renvoyait quelques instants plus tard.

– Cet Égyptien doit franchir la porte du palais avant le dîner ! Ce soir, Pharaon reçoit de nombreux tributaires de l'Égypte qui sont venus constater le début de l'inondation des terres et la fertilité de notre pays. Ils repartiront chez eux rassurés, certains d'obtenir le soutien d'une Égypte riche en cas d'invasion ou de siège. Le roi exigera ma présence au banquet. Je n'ai aucune excuse pour ne pas y assister. Nous fêtons la venue de Sirius et de l'eau bienfaitrice.

Elle se mit sur la pointe des pieds pour tenter de voir ce qui se passait dans le parc. Mais elle était trop petite pour atteindre la minuscule fenêtre de son appartement. Un domestique lui proposa son aide.

– Va donc chercher un scribe et dis-lui de se rendre à la porte principale du palais. Qu'il coure et demande aux gardiens si le chef de la prison est arrivé.

Le fonctionnaire se fit attendre jusqu'à l'arrivée des premiers ambassadeurs. Habillée pour la soirée, n'espérant plus sa venue, Nitocris le reçut avec humeur.

– Pardonne mon retard, dit l'homme en se jetant à ses pieds. Voilà le sac et son contenu. L'opération n'a pas été facile ! Les pilleurs de tombes ne voulaient plus retourner en prison. Ils affirment que tu leur as promis la liberté immédiate. Ils étaient très réticents, menaçant même de révéler ce qu'ils savaient. Ne tarde pas trop pour les relâcher, sinon ils n'hésiteront pas à raconter nos péripéties à qui veut l'entendre.

– Je n'en attendais pas moins d'eux, dit Nitocris. Ne perdons pas de temps. Relève-toi. Remets-toi de tes émotions et bois cette bière. Que s'est-il passé ? Personne ne t'a vu ?

– Je l'espère car Sirius éclairait mon chemin comme en plein jour ! J'ai pu berner les gardes en évitant l'entrée du complexe de Djoser. En fait, je suis directement monté par le flanc oriental qui permet d'accéder immédiatement aux tombeaux de Pépi Ier et de Mérenrê. La colline est abrupte, mais il est plus aisé de la gravir le soir qu'en plein soleil ! Je suis sorti de la palmeraie qui me dissimulait au regard de tous au pied du plateau désertique. Aucun garde ne s'y trouvait. J'ai donc pu grimper sans être inquiété. Les gardiens faisaient leur ronde dans le secteur d'Ounas. Je me suis précipité vers la pyramide de ton père et ai déterré le sac. Je suis reparti par le même chemin. Au moment où j'allais lancer le sac vers le bas de la colline, j'ai entendu des pas. Comme je n'avais aucun moyen de me cacher à cet endroit, j'ai roulé, moi aussi, le long de la pente…

– Ce qui explique ces égratignures.

– J'avais laissé mon âne dans la palmeraie. Je ne pouvais pas venir plus vite. Les gardiens du palais m'ont interrogé. Ils se demandaient ce que contenait mon sac.

– Je leur avais pourtant annoncé ta venue ! Leur as-tu montré les objets funéraires de Mérenrê ?

– Non. Ton scribe est arrivé à point pour faciliter mon entrée.

– Maintenant, repars comme tu es venu. Va dire aux pilleurs de tombes qu'ils seront bientôt libres comme je le leur ai promis. Précise-leur aussi que s'ils parlent, te menacent, ou nous font du chantage, je les laisserai croupir dans un cachot à rats. Ils y resteront jusqu'à la fin de leur vie sans voir ni le soleil, ni la lumière de Rê, ni l'étoile Sirius.

Le fonctionnaire se retira au moment où les chars des derniers ambassadeurs arrivaient, accueillis par des joueurs de tambourin et de flûte. Des danseuses étrangères exécutèrent également quelques acrobaties dans le parc pour leur souhaiter la bienvenue. Ils étaient tous accompagnés d'un cortège imposant dans lequel on distinguait des cages à panthères ou à lions, des chiens fins et racés, des meubles en ivoire, en or et en ébène, des coffres à bijoux et des femmes qui rejoindraient le harem royal.

Nitocris plaça les objets funéraires de son père dans un grand coffre à côté des manuscrits dérobés dans la

Maison de Vie. Elle n'avait pas plus tôt fermé le coffre que Neit vint la chercher.

– Je suis prête, dit Nitocris, en empêchant la reine d'entrer.

– As-tu regardé ton visage ? lui dit la reine en lui tendant son miroir. Tu n'as pas mis de cornaline sur ta bouche. Le khôl qui entoure tes yeux a coulé. Tu as les yeux rouges comme si tu avais pleuré. Des mèches s'échappent de ton chignon. Où est ton diadème ? Ne peux-tu rajouter un peu de fard à paupières ? Mais où se trouvent donc ta maquilleuse et ta coiffeuse ? Tu n'es plus une enfant, Nitocris ! Il faut être attentive à ton apparence. Je t'ai donné les meilleures ouvrières du palais, ma manucure, mon habilleuse. Cette chambre est vide ! Mais où sont tes domestiques ?

– Je me suis promenée dans le parc et j'ai été faire un tour en barque. Je ne me suis pas aperçue que la nuit était tombée… Je suis distraite. Je me suis vêtue en hâte.

La reine Neit la regarda étrangement comme si elle ne croyait pas à son histoire.

– Tes excuses n'expliquent pas l'absence des serviteurs.

– J'avais besoin d'être seule, reine Neit. Fais-les appeler. Ils essuieront mes yeux et me peigneront en un instant.

Une kyrielle de femmes pénétrèrent bientôt dans l'appartement de Nitocris. L'une la peignait avec énergie, tenant des épingles en os dans sa bouche, prenant chaque mèche avec dextérité, refaisant son chignon qui fut agrémenté d'un diadème discret en turquoise. Une autre lava son visage, dessina un trait de khôl autour de ses yeux afin de protéger ses paupières des piqûres de moustiques et des irritations et les colora en vert et en bleu jusqu'aux sourcils soulignés de poudre de charbon.

Pendant ce temps, une troisième peignait sa bouche, une quatrième s'était emparée de ses mains pour couper ses ongles, les brosser et les peindre. Une cinquième s'occupait de ses pieds, les massant, les relaxant, les imprégnant d'onguents odorants. Une dernière choisissait des bijoux en compagnie de la reine, essayant des bagues plus ou moins grosses, des colliers assez larges, qui recouvraient le haut de sa tunique, et des chaînes de chevilles.

Nitocris, qui préférait les larges bracelets, mit elle-même ceux qui lui plaisaient, en argent rehaussés de turquoises.

– C'est mieux ! dit la reine. Le roi nous attend.

Comme Nitocris renvoyait une nouvelle fois ses domestiques, laissant sa chambre vide, la reine s'en inquiéta.

– Qui va te déshabiller ce soir ? Qui te démaquillera ? Qui te lavera et te massera ?

– Elles reviendront quand je leur en aurai donné l'ordre, répondit Nitocris en pressant la reine vers la porte.

– Fais comme nous tous. Les servantes attendent. Elles prépareront ton lit, tes vêtements de nuit, les onguents, l'eau de ta douche.

– Je leur ai demandé d'aller me chercher quelques fleurs. Mes bouquets sont fanés.

– En pleine nuit ?

– Sous la lumière de Sirius qui porte bonheur.

– Serais-tu devenue superstitieuse ? dit la reine en abandonnant la partie. Les jeunes filles sont parfois difficiles à comprendre !

Nitocris l'écoutait distraitement. Elle n'avait qu'une idée en tête : trouver un scribe suffisamment fiable pour lui confier les objets gravés dont elle était incapable de lire les textes dans leur intégralité.

– On m'a dit que tu t'étais rendue à Saqqarah aujourd'hui, poursuivit la reine en se dirigeant vers la salle à manger, tout en saluant de la tête tous ceux qui se couchaient sur son passage.

Nitocris sursauta.

– Comment le sais-tu ?

La reine se mit à rire.

– Que t'arrive-t-il ? Il est normal que je sois au courant. Les gardes t'ont vue monter vers la nécropole.

– Je voulais honorer mon père pour le début du nouvel an.

– Tu as raison. Nous aurions tous dû apporter des offrandes aux pharaons défunts à l'occasion de l'apparition de Sirius. Pépi II a prévu de les célébrer pendant les jours fériés qu'il vient de décréter.

– Les ouvriers ne reprendront pas leur travail dans la nécropole ?

– Le roi leur a accordé deux jours de repos. D'habitude, les fêtes durent plus longtemps, mais il a hâte de voir sa pyramide terminée. Il m'a montré les plans du complexe. Je doute qu'elle soit achevée avant sept ou huit ans.

La foule des invités se pressa derrière le couple royal. Chacun gagna la chaise qui lui était destinée pendant que des servantes déposaient des guéridons et des corbeilles de victuailles devant les convives. Nitocris avait choisi sa place non loin de la reine Neit, dans un petit renfoncement rectangulaire. Elle dînait en compagnie de deux princesses étrangères en visite à Memphis. Le roi réclama le silence et se leva.

– Que le défilé commence ! dit-il.

Les ambassadeurs entrèrent l'un après l'autre, déclamant devant Pépi II les compliments que leur roitelet lui envoyait, lisant à haute voix la liste des dons qu'ils apportaient. Des serviteurs, sur une file, montraient à Pépi II chaque bijou, chaque meuble, chaque animal, chaque plante, autant de cadeaux que le roi garderait ou donnerait au clergé de Ptah.

La beauté ou l'originalité des dons soulevaient les exclamations de la foule qui applaudissait ou s'extasiait. Sachant le roi et la reine très occupés, Nitocris en profita pour se glisser à l'extérieur, après avoir longé le mur jusqu'à l'une des petites portes situées sur le côté de la salle à manger. Elle s'adressa à l'un des gardes :

– Va chercher le scribe qui habite la première maison à droite en sortant du palais. Son jardin donne sur la place publique. Tu la trouveras facilement. Qu'il t'accompagne et m'attende dans le vestibule. Je ne veux surtout pas qu'il vienne ici. Dépêche-toi et ne dis rien à personne. Quand le scribe sera là, préviens-moi très discrètement. Il s'appelle Titou.

Nitocris regagna la salle à manger sans faire de bruit. Mais elle croisa avec stupeur le regard de la reine à qui rien n'échappait. Elle était pourtant occupée à contempler les colliers en perles offerts par un roi asiatique. « Elle va encore avoir des soupçons. Je dois lui sourire et paraître naturelle. » Nitocris se détendit et applaudit la prestation d'un artiste en même temps que les invités. Puis elle se rassit en reprenant sa conversation avec les deux princesses dont elle ne comprenait pas toutes les paroles. Hochant la tête en riant quand elles paraissaient gaies, se montrant intéressée par leur discours lorsqu'elles parlaient plus gravement, Nitocris guettait la porte comme si le garde pouvait revenir aussi rapidement.

Elle avait l'impression que la reine Neit ne lui avait pas tout dit sur son escapade à Saqqarah, qu'elle en savait plus. « A-t-elle appris ma visite aux prisonniers ? » Elle n'osait regarder de nouveau dans sa direction.

Bien que le défilé durât longtemps, personne ne s'en plaignait. Certains avaient pu voir des animaux exotiques étonnants. La plupart riaient des facéties des singes au pelage bleuté que le roi avait décidé de laisser courir au palais et dans son parc. Il aimait, comme tous les pharaons, les chats, les chiens, les oies et les singes que l'on trouvait en grande quantité dans l'enceinte de son domaine.

La réception des ambassadeurs venait de s'achever et ils avaient tous pris place devant leur table quand le garde entrouvrit la porte. En le voyant, Nitocris lui fit signe de ressortir. Elle attendit quelques instants et profita de l'entrée des danseuses par la porte opposée pour le rejoindre.

– Maîtresse, j'ai trouvé le scribe Titou. Il est dans le vestibule. Je lui ai demandé d'attendre.

– T'a-t-il suivi sans réticence ?

– Non. Il m'a réclamé des lingots. J'ai dû insister. Je doute qu'il reste longtemps dans l'entrée. S'il ne te voit pas, il partira.

– Je ne peux m'absenter maintenant. Retourne le voir et explique-lui que je lui donnerai ce soir ce qu'il demande. Je le lui dois. Je ne me déroberai pas. J'avais juste oublié de le payer. S'il est sûr de repartir avec de l'or, il restera. N'ouvre plus cette porte. Dirige-le vers mon appartement. Il attendra en compagnie de mes gardes. Si tu réussis à le convaincre, inutile de m'avertir. Je comprendrai et je le retrouverai dès que possible. Sinon, reviens vite ici et donne à la harpiste qui se produira ce soir ce ruban bleu. Tu lui diras de le mettre autour de sa taille.

Nitocris avait remarqué que l'attention du garde était quelque peu distraite. Elle lui demanda s'il avait bien compris ses paroles. Il hocha la tête de haut en bas. Mais au moment où elle se retournait, Nitocris tomba nez à nez avec la reine.

– Je savais bien qu'il se passait quelque chose d'insolite ici, lui dit-elle. Pourquoi ne cesses-tu de sortir et quel ordre as-tu donné à ce garde qui a pour mission de surveiller cette issue ?

– Je lui ai demandé de se renseigner pour savoir où était mon médecin. J'ai trop chaud dans cette pièce. Je ne me sens pas bien. Si tu m'autorisais à regagner ma chambre, j'embrasserais tes chevilles de bonheur.

– Une princesse doit rester pour remercier les roitelets et leurs hérauts de leurs cadeaux. Mais je ne crois pas que l'on ait remarqué ta présence. Tu t'es montrée très discrète. Tu as donc mon autorisation si tu préfères aller te reposer. Je passerai te voir…

Nitocris lui expliqua qu'elle s'endormirait tôt et qu'il n'était pas nécessaire d'écourter la soirée pour elle.

– Reste avec tes invités et comble nos tributaires et nos alliés. Il faudrait juste donner aux deux princesses avec lesquelles je parlais une nouvelle compagnie. Elles sont loquaces et agréables bien que je n'aie pas saisi tout leur discours…

– Je m'occupe du médecin. Quand le garde reviendra, je te l'enverrai.

Nitocris supplia les dieux pour que l'Égyptien trouvât la repartie qu'il fallait face à la reine. Elle se retira lentement en espérant le voir avant de rejoindre sa chambre. Mais la reine Neit ne bougeait pas et l'incitait à se retirer. Elle appela une servante et lui dit très clairement de s'occuper d'elle et ne pas la quitter des yeux.

Dès qu'elle fut hors de vue de la reine, Nitocris pressa le pas, entraînant la servante un peu surprise dans son sillage. Elle arriva devant sa chambre en même temps que Titou qui avait pris son matériel de travail. Il le portait sous le bras dans un étui orné du dieu babouin Thot, protecteur des scribes. Celui-ci contenait des calames, une tablette de couleur, des pains d'encre et des rouleaux de papyrus neufs.

– Entre, lui dit-elle en refermant la porte sur la servante. Puis, elle s'adressa à ses domestiques. Sortez tous ! Je n'ai plus besoin de vous jusqu'à demain matin. Je sais que la reine Neit vous envoie, mais je suis lasse et j'irai me coucher dès que j'aurai parlé avec mon scribe.

Une douce odeur de rose et d'amande venait de la salle de massage que les suivantes s'apprêtaient à ranger. Mais Nitocris renouvela ses ordres avec plus de fermeté. Elle dit aux gardes de n'ouvrir à personne, même pas au roi, et de ne pas la déranger avant le lever du soleil. Comme la servante envoyée par la reine restait muette devant la porte, Nitocris jugea préférable de la garder pour l'empêcher de faire un rapport à la reine.

– Reste ici et ne bouge pas ! lui dit-elle en la laissant dans le couloir.

Elle s'assura qu'on ne pouvait pas entendre ses propos, puis elle ouvrit l'un de ses coffres et montra deux lingots d'or au scribe.

– Ils t'attendent, lui dit-elle. Je suis incapable de les prendre tant ils sont lourds, mais tu trouveras bien un moyen de les emporter chez toi.

Le scribe restait penché au-dessus du coffre, admirant la beauté de l'or pur nubien.

– En attendant, ajouta Nitocris, assieds-toi et prépare-toi à travailler pendant toute la nuit.

Nitocris rompit le pouvoir hypnotique que l'or avait sur Titou en refermant vivement le coffre.

Pendant que le scribe s'asseyait en tailleur, à même le sol, Nitocris ouvrit un autre coffre et lui montra les papyrus dérobés dans la Maison de Vie.

– Tu pourras les remettre à leur place quand tu me les auras lus. Il me semble les avoir compris. Je préfère, toutefois, en avoir le cœur net. Ensuite, nous passerons à ces objets…

Elle sortit avec une infinie précaution les vases brisés et les tablettes de Mérenrê et les montra au scribe. Celui-ci lut quelques textes à la hâte et se mit à rougir d'angoisse.

– Ils appartiennent à un pharaon, dit-il à mi-voix.

– Bien entendu ! Ils sont à mon père Mérenrê.

– Mais… Où as-tu trouvé ces objets funéraires ?

– Dans sa tombe ! Les pilleurs n'ont pas laissé les pièces les plus belles ! Dans leur précipitation, ils ont perdu ces vases qu'ils ont cassés, ces bols presque intacts, et ils n'ont pas touché aux tablettes qui ne les intéressaient pas. J'ai laissé sur place les textes qui n'éclairaient pas mes recherches. En revanche, ceux-ci m'ont paru plus complets car ils évoquent la vie privée de Mérenrê. Ils sont plus instructifs que les documents d'Ouni qui ont eu le mérite de nous mettre sur la voie.

– Princesse, pourrais-tu me dire très exactement ce que tu recherches ? Tu parles par énigmes. Si je connaissais la raison de cette quête dans laquelle tu mets toute ton énergie, je t'aiderais plus facilement.

– N'est-il pas normal pour une fille de vouloir mieux comprendre la vie de son père ? Je n'ai pas connu ma mère. On m'a brièvement raconté ses exploits. Mais je n'étais pas jusque-là en âge de tout saisir. Maintenant, j'aimerais que ce père me donne des conseils et je crois les trouver dans les textes que ses fonctionnaires ou lui-même ont écrits.

– Tu ne veux donc pas me révéler l'objet de tes recherches ? insista le scribe qui ne tint pas compte de la réponse polie de Nitocris.

– La vie de Mérenrê n'est-elle pas narrée sur ces éléments ? demanda-t-elle en tendant au scribe les objets l'un après l'autre. Ne sois pas si effrayé. Je n'ai pas pénétré moi-même dans la tombe de Mérenrê. Ses vases retrouveront leur place dès que tu auras déchiffré ce qu'il y a d'inscrit dessus !

Non seulement le scribe lui lut l'intégralité des manuscrits d'Ouni, mais il lui confirma que le roi Mérenrê racontait dans ses tablettes de bien curieuses histoires sur sa vie. Au moment où le scribe allait commencer, Nitocris entendit une grande agitation devant sa porte.

– La reine ! dit-elle. Vite ! Aide-moi à remettre ces documents dans le coffre et prends un papyrus neuf !

Nitocris se précipita dans un fauteuil et feignit la fatigue.

– Tu travailles encore alors que tu es souffrante ? dit la reine en entrant après avoir sermonné les gardes. La servante se tient stupidement devant ta porte alors qu'elle devrait t'aider. On ne reçoit pas les scribes en pleine nuit ! Aurais-tu perdu la tête ? Que vont penser les courtisans ?

Elle ordonna à Titou, qui s'était jeté à terre pour la saluer, de ranger ses calames et de quitter la pièce.

– Mais il me semble te reconnaître, dit-elle en l'arrêtant. N'es-tu pas l'un des scribes chargés des redevances ? Tu dois avoir un énorme travail puisque le Nil est en train de sortir de son lit. Que fais-tu donc ici avec la princesse Nitocris ? Tu habites à l'extérieur du palais.

Nitocris intervint pour prendre sa défense :

– Il m'aidait à terminer un poème en l'honneur de l'étoile Sirius, dit-elle.

Nitocris s'aperçut alors qu'un vase avait été oublié

sur le sol, juste derrière son fauteuil. Aussi renvoya-t-elle le scribe en lui précisant qu'ils poursuivraient leur travail le lendemain, dès qu'il aurait achevé sa tournée.

– Et maintenant, je vais me déshabiller et dormir, dit-elle à la reine. Je n'ai pas entendu les invités partir. Les as-tu quittés pour prendre de mes nouvelles ?

La reine Neit semblait hésiter et réfléchir, comme si elle était prête à faire des révélations à Nitocris. « Ne veut-elle pas me parler des secrets de mon père à l'insu de Pépi II ? se demanda la princesse. Le meilleur moyen de tout savoir ne serait-il pas de la mettre en confiance et de lui poser des questions ? » Après avoir donné un léger coup de pied dans le vase qu'elle fit rouler sous son lit, Nitocris se fit mielleuse et tendre :

– Nous n'avons guère l'occasion de profiter l'une de l'autre, dit la reine. Je surveille de près ton éducation et tu sais que je tiens beaucoup à toi. J'ai parfois remplacé ta mère et j'ai beaucoup aimé ton père.

– Mon père, Mérenrê ? osa-t-elle en enlevant son diadème et en défaisant son chignon.

– Bien entendu ! De quel autre père pourrais-je parler ? Je te trouve étrange ces derniers jours. À quoi penses-tu ? Il y a dans cette pièce une odeur acide… On dirait du natron. As-tu utilisé du sel pour te laver ?

La reine Neit avait changé d'expression. Elle reprit son port altier malgré la lourdeur de sa couronne et remit en place son épais gorgerin multicolore. Petite, un peu ronde, elle avait les traits lisses et la peau blanche, des yeux un peu enfoncés et ses joues très pleines lui donnaient un air affable. Quand elle souriait, ses pommettes remontaient. Elle avait une apparence presque comique, soulignée par son nez au bout légèrement relevé.

Elle avait reçu une instruction parfaite pour devenir Grande Épouse royale. Réputée pour ses réceptions, elle avait invité au palais tous les rois importants. Elle mit en garde Nitocris en pointant vers elle un doigt menaçant :

– Je t'interdis de recevoir sans témoins un scribe dans ta chambre en pleine nuit, sauf en cas d'urgence, précisa la reine avant de quitter la pièce. C'est un ordre, Nitocris ! Tu n'imagines pas les histoires qui courraient si les femmes du palais le savaient !

– Ma tante, dit Nitocris, en laissant tomber sa chevelure sur ses reins et en la secouant énergiquement, les ragots ne me touchent pas.

Quand elle se retrouva enfin seule, Nitocris s'empara du vase oublié et l'enveloppa dans un morceau de lin avant de le ranger auprès des autres. Ces objets dégageaient une odeur extrêmement forte de natron qui servait à nettoyer la peau, mais aussi à conserver les momies.

Elle eut soudain une drôle d'impression. Elle allait dormir près des objets qui avaient servi à Pharaon dans sa vie nouvelle. Ne lui manqueraient-ils pas pendant sa course nocturne avec le soleil, lui qui avait quitté sa pyramide depuis le coucher du soleil pour ne retrouver sa chambre funéraire qu'à l'aube ?

Elle se déshabilla en hâte après avoir soigneusement refermé le coffre et placé dessus un vase en albâtre extrêmement lourd. Elle fit une rapide toilette et se coucha en relevant sa couverture sur son visage malgré la chaleur moite, comme si elle cherchait à se protéger d'une visite nocturne.

« Demain, je connaîtrai les secrets des pharaons », pensa-t-elle en s'endormant et en revoyant le visage momifié de Mérenrê qui venait lui parler dans le creux de l'oreille, l'incitant à oublier ses desseins pour n'avoir ni regrets ni peine.

VI

Nitocris laissa passer les fêtes consacrées au dieu Hâpy et à l'étoile Sirius. Puis elle reprit contact avec le scribe Titou et organisa son emploi du temps de façon à le rencontrer chaque jour après son travail. Elle jugea l'occasion toute trouvée pour parler à la reine Neit en faveur des pilleurs de tombes. Celle-ci fut extrêmement surprise par sa requête plutôt inhabituelle.

– Tu me demandes toujours d'être très sévère avec les voleurs qui dérangent le repos de ton père. Aujourd'hui, tu souhaiterais les voir sortir de prison avant même qu'ils ne fussent jugés ?

– Mon père m'a rendu visite pendant la nuit. Il m'a parlé à l'oreille. Il m'a chuchoté des mots difficiles à comprendre. Mais il m'a clairement dit de pardonner aux pilleurs qui avaient tenté de le voler et qui étaient ressortis les mains vides.

Elle insista tant que la reine lui promit de réclamer leur grâce au roi. Puis elle gagna la maison de Titou et lui apporta les premières tablettes de Mérenrê. Celui-ci commença un récit qui allait le transporter quelques années en arrière et qui durerait plus longtemps qu'il ne le pensait. Assise sur un tabouret ordinaire, Nitocris était aussi attentive qu'un élève face à un professeur. Elle se penchait parfois au-dessus de l'épaule de Titou pour contrôler ce qu'il lisait et pour savoir si elle était capable de le traduire.

Le scribe avait réclamé le plus grand calme. Il était conscient des richesses qu'il tenait entre ses mains : un trésor d'informations sur les secrets des rois. L'or avait réussi à lui faire oublier ses craintes et ses préjugés.

– Aujourd'hui, nous allons aborder, après les introductions de Mérenrê, le cœur de l'histoire. Le scribe du roi a utilisé très souvent une encre rouge pour mettre les éléments importants en valeur. De nombreuses phrases sont soulignées dans ce passage. Veux-tu toujours que je prenne connaissance de ces récits en même temps que toi ?

– Comment faire autrement ?

– Tu vas peut-être apprendre des secrets qui te bouleverseront et que je ne dois pas connaître.

Mais Nitocris était trop impatiente d'entendre le scribe pour écouter ses mises en garde.

– Exécute mes ordres et tu auras bientôt une fortune.

Le scribe s'assura que personne ne se trouvait dans les pièces annexes. Il demanda à sa famille la plus grande discrétion.

– Je veux tout d'abord t'avouer, princesse, que je suis extrêmement flatté par ton choix. Tu as décidé de me remettre ces tablettes et de me faire confiance. Pourquoi une princesse servie par les meilleurs scribes vient-elle me trouver, moi Titou, l'un des responsables des impôts ? Le moment est mal choisi puisque je dois faire mes tournées. Une bonne douzaine de scribes plus qualifiés que moi auraient pu t'aider.

– Titou, je connais ta réputation. Pourquoi me conter une fable ? Tu es attiré par l'or et tu sais que je suis prête à te donner des bijoux pour tes services. J'ai l'habitude de dire le fond de mes pensées. Je ne crois pas que tu m'aurais aidée si j'avais été une simple paysanne.

– Princesse Nitocris, j'aime recevoir des récompenses comme tout le monde, mais je suis aussi très touché par ta démarche.

– Titou, je sais surtout que je peux acheter ta discrétion. Au palais, tout se sait et la reine Neit est très vigilante. Comme elle a veillé sur mon éducation, elle ne me quitte pas des yeux. Tu as vu comment elle me surveille. Nous avons dû nous quitter précipitamment et inventer des histoires pour éviter ses questions, pressantes et nombreuses.

Le scribe saisit l'une des tablettes que lui tendait Nitocris et passa délicatement un mouchoir sur la surface rêche. L'écriture s'était un peu effacée. Il s'empara d'un pinceau fabriqué avec des plumes et nettoya les creux de chaque lettre pour les lire avec plus d'aisance. Il eut bientôt devant ses yeux un texte clair et intégral.

Sur le plateau désertique proche de Saqqarah, les travaux avaient repris après les fêtes données en l'honneur de Ptah, le dieu primordial de Memphis, capitale royale. Des milliers d'Égyptiens courbés tiraient les cordes des traîneaux qui permettaient de déplacer lentement les blocs de pierre monumentaux nécessaires à la construction de la prochaine pyramide. D'autres ouvriers se précipitaient pour arroser le sable au fur et à mesure que les traîneaux avançaient. Tous étaient de petite taille et avaient la peau brûlée et desséchée par le soleil. Leur pagne plissé, pourtant sale, paraissait aussi blanc que la chaux tant leur corps était noir. Ils protégeaient leurs têtes nues d'une étoffe blanche et suaient tant qu'ils étaient aussi maigres que certaines catégories de vaches égyptiennes, le plus souvent sacrifiées aux dieux, que les éleveurs ne parvenaient pas à engraisser et qui ne produisaient pas de lait.

Nitocris se laissa transporter dans le monde de ses ancêtres. Elle ferma les paupières et écouta le scribe avec attention.

Des chefs de chantier, au corps moins luisant, les encourageaient de la voix ou utilisaient un fouet dont ils frappaient le sol de toutes leurs forces. Le plateau était envahi de tailleurs de pierres, d'architectes, de dessinateurs munis d'un fil à plomb et d'une équerre, de sculpteurs, de savants qui arpentaient le terrain toute la journée sans se soucier des ouvriers qui portaient ou tiraient des poids jusqu'au coucher du soleil.

Après avoir donné leur nom et reçu leurs outils de travail, les ouvriers œuvraient sans relâche, sauf à la mi-journée où ils s'arrêtaient pour manger quelques oignons, de l'ail et du pain, et dans l'après-midi pendant leur pause. Rares étaient ceux qui faisaient de telles tâches pendant toute leur vie, la plupart ayant le dos fatigué et les yeux malades. Mais aucun ne se plaignait. Les habitants de Memphis étaient fiers de travailler à l'élaboration d'une pyramide royale.

Autour du plateau où le sable se soulevait parfois au changement de saison, marquant le début des tempêtes, les palmiers et les jujubiers abondaient. Une riche végétation ombrageait les fermes et les habitations qui possédaient toutes un petit jardin cultivé. Cette verdure et ces arbres nombreux et hauts faisaient un contraste sublime et étonnant avec le désert qu'ils touchaient.

À proximité, d'autres pyramides avaient déjà été construites : celles des rois Djoser, Ounas, Téti, bâties à Saqqarah, et celles des pharaons Khéops, Khéphren et Mykérinos élevées à Gizeh. Toutes pointaient leur sommet vers le ciel comme si elles voulaient toucher le soleil afin de faciliter la rencontre entre Pharaon et Rê, qui accompagnait le roi défunt dans sa course nocturne. Toutes possédaient une chambre funéraire aménagée le plus haut possible à l'intérieur de la pyramide et toutes faisaient l'objet de la convoitise des pilleurs et des artisans qui avaient travaillé sur ces monuments à la gloire des pharaons.

Des scribes chargés de la trésorerie royale surveillaient également le matériel et les travaux en tentant de ne jamais dépasser leur budget, ce qui était impossible face aux caprices et aux désirs des pharaons. Il fallait alors remplir de nouveau les caisses de l'État en guerroyant et en rapportant des champs de bataille de précieux butins, ou augmenter les redevances et les impôts des Égyptiens et de leurs tributaires.

Mais le peuple ne se laissait pas accabler sans manifester son mécontentement, envoyant aux vizirs pétition sur pétition ou en proposant des mouvements de grève. Quant aux paysans, imposés en fonction de la crue du Nil, plus ou moins abondante selon les années, ils dénonçaient sans crainte la corruption des scribes chargés de prélever leurs impôts calculés en sacs de céréales.

La saison de l'inondation était l'une des plus chaudes de l'année. Aussi les travailleurs peinaient-ils dès les premières lueurs de Rê. Ils commençaient plus tôt qu'en hiver et finissaient à la tombée du jour.

L'un des notables d'Abydos, le vénérable Khoui, était venu en reconnaissance, ne sachant encore s'il se ferait construire une tombe près des pyramides ou dans sa ville d'origine dédiée au dieu Osiris : la très recherchée Abydos. Son fils Djou, pour lequel il avait de grandes ambitions, l'avait accompagné.

Depuis que ses deux filles, Ankhenesmérirê la Première et Ankhenesmérirê la Seconde, avaient toutes deux séduit le pharaon Pépi Ier, tous les espoirs étaient permis. Le choix du roi ne s'était pas porté par hasard sur ces deux jeunes filles au doux nom de « Mérirê vit pour prendre soin d'elle ». Pépi Ier voulait renouer des liens avec la Haute et la Moyenne-Égypte. Il estimait, à juste titre, que les relations de Memphis avec les villes du Sud n'étaient pas assez étroites, alors que les marchands avaient coutume de faire étape dans ces régions qui attiraient les caravaniers. Aussi avait-il choisi un noble très apprécié des habitants d'Abydos pour plaire aux Égyptiens du Sud.

Ankhenesmérirê la Seconde n'était pas arrivée les mains vides au palais de Memphis. Pendant son voyage fluvial d'Abydos à la capitale, elle avait veillé sur un animal qui lui tenait à cœur et qu'elle protégeait dans un panier en osier : un serpent de petite taille, aussi vif que dangereux, qui faisait des morsures mortelles. Elle ressemblait beaucoup à sa sœur : même taille, même corps harmonieux, même chevelure noire et longue. Mais sa bouche était plus pincée, son regard plus dur, son front plus soucieux. Elle riait rarement et inspirait la mélancolie alors que sa sœur se réjouissait de la moindre nouveauté.

Pendant le trajet, les deux sœurs ne s'étaient guère adressé la parole. La Première avait écouté en riant les histoires que lui racontait son père. La Seconde avait joué au jeu de senet avec son frère. La Première avait demandé mille détails sur Pharaon : comment était-il ? Avait-il autant de charme que sur les représentations ? Était-il plus petit ? Combien de femmes avait-il dans son harem ? Khoui lui avait répondu avec exactitude, estimant le roi digne d'être à la tête du pays.

– Un pharaon qui souhaite construire des temples en Moyenne et en Haute-Égypte ne peut pas être mauvais ! J'avoue ne pas même m'être intéressé à sa taille ! Il est plus grand et plus large que moi. Il est musclé comme tous les rois qui ont commencé très jeune leur entraînement. Tous se préparent à la guerre dès l'âge de quatre ans. Je crois qu'il plaît à ses épouses qu'il gâte.

Cette dernière remarque n'avait pas échappé à Ankhenesmérirê la Seconde que son père appelait plus volontiers Ankhnès pour la distinguer de sa sœur. Dès leur arrivée au palais, Khoui avait présenté ses filles au roi en espérant qu'il en choisirait une. Pépi Ier l'avait félicité et lui avait avoué qu'il lui était difficile de se prononcer aussi vite. Aussi avait-il conseillé au noble d'Abydos de séjourner quelques jours à Memphis.

– Serais-tu prêt à te faire enterrer dans le nord du pays ? demanda Djou à son père.

– Grâce à Pharaon, j'ai pu visiter certains mastabas de nobles en construction. Ce sont des merveilles ! Je n'ai jamais vu de telles sculptures, ni de telles peintures sur les murs d'une tombe ! Même à Abydos, les tombes de fonctionnaires ne sont pas aussi réussies.

– Inutile de vivre ta vie éternelle en ces lieux. Il te suffit d'embaucher quelques-uns de ces sculpteurs et de ces peintres qui réalisent des chefs-d'œuvre. Nous avons de quoi les payer en leur donnant des sacs de céréales ou de l'or.

– Ces artistes doivent coûter une fortune ! Le roi et les notables les recrutent après les avoir mis à l'épreuve. Aucun d'eux n'est choisi au hasard !

Les rois étaient préoccupés par l'importance que prenaient les nobles de Memphis. Pépi Ier savait qu'il était entouré d'ambitieux capables de prendre sa place, estimant son règne trop long. Malgré ses initiatives, sa politique de grands travaux, sa volonté de rapprocher toutes les régions égyptiennes, de nombreux fonctionnaires prenaient un pouvoir trop important à la cour. La beauté de leur tombe était le témoignage de leur grandeur, de leur puissance et de leur prétention.

– Si l'une de tes sœurs devient l'épouse de Pharaon, voudrais-tu travailler à la cour de Memphis ?

– Pourquoi pas ? Crois-tu que Pharaon serait prêt à me donner un poste de haut fonctionnaire ?

– Tu as déjà fait tes preuves à Abydos, Djou. Ce serait pour toi une excellente opportunité. À ton avis, *laquelle de tes deux sœurs a le plus de chances de s'imposer auprès de Pépi Ier ?*

Djou n'avait aucune préférence. Il aimait beaucoup Ankhenesmérirê qui était très douce, mais il était très attiré par l'espièglerie d'Ankhnès l'imprévisible.

– Ankhnès m'a toujours battu au jeu de senet ! Je pense donc qu'elle deviendra la femme de Pharaon. Elle sait se battre, ne lâche jamais prise, utilise maintes astuces.

– Je plains le roi ! Sa vie serait plus calme avec Ankhenesmérirê à ses côtés ! Pépi Ier hésite beaucoup. Il voudrait mieux connaître tes sœurs. Je ne sais combien de temps il va nous retenir ici. Nous fêterons bientôt Osiris et je souhaite rentrer avant le début des festivités et avant l'inondation du Nil !

Le scribe s'interrompit. Nitocris ouvrit les yeux et lui demanda de poursuivre.

– Je t'écoute attentivement. Pourquoi t'es-tu arrêté ?

– Regarde toi-même ce passage. Il est presque effacé. On dirait que le scribe de Pharaon ou le roi lui-même a supprimé ce morceau de texte après l'avoir écrit.

Nitocris s'empara de la tablette concernée et s'approcha de la lumière.

– Tu as raison. Il est très difficile de lire ces hiéroglyphes. Autant le reste est clair, autant ce long extrait est à peine visible. Crois-tu que quelqu'un a cherché à l'effacer ?

– C'est une certitude ! Je sais comment on supprime un texte sur une tablette ou sur un papyrus afin de libérer de l'espace ou d'écrire par-dessus !

– Mais rien n'a été gravé par-dessus celle-ci… Vas-tu réussir à déchiffrer ce passage ?

Elle tenta de lire en même temps que Titou, hésitant sur le sens de certaines phrases.

– De quoi est-il question ? J'ai l'impression que le texte évoque Ankhnès.

– Il y est effectivement question de cette jeune femme. Mais je doute que ce passage ait été écrit par le roi en personne dont le nom est mentionné à plusieurs endroits. Certaines remarques ne sont guère flatteuses pour Pharaon !

– Tu dois absolument comprendre cet extrait.

Le scribe reprit son pinceau et nettoya la tablette avec de l'eau. Il appela une servante pour lui demander une bassine et mouilla généreusement le support d'écriture. Bientôt les lettres réapparurent, laissant deviner ce que l'écrivain avait voulu effacer. Très curieuse, Nitocris le pressa de questions.

– Le texte est entièrement consacré à Ankhnès. Nous allons pouvoir reprendre.

– J'ai la sensation que nous approchons des éléments que je recherche… Qui a bien pu effacer ces lignes ? Es-tu sûr qu'il s'agit d'un professionnel ? J'ai l'impression qu'une autre personne est intervenue après le travail du scribe. Quelqu'un qui aurait agi pour dissimuler des révélations faites dans ce texte.

– Il est très difficile de savoir si le même scribe a écrit et effacé ce texte. Je peux juste constater que ce travail a été accompli par un professionnel. Je doute qu'un amateur ne possédant pas le matériel adéquat aurait pu faire aussi bien.

– On lit encore ces mots… Si un scribe avait voulu

supprimer complètement ce texte, il aurait réussi à le faire sans problèmes ! On aurait devant nous une surface totalement lisse ! À moins que le scribe n'ait été dérangé ou qu'il l'ait fait rapidement. Mais sur ordre de qui ? Du pharaon Mérenrê ? D'Ouni qui protégeait tant l'image des rois et qui s'est parfois mis en retrait pour leur laisser la première place ? Ouni écrit volontiers dans son autobiographie que Mérenrê l'a emporté dans de nombreuses batailles alors qu'il dirigeait seul l'armée ! Pourquoi n'aurait-il pas supprimé des passages peu glorieux pour l'image d'un roi ?

Titou faisait fondre un pain d'encre au cas où il aurait besoin de prendre des notes. Il déroula un support neuf, extrêmement solide, réalisé avec des lamelles de papyrus entrecroisées, qui avaient été suffisamment mouillées pour tenir collées et servir de matériel. Il prit également l'une de ses palettes de couleur dans laquelle étaient rangés deux calames qu'il tailla.

– Tu me diras très précisément ce que tu veux noter. Je le marquerai sur ce papyrus. Tant de fonctionnaires et de conseillers étaient susceptibles de protéger Pépi Ier. Nous avons la chance que cette lecture soit aujourd'hui possible. Juste encore un peu d'eau et tu auras la réponse à ta question.

VII

Titou reprit :

Ankhnès s'était enfermée dans sa chambre. Depuis qu'elle avait rencontré Pharaon, elle ne souhaitait parler à personne. Seule l'une de ses servantes, qui l'avait accompagnée, avait le droit de pénétrer dans les appartements que le roi avait mis à la disposition de la famille de Khoui. Elle s'était allongée, rêveuse, sur son lit sans manifester la moindre réaction.

– Donne-moi le panier, dit-elle à la jeune Pépitis.

– Je l'ai fermé moi-même…

– Ouvre-le !

– Que veux-tu faire ? Ce serpent est trop dangereux.

– Aurais-tu peur de soulever ce couvercle ? Allons ! Tu es stupide ! Donne-le-moi ! Je vais le faire.

Comme la servante n'osait s'emparer du panier, Ankhnès lui ordonna de s'exécuter, puis elle libéra le serpent et l'attira avec son doigt. Terrorisée, Pépitis s'éloigna, le visage entre ses mains comme pour se protéger.

– La moindre morsure entraînerait ta mort ! lui dit-elle.

Mais Ankhnès observait le serpent comme un jouet. Il sortit sa tête, suivit les mouvements de la jeune femme qui s'empara d'une rose posée sur une table de chevet. Elle la passa sur sa peau, l'agita devant ses yeux. Très vite lassée par cette occupation, elle saisit brusquement le couvercle et fit rentrer le reptile dans sa niche. Celui-ci s'agita quelques instants et se mit à siffler.

– Remets-le dans le coin ! Ne sois pas ridicule !

Pétrifiée, Pépitis ne parvenait pas à avancer. Elle tremblait et supplia Ankhnès de ne pas lui imposer la présence du reptile.

– Choisis ! répondit Ankhnès. Tu m'obéis ou je te chasse !

Pépitis se jeta à ses pieds et l'implora, en vain. Ankhnès se dégagea brutalement en la blessant et remit elle-même le panier à sa place.

– Tu ne vaux pas mieux que les autres ! Je ne suis entourée que de domestiques incapables et lâches ! Va rejoindre tes consœurs et laisse-moi seule !

Quand elle se retrouva seule, Ankhnès revit l'entretien qu'elle avait eu avec le roi. Elle se mit à sourire, s'empara d'un de ses miroirs et se regarda attentivement.

– Ma sœur et moi, nous avons plu à Pharaon. Notre père l'a vu et en est fier.

Rien ne lui avait échappé, ni l'or des objets du palais, ni la richesse des tentures, ni le luxe des pièces. Elle avait également remarqué la jalousie des femmes du harem qu'elles avaient croisées. Mais les deux sœurs avaient un atout majeur puisqu'elles venaient d'Abydos. Leur *jeunesse et leur beauté avaient manifestement attiré le roi qui n'en demandait pas tant.*

– Cette sotte ne m'a pas aidée à déballer tous mes coffres ! Une véritable ânesse qui n'avance que lorsqu'on la bat avec une branche ! Je vais la faire travailler au fouet !

Ankhnès s'empara d'un de ceux qu'elle avait emportés avec elle pour frapper durement ses mules alors que son père lui avait conseillé de les exciter avec des claquements de langues ou de les caresser avec une branche souple. Elle déroula son fouet et le fit claquer sur le sol de toutes ses forces.

– Il faut traiter les domestiques comme ils le méritent. Cette Pépitis est peureuse. Si j'ai besoin de me confier à elle ou de lui donner une mission secrète, elle me perdra. Je ne peux compter sur elle… J'aurais besoin d'une personne sûre, une vraie complice. À la cour, il faut toujours être prêt à se défendre ou à intriguer pour éviter les pièges. Je dois être appuyée, aidée, soutenue. Pépitis ne me sert à rien !

Il lui vint à l'esprit de la laisser et de la renvoyer chez elle.

– Elle vivait dans une pauvre ferme de Qenna, à côté d'Abydos ! Ses parents avaient trois oies et deux pigeons. Je l'ai habituée à une vie harmonieuse et riche. Qu'elle retourne à sa pauvreté !

Ankhnès ouvrit deux coffrets et en sortit de minuscules pots en albâtre jaune pâle qui contenaient une mixture étrange, d'une couleur grise. Elle ne coulait pas. Onctueuse, assez épaisse, elle collait aux parois des vases.

Ankhnès renifla leur odeur et éloigna aussitôt son

nez. Ses yeux étaient rouges et larmoyants. Elle avait envie d'éternuer.

– On ne sait jamais… Je peux avoir besoin de ces deux petits pots. Mais où vais-je les mettre ? Je les avais cachés à Abydos. Ici, il n'y a guère d'endroits sûrs. Si une servante les trouve et s'en sert, tant pis pour elle ! Ce mélange a le pouvoir de brûler les chairs dès qu'on l'applique sur la peau. La souffrance est infinie et les dégâts irréversibles. Sur le visage, cet onguent cause de véritables ravages. Il peut servir à combattre une rivale.

Elle tournait dans la pièce, se demandant où elle allait placer ces pots. Elle décida finalement de les laisser dans leurs coffrets qu'elle rangea dans des boîtes plus grandes, plaçant ces dernières dans des coffres.

– Celui qui sera assez curieux pour aller les chercher là s'en souviendra ! dit-elle en riant comme s'il s'agissait d'un jeu.

Elle défit les liens d'un autre panier plus gros que le premier et se mit à siffler.

– Si Pépitis avait vu celui-ci, elle serait déjà morte !

Un énorme cobra lové sur lui-même se déroula lentement, la tête relevée. Il se dressait puis s'agitait en direction d'Ankhnès qui remuait les bras pour l'exciter. Il essayait de la toucher sans y parvenir. Sous son cou aux couleurs rouges et vertes, des dessins presque géométriques lui donnaient une allure majestueuse.

– Demain, je te porterai là, sur mon front, lui dit Ankhnès en pointant son index vers sa tête. Je serai reine d'Égypte ! L'uræus ornera le haut de mon visage.

Comme le cobra se déroulait lentement, Ankhnès saisit son fouet et l'agita devant sa gueule.

– Il faut que je te nourrisse. Mais qui vais-je appeler ? Pépitis a peur d'un petit reptile. Si elle te voit, elle courra nue dans le jardin ! J'ai tout de même envie de lui faire cette petite surprise !

Elle s'empara du cobra et le replaça dans le panier, lui tenant fermement la tête. Puis elle remit en place le couvercle d'osier.

– Parfait !

Elle ouvrit la porte de sa chambre et appela les gardes.

– Il n'y a pas de domestique dans ce palais ! Qu'on aille me chercher Pépitis !

Pépitis revint aussitôt, les genoux encore tremblants.

– Maîtresse, lui dit-elle en se jetant à ses pieds. Ne m'oblige pas à entrer dans cette chambre !

– Que crains-tu petite sotte ? Tu as peur d'un serpent alors que tu vis en Égypte ! Allons ! Entre ! Je veux te montrer quelque chose.

Pépitis la supplia de nouveau. Elle refusait de se relever et s'agrippa à ses chevilles.

– J'ai toujours eu peur des reptiles…

– Celui que tu as vu est enfermé. Tu ne risques rien ! Si tu continues, je te renvoie dans la ferme de tes parents. Finie la belle vie ! Tu iras travailler aux champs et traire les vaches !

Ankhnès lui donna un coup de pied dans le menton. Assommée par la violence du coup, Pépitis resta un long moment à genoux. Ankhnès s'empara du fouet qu'elle avait jeté sur le lit et le déploya devant les gardes. Puis elle fouetta violemment les reins de sa servante qui ne parvenait pas à se relever. Bien que le fouet déchirât sa tunique et la blessât, Pépitis retint son cri.

– Tu es courageuse. Pour te récompenser, nous en resterons là. Je vais faire venir un médecin qui appliquera un baume réparateur sur cette petite plaie. Demain elle sera entièrement refermée. Je possède bien quelque onguent mais je doute qu'il soigne cette peau abîmée, dit Ankhnès en éclatant de rire. Si je l'appliquais sur ta peau encore tendre comme celle d'un jeune enfant, tu ressemblerais à un poisson qui s'est desséché au soleil ou à une cuisse de bœuf cuite.

Sa tunique déchirée, Pépitis se mit debout en se tenant les reins. Ankhnès utilisa de nouveau son fouet pour faire tomber le vêtement de sa servante qui se retrouva entièrement nue.

– Toutes les suivantes servent dans le plus simple appareil. Tu vas te plier à la règle. Le pharaon Pépi Ier veut ses servantes belles, nubiles, épilées à la perfection et nues. Tant que nous vivrons à la cour de Memphis, tu resteras ainsi. Mais, comme ton corps est loin d'être aussi lisse que celui des femmes de ce palais, nous allons arranger ce détail tout de suite.

Ankhnès fit venir un médecin en même temps qu'une autre servante. Celle-ci était également nue.

– Lève les bras, lui dit Ankhnès. Vois, Pépitis ! Aucun poil ! Une peau parfaitement glabre. Des sourcils épilés à la perfection ! Un sexe aussi lisse que la peau d'un fruit !

Elle passait sa main sur le corps de la servante comme sur un objet précieux.

– Et maintenant, lui dit-elle, tu vas épiler Pépitis.

J'ai le nécessaire ! Arrache tous ces poils disgracieux. Commence par les bras et les jambes.

– Maîtresse, je conseille de faire une jambe à la fois car la douleur peut être intense. Certaines femmes ne la supportent pas. Je dois aller chercher des pommades pour préparer la peau et la soigner après l'intervention.

– Inutile ! Le médecin va arriver d'un moment à l'autre. Il aura avec lui tout ce qu'il nous faut. Commence ! Et toi, Pépitis, tais-toi ! Tu sais combien les cris m'insupportent !

Comme la servante prenait d'infinies précautions, Ankhnès s'empara de l'une de ses pinces et arracha elle-même le duvet, à peine visible, qui recouvrait ses jambes.

– Voilà comment il faut procéder sinon nous y passerons la nuit ! Je ne veux pas que le roi voie ma servante dans cet état !

À force de se taire, Pépitis faillit perdre connaissance. Le médecin, qui assistait à la scène, lui fit respirer du natron et provoqua une quinte de toux.

La séance terminée, Pépitis s'étendit et se laissa enduire d'onguent avec soulagement. Comme elle s'était légèrement endormie et qu'elle était de nouveau seule avec sa maîtresse, Ankhnès renversa le panier où se trouvait le cobra d'un coup de pied. Celui-ci se mit à ramper dans la chambre. Puis il se releva en entendant Ankhnès siffloter. Pépitis ouvrit légèrement les yeux puis les referma, éreintée par ce qu'elle venait de subir.

– Allons ! Lève-toi et va dans ta chambre ! Tu es étendue sur mon lit ! lui dit Ankhnès en tirant la couverture que le médecin avait jetée sur elle après l'avoir soignée.

Pépitis se réveilla en sursaut.

– J'ai l'impression d'avoir bu une décoction de plantes, une sorte de drogue qui étourdit et endort.

– Allons debout, va te coucher ! Demain tout ira bien !

Pépitis s'assit sur le lit et pivota sur le côté. Mais au moment où elle posait les pieds sur le sol, le cobra se dressa devant elle en agitant sa langue, la fixant dangereusement. Tétanisée, Pépitis resta immobile. Ankhnès éclata de rire.

– Ton destin va se décider maintenant, lui dit-elle. S'il te mord, tu es morte ! S'il t'épargne, tu auras mérité de me servir. Je m'en remets au dieu cobra !

Contre toute attente, le serpent s'approcha du visage de Pépitis sans le toucher. Sa langue paraissait vouloir caresser ses lèvres ou son front. Elle ferma les paupières et adressa une prière à Ptah. Ankhnès s'était tue et observait un spectacle dont elle se délectait. Elle aimait voir la terreur dans les yeux des autres. Mais le cobra abandonna Pépitis et rampa vers elle.

– Le jeu ne m'amuse plus ! dit-elle en se précipitant sur le panier. Gardes ! Remettez cet animal dans sa niche !

Mais les soldats, intrigués par la présence du cobra dans la chambre d'Ankhnès, décidèrent de prévenir les chambellans.

– N'en faites rien ! leur dit Ankhnès en se plaçant devant eux. Je vous interdis d'en parler à qui que ce soit, même à mon père ou à mon frère ! Cet animal m'accompagne partout où je vais. Quand je dors, il ne se manifeste pas. Pépitis est habituée à sa présence. Je ne comprends pas pourquoi elle en a subitement peur.

Les gardes restaient sceptiques et observaient la servante qui n'avait toujours pas retrouvé ses esprits et qui gémissait les bras croisés sur sa poitrine comme si elle voulait se protéger. Elle murmurait des mots incompréhensibles.

– Voyez ! Elle ne tremble plus ! Avoir peur d'un cobra quand on vit en Égypte est insensé ! N'est-ce pas le symbole même de notre pays ! Ne représente-t-il pas le pouvoir de Pharaon ?

Comme le cobra ne bougeait plus et qu'il s'était laissé prendre, sans montrer d'agressivité, les soldats s'approchèrent de Pépitis pour l'aider.

– Pépitis ! cria Ankhnès en prenant sa servante par les épaules et en la secouant énergiquement. Es-tu réveillée ? T'es-tu rendormie ? Peux-tu nous dire un mot au lieu de chantonner stupidement comme un homme saoul ?

– Elle a été choquée. Rappelons le médecin.

– Par Osiris ! Je n'ai jamais rien entendu de plus sot ! Pépitis n'a besoin de personne. Elle va dormir paisiblement jusqu'à demain matin. Prenez-la et emmenez-la dans sa chambre ! Je ne veux plus la voir ici ! Vous m'apporterez ensuite une dizaine de rats morts pour nourrir mon cobra. Si les chats les ont tous mangés, tuez-en un et donnez-le à mon animal. Il s'en contentera.

VIII

Ne se souciant guère du temps qui passait, Nitocris ne bougeait pas. Elle était atterrée par ce qu'elle entendait et découvrait une femme inconnue mais qui avait manifestement plu à Pépi Ier. Elle avait hâte d'entendre la suite et confia à Titou une autre tablette.

– Les deux textes ne s'enchaînent pas, lui dit le scribe. As-tu d'autres supports de la même taille ?

Nitocris se précipita pour regarder les deux derniers.

– Ils sont plus petits. Je doute qu'ils évoquent la même histoire ! Dois-je rester dans l'expectative sans connaître la suite ? Il est impossible que Pépi Ier ait épousé cette Ankhnès puisqu'elle n'apparaît nulle part ! Seule Ankhenesmérirê a régné ! Nous savons tous qu'elle a eu plusieurs enfants avec Pépi Ier : Pépi II, la reine Neit, Mérenrê… Je n'ai jamais entendu parler de cette curieuse Ankhnès aux mœurs curieuses. Le roi ne l'a pas choisie et elle est sans doute retournée à Abydos avec son père.

Titou parcourait les deux autres tablettes.

– Combien t'en reste-t-il au palais ?

– Sept.

– Celle-ci me paraît convenir. Il s'agit bien de la

suite de l'histoire puisque nous retrouvons ce même personnage. Il manque juste quelques lignes car le texte ne s'enchaîne pas parfaitement et il m'est, cette fois-ci, impossible de lire le début du passage !

Nitocris lui prit la tablette des mains avec impatience.

– Notre scribe s'est acharné sur ce support encore plus que sur le précédent ! Comment vas-tu faire ?

– Si tu me donnes un lingot d'or supplémentaire, je pense réussir à le lire !

Nitocris lui promit tout ce qu'elle possédait.

– Je suis prêt, dit Titou contre toute attente.

Nitocris reprit sa place et écouta avec une extrême attention la suite des péripéties d'Ankhnès l'inconnue.

... Ankhnès n'avait pas l'intention de dormir... « Deux passages sont illisibles. La suite est plus claire. » *Je me demande si Pépi Ier a de nombreuses favorites, se dit Ankhnès quand elle fut seule. Je déteste les rivales. On dit qu'il n'aime plus ses anciennes Grandes Épouses royales. Il les honore pourtant et leur consacre trop de temps. Elles sont vieilles et laides. Je saurai lui faire oublier toutes les autres prétendantes... Même ma sœur ! »*

Elle se mit à rire toute seule en songeant à Ankhenesmérirê.

– Comment un homme normalement constitué peut-il s'intéresser à une fille comme elle ? Elle est molle, lente, ennuyeuse... Je ne l'imagine même pas dans un lit ! Ma chère sœur ! Si gentille, si douce, si tempérée ! Qui de nous deux le roi va-t-il préférer ? Il

ne pourra pas nous aimer toutes les deux avec une égale intensité !

Pépi Ier s'était montré aimable avec les deux sœurs, se refusant à choisir. Leurs caractères si différents l'avaient amusé.

– Je n'aurai pas besoin de prendre une autre favorite, avait-il dit à leur père. Elles se ressemblent physiquement mais sont totalement opposées dans leur comportement.

– Et si je me rendais chez le roi maintenant ? se dit Ankhnès. Il m'a vue avec cette tenue sage et officielle. Pourquoi n'irais-je pas lui rendre visite en pleine nuit, à l'improviste. Je doute qu'il se soit rendu dans son harem. Les gardes m'empêcheraient-ils de le rencontrer ? Est-il seulement visible ?

Alors que le palais était complètement calme, elle se mit à sortir ses tuniques et son maquillage.

– Mes robes sont toutes trop sages.

Elle saisit une lame qu'elle gardait dans son coffre à maquillage et en déchira une dans le sens de la longueur. Puis elle dissimula la longue fente qu'elle venait de faire dans les nombreux plis de la tunique.

– Et maintenant, le maquillage…

Elle inonda son corps d'un parfum capiteux, versant l'intégralité du récipient sur ses épaules.

– Je viens de dépenser une fortune. Père m'en achètera d'autres.

Elle jugea inutile d'attacher ses cheveux qu'elle releva seulement sur un côté à l'aide d'un petit peigne en ivoire décoré de deux boucs aux cornes enlacées qui s'affrontaient avec rage. Elle secoua son épaisse et longue chevelure, la coiffant de ses mains avec sen-

sualité. Elle caressa sa peau au-dessus de la poitrine et constata qu'elle était toujours aussi veloutée qu'un pétale de rose. Puis elle parfuma également l'intérieur de sa bouche, ses aisselles et toutes ses parties intimes à l'aide de senteurs plus légères.

Pour que sa tunique ne s'ouvrît pas trop tôt, elle mit une ceinture en tissu autour de sa taille et sortit, au grand étonnement des gardes qui lui rapportaient des insectes pour nourrir son cobra.

– Donnez-lui à manger ! J'ai besoin de vous ! Je veux voir le roi Pépi Ier maintenant !

– C'est impossible. Il se repose.

– Est-il seul ?

– Nous n'avons pas le droit de te le dire. Le pharaon ne passe jamais une nuit entièrement seul…

– Bien ! Allons le constater ensemble ! dit Ankhnès en les précédant. Si vous craignez de venir avec moi, j'irai seule ! Je n'ai besoin de personne !

Elle avança avec assurance tout en se demandant si elle ne se trompait pas de couloir.

– Par où suis-je arrivée ?

Un des gardes la rattrapa et la guida. Il était très jeune et semblait charmé par les caprices d'Ankhnès.

– Si tu réussis à me faire entrer dans la chambre du roi, ta fortune est faite ! lui dit-elle. Je vais t'expliquer en deux mots qui est mon père. C'est un des plus riches habitants d'Abydos, la ville du dieu Osiris. Voilà pourquoi le roi, qui souhaite maintenir l'alliance de la Haute et de la Basse-Égypte, va m'épouser. Je vais devenir Grande Épouse royale ! Tu as pu constater combien le roi Pépi Ier nous avait offert de cadeaux à ma sœur et

à moi… Si tu es malin, tu en tireras les conclusions qui s'imposent. Comment t'appelles-tu ?

– Tamès. Mes grands-parents vivaient à Abydos. Ils sont venus à Memphis quand les pharaons ont cherché à renforcer les liens entre les deux Égyptes.

– Eh bien, Tamès, tu me plais… Fais en sorte de me séduire encore davantage. Me trouves-tu attirante ?

Ankhnès dégagea ses épaules et sa poitrine, faisant rougir le garde.

– Je te trouve resplendissante, plus belle qu'une déesse.

– Cette réponse mérite une récompense, dit Ankhnès en prenant la main de Tamès et en la passant sur le haut de sa poitrine. Tu n'as pas les doigts calleux d'un ouvrier. Tes mains pourraient être celles d'un scribe. Montre-moi comment tu sais jouer de tes dix doigts sur le corps d'une femme.

Tout d'abord intimidé, le garde s'enhardit et se montra pressant. Quand elle le vit très énervé, Ankhnès le repoussa doucement.

– Il ne faut jamais manger toute la galette de froment le même jour, lui dit-elle.

Elle remit en place ses cheveux et regarda le garde avec dédain. Comme il était encore rouge de confusion, elle se moqua de ses émotions d'adolescent et détailla son corps en riant de plus belle.

– Apprends à contrôler tes sentiments et tes réactions. Cela te sera très utile ! Où allons-nous ? Par ici ?

Ils longèrent un nouveau couloir plus étroit que les autres. Il n'y avait qu'une seule porte, celle de Pharaon. Tamès demanda aux trois soldats de surveillance si le roi était seul et s'il dormait.

– Cette porte doit rester close jusqu'à l'arrivée du prêtre de Ptah demain matin.

Sans attendre, Ankhnès avait déjà entrouvert la porte et s'était glissée à l'intérieur de la pièce.

– Sur ordre du roi… ! commença l'un des soldats en se précipitant vers elle.

Mais Ankhnès referma brutalement la porte sur lui en lui ordonnant à son tour de se taire. Dérangé dans son sommeil, Pépi Ier se tourna sur sa couche. Il avait ôté sa ceinture en or et ne portait qu'un pagne blanc. Ankhnès le trouva séduisant malgré son âge. Elle appréciait la compagnie des hommes mûrs. Ôtant sa propre ceinture et ouvrant largement sa tunique, elle rafraîchit le roi avec des parfums divers. Mais, au moment où Pépi ouvrait les yeux en se demandant ce que la jeune femme faisait dans sa chambre, les gardes entrèrent brusquement dans la pièce.

– Que Pharaon nous pardonne ! dirent-ils au roi. Cette étrangère ne nous a pas écoutés. Elle est entrée ici à notre insu !

– Que fais-tu ici, Ankhnès ? Tu viens de commettre une faute grave. Pénétrer ainsi dans mes appartements à mon insu sans en avoir obtenu l'autorisation est puni de mort !

– Pharaon, lui répondit Ankhnès. Je voulais absolument te parler.

– Cette conversation était-elle si urgente qu'elle ne pouvait attendre demain ?

– J'ai jugé qu'elle te plairait mieux maintenant.

Reprenant ses esprits et devinant la nudité d'Ankhnès par la fente de son vêtement, le roi renvoya ses soldats.

– Je vais écouter cette jeune femme, dit-il.

Quand ils furent sortis, le roi se leva et passa de l'eau sur son visage. Il se coiffa et se regarda dans un miroir. Puis il s'assit sur un fauteuil et reprit son ton magistral, un peu distant.

– Voilà pourquoi je voulais te parler dans l'intimité, roi tout-puissant, lui dit Ankhnès. Je souhaitais mieux te connaître. J'ai compris que je ne t'étais pas indifférente… Tu nous as longuement détaillées, ma sœur et moi.

– Vous êtes toutes les deux très attirantes. J'ai été agréablement surpris. Ton père ne connaît sans doute pas ta présence ici.

– Pharaon, cette démarche est personnelle.

Ankhnès restait étendue sur le lit malgré l'inconvenance de la situation. Elle aurait dû, comme tout sujet du roi, se jeter à ses pieds et ne se relever qu'après en avoir reçu l'ordre. Elle balançait la jambe sur le côté ouvrant davantage encore sa tunique. Le roi regarda son corps très mince. Ankhnès était beaucoup plus grande que la plupart des Égyptiennes. Elle avait la peau assez claire et se distinguait grâce à ses membres longs, presque maigres, qui lui donnaient des airs de gazelle.

– Ce n'est pas là le comportement d'une future Grande Épouse royale, lui dit Pépi Ier. Tu prends la place des épouses secondaires et des femmes du harem.

– Pharaon, ton discours signifie-t-il que tu as enfin pris ta décision et que tu m'as choisie pour devenir ta future épouse ? Me préfères-tu à ma sœur ?

– Tu vas vite en besogne. Je ne sais pas encore ce que je vais faire. J'en aviserai avant tout Khoui. Vous

vous plierez à mes volontés. Ne cherche pas à me persuader en venant ici.

– Loin de moi cette intention, dit Ankhnès en balançant de nouveau sa jambe nue.

– Tu es provocante. J'ai connu de nombreuses musiciennes qui te ressemblaient. Elles avaient ce comportement auquel aucun homme n'est insensible.

– Pharaon, j'ai une devise simple. J'estime que l'on peut être femme et maîtresse pour le bonheur de son époux. Préfères-tu les madones hiératiques avec leur coiffe haute ou les femmes sensuelles qui aiment te donner du plaisir ?

– Ton attitude m'inquiète. J'attends de toi et de ta sœur une démarche noble et une attitude digne appréciée par le peuple.

Ankhnès le rassura. S'était-elle trompée sur Pépi Ier ? Elle qui devinait facilement les hommes imaginait le roi sensuel et tendre. Elle savait qu'il avait le harem le mieux fourni de toute l'histoire de l'Égypte et qu'il le fréquentait assidûment.

– Tu auras des épouses parfaites ! lui répondit-elle pour le rassurer. Que tu choisisses ma sœur ou moi, tu seras comblé.

– Mais je le serais sans doute davantage avec toi, dit Pépi Ier en souriant et en cherchant à voir sa nudité par la fente de son vêtement.

– Je ne suis pas un homme. Il m'est impossible de savoir ce que tu attends d'une femme.

Elle s'étendit complètement sur le lit et leva ses bras de façon à montrer au roi son corps offert. Pépi Ier commençait à s'agiter sur son fauteuil. Il était tout à fait réveillé et se délectait de la présence de cette jeune femme si délicieuse qui venait lui donner ce qu'il aimait. Le sentant prêt à savourer ces instants, Ankhnès tourna plusieurs fois sur elle-même, lui montrant toutes ses formes moulées par la tunique qui s'était enroulée autour d'elle-même.

– Je n'ai jamais vu une inconnue oser ce que tu es en train de faire, Ankhnès. Te rends-tu compte que tu te roules dans ma couche, que tu m'as réveillé et que tu as pris ma place ? N'importe quel roi t'aurait punie. Au lieu de quoi, je reste là, impuissant ! M'aurais-tu déjà pris dans tes filets ?

– Je vais parfumer ton lit de cette odeur de fleur que j'ai répandue sur moi. Tu dormiras au milieu des senteurs que je porte chaque jour et tu ne pourras m'oublier jusqu'à l'aube ! Ensuite, à toi de savoir si tu veux retrouver cette senteur ou la chasser définitivement de ta chambre !

Elle ôta sa tunique et s'assit sur ses genoux. Puis elle continua ce qu'elle avait commencé avant l'arrivée des gardes. Elle passa des onguents parfumés sur les épaules et le cou du roi. Elle rafraîchit sa poitrine et ses reins. Elle approcha son visage de celui de Pépi Ier et pressa son nez contre le sien pour l'embrasser délicatement. En la caressant, il retrouva la vigueur de ses jeunes années. Il y avait longtemps qu'il n'avait pas désiré une femme à ce point. Elle ne lui laissait aucun répit. Dès qu'il s'éloignait pour se reposer un instant ou boire un peu de vin, Ankhnès ravivait ses sens et son désir, collant son corps au sien, l'embrassant, le caressant, épousant tous ses mouvements.

Elle ne voulait pas qu'il pût un jour oublier cette nuit. Seule la perspective d'être enceinte lui déplaisait.

Car, contrairement à toutes les Égyptiennes, Ankhnès n'aimait pas la compagnie des enfants. Elle les détestait lorsqu'ils étaient petits et ne supportait pas leurs cris. Elle n'avait aucun sentiment maternel et ne s'imaginait pas en train d'allaiter, situation qu'elle jugeait ridicule et dépravante. Mais jamais un pharaon n'accepterait de femmes stériles. Si elle voulait le pouvoir absolu, elle devrait se sacrifier et donner un fils à Pépi Ier.

Cette idée lui traversa l'esprit et lui glaça les reins. Comme elle arrêtait subitement ses caresses, le roi lui demanda de continuer.

– N'es-tu pas las de nos ébats ?

– Je ne sais pas combien de fois nous nous sommes aimés. Mais je suis loin d'être rassasié. J'ai l'impression que je pourrais te posséder toutes les nuits et des journées entières sans me lasser de toi. Je ne me souviens plus d'avoir été aussi comblé. Les femmes du harem rivalisent pourtant entre elles pour me faire découvrir des plaisirs aussi insolites que merveilleux. Mais aucune d'elles n'a ta fougue, ton appétit, ta sensualité insatiable.

Ankhnès savait trouver les mots justes pour séduire les hommes.

– Je suis troublée par ton corps ferme et jeune comme celui d'un athlète. Tous les Égyptiens qui assistent à tes jubilés doivent être impressionnés par la vitesse de tes jambes. Car tu dois courir plus vite que les lions et tu as la vigueur d'un taureau !

Elle le flatta, détailla ses épaules larges, son ventre musclé, ses jambes fermes, ses muscles durs comme ceux d'un adolescent.

– Tu es tellement fort ! Je me sens fragile entre tes

bras vigoureux. N'es-tu pas un dieu ? Comment peux-tu honorer des femmes toute une nuit ? Tu ne sembles jamais fatigué. On m'a raconté que tu pouvais aimer cinq épouses secondaires en même temps.

– Qui t'a appris ces détails qui ne sortent jamais du palais ?

– Ainsi donc la responsable du harem ne m'a pas menti ! Tu es vraiment un homme exceptionnel ! Pourquoi es-tu resté seul cette nuit alors que tu ne peux pas t'endormir avant d'avoir aimé plusieurs femmes ? Ai-je eu de la chance ?

– Je le crois, Ankhnès ! En réalité, j'avoue que toi et ta sœur m'avez troublé. Je n'avais guère envie de rejoindre des épouses que je connais trop bien. Je me disais que mon harem avait besoin de rajeunir et de changer. J'ai repris les femmes des précédents pharaons. Elles viennent de tous les horizons. Elles étaient belles et vives, mais certaines ne m'excitent plus guère.

– Je saurai choisir pour toi du sang neuf ! Accepterais-tu que je travaille avec celle qui dirige le harem ?

– C'est le rôle d'une Grande Épouse et tu ne l'es pas encore…

– Quel dommage ! Je sais ce que tu attends et nous nous comprenons. Je ferai venir des jeunes filles du sud de l'Égypte. Je crois que les Nubiennes te plairaient aussi… Même si les rois les considèrent le plus souvent comme des servantes de l'Égypte, elles sont souvent très attirantes et elles apprécient les plaisirs de la chair. Veux-tu essayer ?

– Pourquoi pas ?

– En attendant, j'ai une idée… Pourquoi ne terminerions-nous pas la nuit avec ma servante Pépitis. Je viens juste de la préparer pour qu'elle ait un corps doux et harmonieux. Je l'ai fait enduire d'onguents. Elle dort comme une enfant. Mais elle nous rejoindra si je lui en donne l'ordre. Nous nous amuserions en sa compagnie, d'autant qu'elle est également très jeune. Son corps est un peu mince et ses formes plates. Je doute qu'elle connaisse les plaisirs amoureux. Être initiée par Pharaon, Horus d'or, serait pour elle un honneur incroyable, une expérience dont elle se souviendrait toute sa vie !

L'idée tenta Pépi Ier qui refusait rarement les piquants de la vie.

– Tu es bien jeune pour connaître tant d'astuces, lui dit-il. Je trouve ton projet séduisant. Fais-la donc venir. Mais en attendant, je compte encore profiter de toi seule. Je pensais que Khoui me donnerait des filles dénuées d'expérience.

– Je ne connais rien à l'amour. Mais, avant de te rencontrer, je me suis renseignée. J'ai interrogé d'autres femmes. Ma nourrice m'a beaucoup appris. Je me suis préparée pour te plaire et ne pas te faire subir les désagréments liés aux filles novices. Ta beauté et ta force font le reste, car tu déclenches en moi des réactions inattendues. Je ne me reconnais plus. Devrais-je avoir honte de désirer Pharaon ? Je me donne à toi comme à un dieu. Je prends plaisir à te toucher. Je sens en moi la puissance exceptionnelle que t'ont donnée les dieux. Je me souviens alors de ces mortelles prises par des dieux transformés en hommes. Elles se rappelaient toute leur vie ces unions hors du commun. Je n'oublierai jamais les nuits que je passerai avec toi. Je t'appartiens comme une servante à son maître. Mais je garde aussi ma lucidité pour prendre des initiatives qui ont l'air de te plaire.

De nouveau entraîné par les jambes de la jeune femme qui s'enroulaient autour des siennes comme du lierre autour d'une colonne, Pépi Ier reprit de l'assurance et maîtrisa Ankhnès comme s'il chassait une antilope. Il lui saisit les cuisses comme s'il s'emparait des pattes d'un animal prisonnier, avec fermeté et virilité. Il prit plaisir à la dominer alors qu'elle voulait à chaque instant reprendre les rênes de leurs ébats. Cette assurance l'excitait et avait le mérite d'être nouvelle pour lui.

Ankhnès se débattit un peu mais quand le roi se montra plus autoritaire, elle comprit qu'il fallait céder et ne plus lui résister. Le pharaon avait repris son rôle de chef tout-puissant.

IX

– Je suis très surprise que ces textes évoquent si longuement cette jeune femme, dit Nitocris en laissant entendre au scribe qu'il avait bien travaillé et qu'elle le retrouverait le lendemain. Il insiste sur le caractère insupportable d'Ankhnès.

– Ne veux-tu pas entendre la fin de ce passage ? demanda Titou.

– Je croyais que tu avais terminé. Tu hésitais à poursuivre.

– Parce que la suite est… étonnante ! Les pharaons se sont toujours entourés de nombreuses femmes. Ils ont la réputation de prendre souvent du plaisir avec elles. Pépi Ier a connu dans son lit des centaines d'Égyptiennes et d'étrangères. Pourquoi nous donner ainsi des détails sur les relations de Pépi Ier avec Ankhnès dont tu n'as jamais entendu parler ? Si cette femme n'avait aucune importance, il n'en serait pas fait mention ici. Imagine le nombre de tablettes dont nous aurions besoin pour évoquer toutes les épouses de Pépi Ier ! Les histoires d'alcôves n'ont d'intérêt que pour ceux qui les vivent !

– Ainsi donc, tu crois que cette Ankhnès a eu plus

d'importance que je ne le pense. Dis-moi ce qui est gravé à la fin de cette tablette.

Titou se mit à lire :

Pépi Ier n'avait pas connu un tel bonheur depuis des années quand Pépitis rejoignit le couple insatiable, sur ordre de sa maîtresse. Elle s'était fait maquiller, coiffer, masser pendant qu'Ankhnès contentait le roi. Effrayée, elle se demandait pourquoi Ankhnès la convoquait dans les appartements du roi. Quand elle vit le couple enlacé, elle supplia le pharaon de pardonner son intrusion.

Imaginant que sa maîtresse, à l'esprit retors, l'avait volontairement mise dans cette situation pour la faire fouetter, elle supplia Pépi Ier de l'épargner. Mais celui-ci, sans lui adresser la parole, continuant à profiter d'Ankhnès, lui fit comprendre par signes qu'elle ne devait pas se présenter devant lui habillée.

– Je lui ai expliqué qu'au palais toutes les servantes étaient nues, dit Ankhnès.

Quand Pépitis eut laissé sa tunique tomber sur ses chevilles, le roi, déjà troublé, s'interrompit et la regarda attentivement de haut en bas. Il lui fit signe d'approcher et la contempla de plus près comme un bijou offert par l'un de ses tributaires. Il la retourna, la toucha, la palpa, l'évalua. Ayant compris l'émotion du roi, Ankhnès se leva et se plaça derrière sa servante.

– Que penses-tu de ces hanches, de ces seins, de ce cou superbe, de cette bouche charnue, de cette taille fine ? lui disait-elle en passant ses doigts sur chaque partie du corps de sa servante, tremblante, qui avait peur de décevoir Pharaon.

Comme le roi la caressait en se taisant, Ankhnès murmura à Pépitis d'exécuter les ordres de son maître et de lui donner du plaisir.

– Ordonne, roi tout-puissant. Pépitis se pliera à toutes tes volontés. Je lui ai appris à être servile et obéissante. Je connais maintenant tes exigences envers les femmes.

Quand le roi se fut amusé avec Pépitis, Ankhnès reprit la direction des opérations.

– Va t'étendre près de ton maître, dit-elle à la servante avant de se coucher auprès d'elle.

– Il est ensuite précisé que, contrairement à sa sœur, Ankhenesmérirê était plutôt timide et qu'elle attendait avec anxiété chaque entretien avec le roi. Le pharaon vieillissant lui paraissait très attentionné et elle était sensible à sa délicatesse.

– Le roi avait surtout besoin de ce mariage pour s'assurer du soutien de la Haute-Égypte.

– Je doute que nous connaissions la fin de cette histoire, lui dit Titou. Cette tablette est brisée. Je retrouve des allusions à Ankhnès sur ce vase cassé qui est le pendant d'un autre récipient qui appartiendrait à la famille d'Horkhouef. Il raconterait les derniers jours d'Ankhnès. Si nous ne retrouvons pas cet objet, nous ne saurons jamais comment Ankhnès est morte.

– Je me rendrai à Assouan si nécessaire. J'interrogerai tous les membres de la famille d'Horkhouef. Je saurai où ont été rangés les vases qui nous intéressent. Je sillonnerai l'Égypte s'il le faut !

Nitocris rejoignit ses deux gardes et leur ordonna de la raccompagner. Mais, avant même qu'ils n'aient pris place de part et d'autre de la princesse, deux hommes surgirent de la palmeraie et appliquèrent une arme sous le cou des deux soldats.

– Que faites-vous ici ? dit la princesse aux deux pilleurs de tombes qui l'avaient aidée à Saqqarah. Vous êtes libres. Laissez mes gardes tranquilles !

– Penses-tu, princesse, que nous allons nous contenter de la liberté ? Que pouvons-nous en faire sans ressources ?

– Que voulez-vous ?

– Des vivres et du vin, de l'or et du travail. Nous ne souhaitons pas tirer des blocs de pierre toute la journée comme les ouvriers qui travaillent dans la nécropole. Nous aimerions un poste plus calme, moins éreintant. Nous ne voulons pas avoir les os brisés à trente ans et nous n'avons que faire d'honorer Pharaon en construisant sa pyramide.

– Vous injuriez le roi ! dit Nitocris.

– Nous pouvons le servir d'une tout autre façon !

– Espérez-vous un poste de fonctionnaire ?

– Pourquoi pas ?

Comme ils relâchaient leur étreinte, les soldats réussirent à se dégager et à les maîtriser en leur tenant les bras derrière le dos. Ils s'emparèrent de leurs couteaux et s'apprêtaient à les emmener au palais.

– Laissez-les, leur dit Nitocris. Ces hommes viennent de sortir de prison. J'ai demandé leur grâce. Je vais leur laisser une dernière chance. L'Égypte ne manque pas de travail ! Le Nil vient de déborder. Aussi avons-nous besoin de bras à Saqqarah. Dès que le fleuve aura retrouvé son lit, les cultivateurs recruteront des Égyptiens courageux pour semer et préparer la terre. Vous trouverez facilement de quoi vivre sans être obligés de voler. Rappelez-vous toujours que le moindre écart vous vaudra les crocodiles !

– La reine Neit accepterait peut-être de nous rencontrer…

Nitocris éclata de rire.

– Croyez-vous, pauvres hommes, que j'aie honte de mes actes au point de céder à un chantage ? Je me suis rendue dans la tombe de mon père Mérenrê pour la restaurer. Ai-je pénétré dans sa pyramide de nuit à l'insu de tous ? Me suis-je cachée ? Si vous décidez de rencontrer la reine Neit, je lui expliquerai combien j'aime mon père Mérenrê. Il m'importe que son tombeau soit protégé et embelli. Je doute qu'elle me contredise !

– Nous pouvons lui dire très précisément quels objets tu as emportés…

– M'a-t-on vue avec un sac dans la nécropole ? Y avait-il à l'intérieur de la pyramide des objets de valeur ? Va-t-on me reprocher d'avoir pris quelques tessons de poteries en souvenir de mon cher Mérenrê ? Je vous conseille de quitter la ville. Où est votre acolyte ?

– Il est parti pour Assouan.

– Faites de même ou fondez-vous dans la foule des ouvriers pour vous faire oublier. Méditez bien ce que je viens de vous dire. Je vous avais déjà mis en garde. Cette chance sera pour vous la dernière.

Les deux soldats déconseillèrent à Nitocris de les laisser partir.

– Ils sont inoffensifs. Ce sont des pilleurs de tombes malchanceux qui n'ont jamais rien volé dans les pyramides !

– Nous les connaissons, princesse, insistèrent les deux soldats. Non seulement ils ont attaqué des marchands sur le chemin qui mène à Gizeh, mais ils ont rudoyé des vieilles paysannes pour leur prendre des volailles. Ils sont capables du pire et n'ont aucun scrupule. Nous nous étonnons qu'une personne de ta qualité côtoie de pareils individus. Tous les policiers de Memphis les connaissent et si tu veux notre avis, je pense qu'ils refusent de partir parce qu'ils sont partout réputés pour leurs larcins et leurs crimes. Nous sommes absolument persuadés qu'ils ne s'en tiendront pas là et qu'ils te harcèleront jusqu'à ce qu'ils obtiennent ce qu'ils veulent.

– Si je cède, dit Nitocris, ils ne me laisseront jamais en paix. Tant pis ! S'ils demandent audience à la reine Neit, je doute qu'ils y parviennent. S'ils arrivent à lui parler, la reine ne les croira pas. D'ici là, je lui aurai parlé moi-même de mes desseins. Il me faut juste un peu de temps. Rentrons !

– Nitocris ! l'appela un jeune Égyptien qui avait fière allure et qui arrivait manifestement au palais.

La princesse se retourna, surprise. Elle fut frappée par la beauté et la prestance du jeune homme qu'elle ne reconnaissait pas.

– Je reviens juste pour le nouvel an ! lui dit-il. Viens m'embrasser !

Il sauta à bas de son char et se précipita vers elle.

– Mérenrê ! Je ne t'avais pas reconnu. Tu as beaucoup changé. La reine Neit ne m'avait pas annoncé ton retour !

– C'est une surprise !

Nitocris se précipita dans les bras de son frère.

– Je suis tellement contente de te voir.

Il la regarda de haut en bas, la complimenta, s'extasia sur son apparence.

– Tu es très belle. Il y a deux ans, lorsque je suis parti pour Assouan, tu étais une enfant.

– Comme toi.

– Mais que fais-tu seule ici avec deux gardes ?

– Je rentrais au palais.

Mérenrê était grand et parfaitement bâti. Très entraîné depuis le plus jeune âge, formé à la guerre par Pépi II, chasseur incomparable, tireur d'élite, il avait accepté très jeune la mission que lui avait confiée Pharaon de surveiller les habitants de Ouaouat.

Pépi II avait beaucoup appris en lisant les rapports confidentiels des précédents pharaons, souvent écrits pour donner des conseils aux rois qui leur succéderaient. Sur le modèle d'Izézi-Djedkarê, « durable est la puissance de Rê », qui s'était fait enterrer à Saqqarah, après un règne suffisamment long pour fêter son jubilé de trente ans à la tête de l'Égypte, lui-même grand admirateur de Sahourê, il voulait organiser des expéditions au Sinaï, vers les cataractes, à Byblos et dans le pays du Pount. Il souhaitait, en effet, rapporter de l'encens pur du Pount, du bois de Byblos, des pierres semi-précieuses du Sinaï et de la diorite des Cataractes.

Dans les textes du haut fonctionnaire Ptahhotep, appelés *L'Enseignement*, et dans ceux de Rêchepsès, gouverneur de Haute-Égypte, Pépi II avait appris les sagesses de l'époque d'Izézi.

Ounas, successeur d'Izézi, avait multiplié les expéditions à Byblos et en Nubie. Il avait également fait construire de nombreux temples près d'Assouan. Téti Séhéteptaoui, « Celui qui unifie les deux régions », mari d'Ipout une fille d'Ounas, avait, comme l'indiquait son nom, mené une politique de réunification de la Basse et de la Haute-Égypte, tenant à maintenir la paix entre les deux terres égyptiennes.

Donnant aux nobles et aux fonctionnaires une incroyable puissance, il avait accepté le mariage de sa fille avec le grand Mérérouka, vizir et responsable des prêtres de sa pyramide.

Pépi II, lui aussi, admirait tous ces pharaons qui avaient su créer un bon climat en Égypte, en évitant les guerres civiles, et qui avaient enrichi leur pays grâce à diverses expéditions. Téti restait dans l'histoire de son pays comme celui qui avait supprimé un impôt à Abydos et honoré Hathor à Dendérah tout en gouvernant à Memphis. Lui aussi avait envoyé des hommes au Pount, à Byblos et en Nubie. Son règne, trop court, avait permis à son fils Pépi Ier, qui avait dû attendre la fin de la régence de sa mère Ipout, de prendre la tête de l'Égypte. Pendant ses plus de quarante ans de règne, Pépi Ier Merytaoui, « Celui qui apprécie les deux régions », avait poursuivi cette politique pacifique.

Le fait que Pépi II tînt à envoyer son propre fils en Nubie pour y faire sa première mission était une preuve incontestable de sa volonté d'y exploiter les richesses du pays mais aussi de s'imposer dans les Cataractes.

Son frère Mérenrê Ier restait aussi un exemple à ses

yeux puisqu'il avait eu le temps, malgré seulement neuf années de règne, de poursuivre avec habileté la politique de Pépi Ier. Comment un jeune pharaon de dix ans pouvait-il rester indifférent à la politique de rois aussi éminents, populaires et majestueux, qui s'étaient fait construire les plus belles pyramides de Saqqarah ? Pépi II n'était guère plus âgé quand il avait succédé à Mérenrê Ier.

Nitocris vit dans le retour de son frère un signe des dieux.

– Reviens-tu définitivement à Memphis ? lui demanda-t-elle.

– Non. Je n'ai pas fini mon travail car les habitants des Cataractes sont retors et se rebellent.

– Ils sont pourtant soumis à Pharaon. Ils ont reconnu son pouvoir et sa force.

– Malgré les traités qui ont été signés, ces hommes sont naturellement sournois. Ils n'acceptent pas facilement les ordres. Tu sais combien Mérenrê tenait à poursuivre sa politique d'expansion en Nubie. Il a envoyé de nombreuses expéditions à Tômas. J'y ai travaillé ainsi qu'à Dounkoul. La vie dans cette oasis est tout à fait particulière. J'y contrôlais les pistes caravanières que les marchands empruntent souvent pour accéder au pays de Ouaouat en évitant la Première Cataracte. Je n'ai pas été au-delà de la Troisième Cataracte. Mais la région que j'ai surveillée est déjà très grande. Elle n'est pas désagréable à vivre car elle est extrêmement fertile. J'apprécie les habitants de ces régions. Mais ce n'est pas parce que Mérenrê avait reçu la soumission des chefs nubiens qu'ils se tiennent tranquilles ! Je me suis également installé pendant deux mois à Kharga que nous avons colonisée. L'Égypte a eu raison de gérer cette oasis aussi fertile que les bords du Nil ! Elle nous permet également de surveiller les voies d'accès vers les autres oasis. Je me suis ensuite rendu à Farafra.

Nitocris regardait son frère avec émerveillement comme s'il lui racontait des récits fabuleux.

– Méri, j'ai l'impression d'entendre mon professeur de géographie qui nous expliquait, à l'aide d'une carte, où se trouvaient les diverses oasis du désert. Les poètes ont inventé quantité de fables qui se seraient déroulées dans ces lieux insolites invitant au rêve. Je ne puis croire que mon propre frère, que j'ai connu petit, avec lequel j'ai joué enfant, ait vécu dans ces lieux magiques, éloignés du Nil, où vivent des tribus inconnues.

– Ces endroits sont plus stratégiques que fabuleux. Je vais y retourner car Pharaon m'a confirmé sa volonté de poursuivre le plus longtemps possible la politique de ses prédécesseurs. Les Égyptiens ont beaucoup développé Dakhla et ses habitants en sont ravis. Ils vivent dans l'aisance.

– As-tu travaillé avec Horkhouef, l'ami d'Ouni, que Pépi II appréciait tant ?

– En effet. Je l'ai côtoyé chaque jour et j'ai également apprécié le courage de son frère. Il racontait à tout le monde que mon père lui avait envoyé un message quand il venait de prendre le pouvoir. Je suis sûr qu'il a dû déposer lui-même cette lettre dans sa tombe ! Dans ce courrier, Pépi II rappelait qu'Horkhouef était un grand voyageur et qu'il avait connu plus de civilisations que tous les Égyptiens réunis. Il avait ramené de ses périples des Pygmées semblables aux nains qu'un trésorier avait fait venir à la cour d'Izézi. Curieux de les voir, mon père lui avait demandé de les inviter aussitôt à la cour et de les faire danser en l'honneur des dieux. Mais il lui avait recommandé de les surveiller de près afin qu'ils ne tombassent pas à l'eau pendant la traversée et de veiller sur leur sommeil… Rien n'intéressait autant Pépi II que ces nains ! Il se désintéressait des carrières du Pount. Pépi II promit même à Horkhouef plus d'or qu'Izézi n'en avait offert à son fonctionnaire s'il lui donnait ces Pygmées ! La famille d'Horkhouef est célèbre et respectée à Assouan. Mais j'ai également travaillé avec son successeur, Pépinakht, que j'ai pris l'habitude de surnommer Héqaib, « Celui qui maîtrise ses sentiments ». Il est possible que nous organisions une expédition en Nubie ensemble. Pour l'instant, il se trouve à Byblos car Pharaon souhaite absolument y éclaircir une affaire louche. On y aurait retrouvé le corps d'un de nos fonctionnaires. Pépi II a demandé une enquête au roi de Byblos qui a aussitôt engagé des policiers. La famille de Mekhou m'a également beaucoup aidé car personne ne connaît mieux qu'eux les Nubiens. Mais pourquoi me poses-tu toutes ces questions ? T'intéresses-tu à la civilisation nubienne qui nous résiste ?

– Je t'en parlerai plus tard, Méri. Dis-moi seulement si Horkhouef a fait décorer sa tombe à Assouan.

– Il y raconte sa vie !

– On dit aussi que mon père, Mérenrê, lui aurait donné des vases jubilaires pour le récompenser. Si c'est exact, est-ce que tu as eu la chance de les voir ? Son frère les possède-t-il encore ? Penses-tu que ces vases se trouvent dans leur famille ?

– J'avoue ne pas avoir eu l'occasion de voir les multiples récompenses qu'Horkhouef a reçues. Mais elles sont tellement nombreuses que je ne serais pas étonné de voir cet homme exceptionnel divinisé ! Les habitants d'Assouan lui rendent un véritable culte. Ils apprécient tout autant son successeur qui devrait être également honoré. J'ai la chance de partager le quotidien d'hommes exceptionnels, notables, riches, brillants qui ont beaucoup voyagé et qui me font partager leurs expériences. En deux ans, j'ai l'impression d'avoir beaucoup mûri. Je suis comblé. Je te parais sans doute très différent de l'adolescent sans expérience que tu as vu partir... Les vases dont tu me parles représentent des cadeaux fabuleux. Aucun notable ne s'en séparerait. Je suis sûr que la famille d'Horkhouef les garde précieusement. Mais quel rapport avec toi, Nitocris ? Comment peux-tu t'intéresser à des vases jubilaires offerts par Mérenrê au gouverneur de Haute-Égypte ?

– C'est une longue histoire... Tu viens de m'affirmer qu'Horkhouef a raconté toute sa vie sur les murs de sa tombe. A-t-il laissé à l'intérieur des tablettes ou des témoignages de ses rencontres, de ses exploits, de ses voyages ?

– Certainement ! Je ne sais ce qui s'y trouve. Il faudrait pour cela interroger son frère. La façade de son tombeau, entièrement décorée et gravée d'hiéroglyphes, donne déjà à tous les visiteurs de précieuses indications sur sa vie. Il n'y a rien là de secret. Il s'agit d'une expérience qui peut servir à d'autres.

Nitocris lui demanda de recopier le texte en entier lors de son prochain séjour en Nubie.

– Je le ferai faire par mon scribe personnel. Il écrit

plus vite que moi et je n'aurai guère le temps de m'installer en tailleur sous le soleil pour couvrir les papyrus d'encre pendant plusieurs jours. Si tu le souhaites, je demanderai aussi au frère d'Horkhouef s'il possède encore les vases jubilaires de Mérenrê. Ils ont probablement été rangés dans un endroit sûr, oublié de tous ! Mais je t'aiderais davantage si tu me révélais enfin pourquoi tu as besoin de tous ces renseignements ! Tu es bien mystérieuse…

– Laissons cela pour le moment et profitons de nos retrouvailles. Pharaon a déjà fêté Sirius. Tu arrives trop tard pour les réjouissances. Mais nous ne manquerons pas de célébrer ton retour à notre manière !

Mérenrê leva les yeux vers le ciel étoilé.

– Je crois que Sirius n'a jamais autant brillé !

– Parce que tu as oublié qu'à Memphis elle resplendit plus que partout ailleurs ! N'est-ce pas pour cette raison que Memphis est la capitale de l'Égypte ?

– Je l'avais oublié, en effet. La revoir ainsi me rappelle mon enfance.

– Va embrasser la reine Neit. Elle sera tellement heureuse de te revoir ! Elle ne parle que rarement de toi parce qu'elle cache ses émotions. Mais, tu la connais comme moi, elle t'aime et prie les dieux pour que ta vie s'accomplisse dans la joie.

En apprenant qu'ils étaient devant le prince Mérenrê, les deux gardes s'étaient mis à genoux. Ils avaient aussitôt rejoint l'escadre qui avait accompagné Mérenrê.

– Nous avons fait le voyage en sept jours. Je voulais arriver avant l'inondation. Mais nous avons été retardés à Abydos. On raconte que les Égyptiens du Sud jalousent le pouvoir de Memphis. L'idéal serait d'avoir deux capitales. Les pharaons habitent tantôt à Memphis tantôt à Abydos. Passer d'Abydos à Memphis pour revenir dans le Sud n'est pas une solution. Je dois en parler à Pépi II qui tient beaucoup à l'alliance des deux Égyptes.

– Crois-tu, Méri, qu'une guerre civile se prépare ?

Mérenrê embrassa tendrement sa sœur.

– Pépi II saura l'éviter. C'est un véritable sage. Il préfère la paix pour son pays.

Nitocris le prit par la taille sans tenir compte du décorum.

– Les dieux ont exaucé mes prières. J'avais besoin d'une présence amicale et te voilà ! Que Ptah soit mille fois remercié !

Nitocris se souvint alors de la lecture du scribe Titou. Les textes d'Ouni lui avaient paru tout d'abord longs et fastidieux. Elle n'avait pas tout saisi. Il évoquait sa carrière d'officier sous la forme d'un panégyrique ennuyeux. Il précisait que sa biographie avait également été écrite au dos de certaines de ses statues et sur des stèles. « Où sont-elles donc ? » se demanda Nitocris.

Le scribe avait lu de longs passages sur son cursus accompli sous trois pharaons, son travail de fonctionnaire puis de soldat qui l'avait ensuite amené à surveiller les grands travaux, quelques carrières et le percement d'un canal à la hauteur de la Première Cataracte. Mais un petit paragraphe, apparemment sans importance, intriguait maintenant Nitocris. Que signifiait donc le passage : « Un jugement eut lieu à la cour. Le roi avait tellement confiance en moi que je fus chargé du procès-verbal en l'absence de tout vizir et de tout magistrat. Alors que j'étais directeur du personnel du palais, je me vis adjoindre un seul fonctionnaire et, pour la première fois dans l'histoire, je dus traiter seul et dans le plus grand secret une affaire qui me dépassait et qui n'entrait pas dans mes compétences. Cependant, la confiance que le roi avait dans les dignitaires et dans ses fonctionnaires était limitée. Aussi me demanda-t-il de garder le silence sur ce que j'allais apprendre et juger. »

Tout en marchant au côté de son frère, Nitocris ne comprenait pas ce passage qu'Ouni avait entouré de mystères. Était-il parti en emportant son secret dans sa tombe ou l'avait-il révélé à quelqu'un ? En avait-il écrit davantage sur une stèle ou sur l'une de ses statues ?

– Tu es bien silencieuse, Nitocris, lui dit Mérenrê.

– Parce que j'apprécie ces instants incroyables. Je n'arrive pas à imaginer que tu te trouves si près de moi.

« Titou m'a affirmé que l'autobiographie d'Ouni était intégralement reproduite dans sa chapelle funéraire d'Abydos. Est-ce le même texte ? A-t-il ajouté des détails sur cette affaire ? À quoi fait-il donc allusion ? » Mais elle se raisonna en se souvenant que de très nombreux procès avaient lieu à la cour des rois. Un passage, toutefois, la tourmentait. Pourquoi, s'il s'agissait d'un banal procès, Ouni en faisait-il tant de mystères ? Pourquoi ne le décrivait-il pas comme il le faisait pour tous les événements qui avaient traversé sa vie ?

– Je crois que tu vas me porter chance, dit-elle à son frère. Depuis que tu es ici, mon esprit est plus clair que l'étoile Sirius ! Et je sens que ce n'est qu'un début !

– Dans ce cas, je resterai peut-être à Memphis et nous ferons venir le *ka* d'Horkhouef pour qu'il nous raconte ses récits et te fasse rêver.

X

Nitocris regroupa avec frénésie toutes les tablettes qui avaient trait à Ankhnès. Elle les parcourut en cherchant avec nervosité le nom de cette femme dont elle n'avait jamais entendu parler. Sa nuit avait été agitée. Elle avait revu l'attitude de cette Égyptienne du Sud, presque dépravée, qui osait agir comme aucune autre fille avant elle.

– Je n'y croirais pas si je ne l'avais lu en personne ! Comment une adolescente, qui n'a jamais connu la vie de la cour et qui est hébergée par un pharaon depuis deux jours, peut-elle faire preuve d'une telle audace ? Il ne peut s'agir que d'une inconsciente !

Elle réfléchissait à tous ces mystères sans avoir de réponses.

– J'ai envie d'interroger mon frère à ce sujet. Que sait-il de cette Ankhnès ? Est-il au courant que notre grand-mère avait une sœur ?

Se désintéressant de tous les autres textes, Nitocris regroupa tous les extraits évoquant l'étrange jeune fille venue d'Abydos. En essayant de les lire sans l'aide du scribe, elle crut reconnaître un traité de mariage.

– Il s'agit probablement de l'union entre Pépi Ier et Ankhenesmérirê.

Le nom de sa grand-mère y était inscrit en toutes lettres. Mais ce long traité faisait allusion à un autre mariage.

– Il aurait eu lieu juste après le premier… Pépi Ier se serait ainsi marié le même jour avec les deux sœurs !

Persuadée qu'elle avait mal interprété le texte, Nitocris partit à la recherche de Titou qu'elle trouva au milieu des champs inondés d'un riche cultivateur. Ne craignant ni l'eau ni la boue, retroussant sa tunique qu'elle avait chiffonnée dans sa ceinture, elle se hasarda sans sandales au milieu des terres et s'enfonça bientôt jusqu'aux genoux.

– Viens par ici ! dit-elle au scribe qui était en train de noter scrupuleusement la dimension du champ et qui calculait en même temps le montant des impôts.

Titou s'éloigna et aida Nitocris à sortir du bourbier.

– Que lis-tu ici ?

– Il s'agit d'un acte de mariage. Pépi Ier s'est marié avec Ankhenesmérirê, ta grand-mère.

Nitocris retourna la tablette.

– S'agit-il du même acte ou en est-ce un second ?

– Je ne comprends pas. Les noms des mariés sont les mêmes.

– Pépi Ier a-t-il pu épouser le même jour deux femmes différentes, les deux Ankhenesmérirê ?

– Les deux actes sont identiques. Rien ne précise s'il s'agit du même traité. Mais pourquoi reproduire deux fois le même texte ?

– Parce qu'il s'agit de deux mariages.

Nitocris s'essuya les jambes, remit en place sa tunique puis elle remonta dans sa chaise à porteurs.

– Vite ! À Saqqarah !

Les deux porteurs soulevèrent la chaise et transportèrent Nitocris avec d'infinies précautions. La princesse n'aimait guère ce moyen de transport, lent et inconfortable, qui l'incommodait. Elle retrouva l'activité fébrile du plateau désertique où tous les ouvriers et les chefs de chantiers avaient repris leur travail. Certains sculptaient d'immenses statues qui ornaient généralement les complexes funéraires, d'autres encore tiraient d'immenses blocs de pierre.

Sur chaque chantier, les scribes appelaient les travailleurs et leur distribuaient des marteaux, des masses, des équerres, des burins, des fils à plomb et de nombreux instruments de mesure.

Nitocris tenta d'interroger quelques architectes qu'elle connaissait, mais aucun n'avait vu son frère. La plupart dirigeaient des équipes de cinq mille hommes et n'avaient pas un instant à eux.

– Pharaon va arriver ! cria l'un d'eux près de la pyramide de Téti. Il veut constater avec nous si nous avons choisi les bonnes dimensions pour sa pyramide. Il tient aussi à contrôler l'espace que nous avons laissé entre les différentes pyramides. Nous n'avons pas empiété sur les lieux sacrés. Il se trouve actuellement près des bateaux qui assurent le déchargement des blocs de pierre.

Des Égyptiens étaient en train de construire des rampes pour pouvoir élever la pyramide. Pharaon avait fait ouvrir de nouvelles carrières afin qu'elle fût entièrement recouverte de calcaire de Toura. Pharaon voulait aussi s'assurer que la pyramide avait été convenablement orientée selon la position de l'étoile « cuisse d'animal » et de l'astre « sah ».

Les artisans ne cessaient de prendre des mesures, se querellant sur le nombre de coudées, de palmes ou même de doigts que devait faire chaque élément du complexe de Pépi II. Certains estimaient que la pyramide du pharaon serait trop proche de celle des autres tombeaux voisins. D'autres jugeaient, au contraire, la distance tout à fait convenable. Quelques spécialistes critiquaient son orientation sur les plans des architectes tandis que des ouvriers, vêtus d'un simple pagne blanc, transportaient seuls à l'aide d'une perche en bois des blocs d'argile solidement attachés.

L'élaboration de ces briques crues réclamait toute l'attention d'autres Égyptiens qui préparaient les moules, les briques devant toutes être de la même dimension. Dès que l'un de ces blocs était mis en place, le chef de chantier se précipitait avec son fil à plomb pour contrôler sa disposition. Il vérifiait, de la même façon, si les façades en construction étaient droites et n'hésitait pas à les faire détruire si elles présentaient le moindre défaut. L'exactitude était une des qualités principales des architectes.

Afin de donner aux blocs la forme qu'ils souhaitaient, les tailleurs de pierre, assis à même le sol, s'échinaient avec des pics en cuivre et des masses, tapant de toutes leurs forces au même rythme, sans jamais faiblir.

On entendait des géomètres poser à haute voix leurs problèmes.

– Cent coudées pour cette pyramide ? Mais quel est donc son angle d'inclinaison ?

Ils refaisaient maintes fois leurs calculs pour que les angles fussent égaux à la base.

– J'étais sûre de te trouver ici, dit Nitocris à son frère en le voyant s'intéresser à la construction de la pyramide de son père.

Il posait maintes questions, connaissant parfaitement la géométrie et l'arithmétique. Il était également habitué à se rendre dans des carrières près d'Assouan. Aussi donnait-il son avis sur la qualité de la pierre utilisée, pas assez rutilante à son avis.

– Il existe une pierre plus éclatante et plus blanche. Je dirai à mon père d'ouvrir les carrières qui la produisent puisqu'elles sont proches d'ici. Il faudrait que le pyramidion soit le plus blanc de tous. La pyramide de Pépi II pourra ainsi se distinguer des autres. On la verra de très loin.

– Mais comment sais-tu tout cela ? lui demanda sa sœur.

– Parce que j'en ai fait transporter il y a deux ans en Nubie.

Elle l'observait, le trouvait beau et fort. Son corps luisant, très musclé, couvert d'huile protectrice, brillait au soleil. Il avait recouvert ses cheveux courts d'une perruque pour se protéger de la poussière et des rayons trop chauds à la mi-journée. Ses yeux vifs et noirs suivaient chaque opération avec curiosité. Il avait son mot à dire sur tout et donnait des conseils astucieux.

Nitocris n'avait pas prêté attention au charme de son frère. Mais, en pleine lumière, face à des hommes prêts à lui obéir, il était si majestueux qu'elle l'imagina facilement en pharaon. « Il prendra naturellement la place de son père. » Elle ressentit pour lui un sentiment curieux chargé d'amour et de tendresse. Elle se rappela alors le récit que le scribe Titou lui avait lu la veille et elle en rougit. Comment pouvait-elle se comparer à cette Ankhnès face au pharaon Pépi Ier ? Mais, sans qu'elle pût le contrôler, elle sentit monter en elle un immense désir pour celui qu'elle trouvait aussi magnifique qu'une divinité.

Mérenrê lui parut subitement plus grand qu'il n'était, plus solide, plus puissant. Sa voix chaude et autoritaire la bouleversait. Elle aimait sa façon de lui parler sur le ton de la confidence comme si elle était unique et si leur complicité était exceptionnelle. Son corps parfumé dégageait sous le soleil une odeur étourdissante de senteurs diverses, toutes plus envoûtantes les unes que les autres.

– Allons ! Plus vite ! Tirez ces cordes plus énergiquement ! lança-t-il à une équipe.

Il parla à chaque chef de chantier, leur donnant des conseils ou des ordres, ne ménageant pas sa peine. Nitocris était surprise par sa maturité et sa facilité à se faire respecter. Il émanait de son être une autorité naturelle qui ne choquait personne. Tous les contremaîtres attendaient ses directives et s'y pliaient de bonne grâce en approuvant le plus souvent ses explications.

Comme les traîneaux transportant les blocs restaient immobiles, il fit venir une cinquantaine d'ouvriers occupés à construire des rampes afin d'aider les équipes trop légères.

– Il faut au moins une centaine d'hommes pour réussir à traîner ces blocs ! Attachez-les aux traîneaux avec des cordes plus solides ! Fixez bien les câbles et rentrez-les dans les encoches des traîneaux ! Tendez les cordes tous en même temps ! Tirez !

Le chef de chantier les aidait à coordonner leurs mouvements. Mais les traîneaux ne bougeaient toujours pas.

– Qu'on enduise les patins d'eau et de limon ! dit Mérenrê.

Les contremaîtres se mêlèrent des opérations et déconseillèrent au fils du pharaon de procéder ainsi. Mieux valait, à leur avis, tenter de tirer les traîneaux sur du sable sec.

– Ce raisonnement est stupide ! déclara Mérenrê. Ne savez-vous pas encore qu'en enduisant d'eau et de limon les patins de ces traîneaux vous allégerez le poids de la charge d'au moins un dixième ? Qu'avez-vous appris en faisant vos études ? Je croyais que le roi avait choisi les meilleurs contremaîtres et je m'aperçois qu'ils ne connaissent pas les astuces les plus élémentaires pour tirer des blocs sur le sable !

Les chefs de chantier protestèrent et voulurent lui démontrer qu'il n'était pas toujours astucieux de mouiller le sable pour faciliter la glisse des traîneaux. Mais Mérenrê campa sur ses positions et ordonna qu'on lui obéît.

Des ouvriers se précipitèrent pour enduire d'eau les traîneaux. Ils humidifièrent également le sable. Quand il jugea que le terrain était plus propice pour commencer les opérations, Mérenrê donna lui-même l'ordre aux Égyptiens de s'emparer de nouveau de leur corde et de tirer de toutes leurs forces. Les traîneaux bougèrent presque aussitôt.

– Mouillez le sable ! cria le prince. Allons ! Plus vite ! Il sèche trop vite !

– Tu devrais rester ici plus longtemps, lui dit Nitocris. Ce chantier avancerait plus vite. Je suis très impressionnée par tes connaissances. Mais ce n'est pas le rôle d'un prince héritier de remplacer un contremaître !

– Comment faire autrement ? Ces hommes sont des ânes bâtés !

Elle s'approcha de lui, sentit son parfum et son corps chaud et lui caressa le visage avec affection. Elle frémit en sentant sa main sur le bas de son dos. Sa tunique était si légère qu'elle avait l'impression d'être nue contre Mérenrê. Elle chercha à rester ainsi près de lui le plus longtemps possible. Tandis qu'il continuait à donner ses ordres, s'éloignant un court instant pour revenir aussitôt près d'elle, Nitocris eut encore à l'esprit des bribes de phrases lues la veille par Titou. Elle qui avait critiqué l'attitude insolente d'Ankhnès ressentait pour la première fois d'étranges émois au contact de son frère.

– Un dernier effort ! cria-t-il en la serrant plus fort comme s'il était agacé par la maladresse des ouvriers et la lenteur des contremaîtres.

Quand il se fut calmé, demandant aux chefs de chantier de continuer au même rythme, Nitocris promena sa main sur sa poitrine et l'entraîna à l'écart, loin de la poussière et des bruits.

– J'avais besoin de te parler, lui dit-elle. Mais le moment est sans doute mal choisi. Je viens d'apprendre que Pépi II va arriver. M'accorderais-tu un peu de ton temps ? Ne regarde plus vers ces chantiers. Viens par ici. Repose-toi un peu. Je vais demander de la bière.

Mérenrê se pencha vers elle le sourire aux lèvres.

– Tu ne me déranges jamais… Viens et dis-moi ce qui te tourmente. Je vois à ton regard perdu que tu as passé une mauvaise nuit.

– En réalité, Méri, ce dont je voudrais te parler est confidentiel et je préférerais attendre que nous soyons seuls.

Il la prit subitement dans ses bras et la serra contre lui. Elle sentit de nouveau son parfum agréable et la douce chaleur de son corps puissant. Elle aurait voulu qu'il la considérât autrement que comme sa jeune sœur. Elle n'était plus l'enfant qu'il avait connue. Elle se mit à rougir, en sentant un frisson lui parcourir les reins. Elle ne bougeait plus, profitant de ce moment le plus longtemps possible.

– Parle-moi, lui dit Mérenrê en lui prenant la main et en s'asseyant à l'ombre.

Nitocris ne savait comment aborder le sujet qui la préoccupait. Comme elle voulait avoir une réponse avant l'arrivée de Pépi II, elle préféra aller directement aux faits.

– Méri, je voulais juste savoir si tu avais déjà entendu parler d'une certaine Ankhnès, née à Abydos.

Il la regarda avec étonnement et lui avoua que ce nom lui était totalement étranger.

– Pourquoi la connaitrais-je ? Je ne travaille pas à Abydos ! Je n'y passe que rapidement pour honorer Osiris lorsque je me rends à Assouan ! Qui est cette femme ?

– Méri, cette femme a quitté cette terre mais j'ai tout

lieu de penser qu'elle était la sœur de notre grand-mère, une autre fille de Khoui.

Mérenrê éclata de rire.

– C'est impossible, Nitocris ! Nous connaissons tous les membres de la famille royale !

– Son nom figure sur de nombreuses inscriptions et dans plusieurs textes confidentiels dont j'ai pris connaissance par hasard…

– Sois plus claire. Je ne comprends pas de quels textes il s'agit.

– Je t'expliquerai tout cela plus tard. Ainsi donc, toi non plus tu n'as jamais entendu ce nom et la vie de cette femme t'est inconnue. Tu en es absolument sûr ?

– Je te le jure par tous les dieux ! Si ma grand-mère avait eu une sœur, je le saurais !

– C'est bien là le mystère… Comment expliques-tu que cette Ankhnès apparaisse sur des textes fondamentaux trouvés dans la tombe de Mérenrê et dans les autobiographies d'Ouni ?

– Je comprends que tu aies pu consulter les archives d'Ouni, mais de quelle manière as-tu réussi à savoir ce qui est écrit dans la pyramide de ton père ?

Nitocris rougit.

– Je l'ai su par des pilleurs de tombes.

– Par des voleurs ! Décidément, Nitocris, tu m'inquiètes. Quelles fréquentations as-tu donc ? Je croyais que la reine Neit veillait sur ton éducation. Je doute qu'elle soit au courant !

– Garde le silence. L'important est de connaître le fin mot de cette affaire.

– Mais quelle affaire ? De quoi parles-tu ?

– J'ai de bonnes raisons de penser qu'on m'a caché

des secrets de famille ! Et je constate que tu n'es pas dans la confidence !

– Ma chère Nitocris, les filles inventent toujours des contes. Pourquoi imaginer tant de mystères là où il n'y en a pas ?

– Quand je t'aurai lu certains textes, tu seras étonné ! Pour l'instant, tu as répondu à ma question…

Le prince héritier la regarda avec plus d'attention. Il renouvela les compliments qu'il lui avait faits la veille. Il lui demanda de se mettre debout, lui regarda les chevilles, la taille, les épaules et la trouva très attirante.

Nitocris rougit sous son regard insistant.

– As-tu un prétendant ? lui demanda subitement Mérenrê. La reine Neit a-t-elle choisi ton futur époux ?

– Certainement pas ! répondit Nitocris. J'espère que Pharaon me permettra de rencontrer un homme qui me plaise, un prince étranger ou un Égyptien qualifié.

– Pépi II t'a-t-il déjà parlé d'un éventuel mariage ?

– Jamais ! L'a-t-il évoqué avec toi ?

Mérenrê se tut.

– Et toi, mon frère ? As-tu rencontré de nombreuses femmes dans le sud du pays ? Les Nubiennes sont-elles à ton goût ?

– Elles sont magnifiques, beaucoup plus sensuelles que les femmes du Nord ! Les Égyptiens de Memphis sont très séduits par la splendeur des filles du Sud aussi épanouies que des fleurs en pleine éclosion. Elles n'ont ni la retenue ni la froideur des filles de cette région. Elles aiment la vie et en profitent pleinement.

Ce discours n'était pas celui que Nitocris attendait.

– Ainsi donc tu serais prêt à épouser une princesse venant du Sud plutôt qu'une femme de nos villes.

– Qui te parle d'union ? J'ai trouvé chez les filles d'Assouan ou des oasis un goût démesuré pour le plaisir. Certaines d'entre elles ne se lassent jamais de passer du bon temps avec leur époux. Elles dansent, chantent, vibrent aux sons des tambourins, montrent naturellement leurs atours, séduisent le jour et la nuit. À leur contact, les hommes ne peuvent rester indifférents. Ils passent des moments torrides et racontent ensuite des histoires fabuleuses qui font rêver les jeunes gens.

– Tu as déjà adopté les habitudes d'un pharaon. Tu as autour de toi un harem dont tu profites et tu épouseras un jour une femme pour avoir des enfants légitimes mais dont tu ne visiteras la couche qu'exceptionnellement.

– Je n'ai pas honte d'aimer les femmes ! Nos grands-parents avaient des harems importants dans toutes les villes du pays. Avec l'âge, rares sont les pharaons qui se sont calmés. Pharaon doit faire preuve de virilité et de puissance. On le dit Taureau et Lion.

Ils furent interrompus par les sons aigus d'une trompette.

– Le roi ! dit Nitocris en se levant comme si elle commettait une faute en se confiant à son frère.

XI

Tous les travailleurs arrêtèrent leur activité et se couchèrent sur le sable. À genoux, les bras à plat sur le sol, la tête baissée, ils murmuraient quelques mots à la gloire de Pharaon. Pépi II était réjoui de voir que sa pyramide était en bonne voie de construction et que les matériaux indispensables à sa réalisation avaient été acheminés dans les délais prévus.

Mérenrê s'approcha de lui et le salua par tous ses titres. Il lui fit un rapport précis et professionnel.

– J'ai discuté avec tous les architectes. Je te rassure. Rien n'a été laissé au hasard. Tes fonctionnaires ont travaillé à la perfection. Ils sont parfois en désaccord sur des détails. Mais l'essentiel a été respecté.

– Mon fils, je ne serai satisfait que lorsque je verrai l'extrémité de ce tombeau briller de tout son éclat ! Je saurai alors que Rê m'attends pour ma course nocturne et que je rejoindrai le ciel après ma vie terrestre. Tant que cette pyramide n'est pas achevée, je crains le pire. Je ne voudrais pas partir pour l'Au-Delà sans sépulture. Le père de Nitocris n'a pas eu la chance de voir sa pyramide achevée et ce n'est pas le seul !

– Tu as pris le pouvoir très jeune. Ton frère a disparu

trop tôt. Nous prions les dieux pour que tu sois toujours en excellente santé. Regarde ton peuple qui t'aime et te vénère. Tu es le roi de la paix, celui qui unit les deux parties de l'Égypte, celui qui accueille à sa cour des personnalités du Sud. Tu m'as envoyé à Assouan pour que tout le monde constate que tu règnes sur toute l'Égypte. Le Nil a débordé généreusement cette année. Les récoltes seront abondantes. Les caisses de l'État étant pleines, la construction de ta pyramide se fera sans retard.

– Ton discours me réchauffe le cœur, mon fils, répondit Pépi II en abandonnant son char, préférant progresser à pied. Quand je vois les somptueux complexes de Téti ou de Pépi Ier, je suis un peu jaloux. Te rends-tu compte du nombre de jours et d'ouvriers qu'il nous faudra pour réussir de pareilles merveilles ?

– Plus de six mille hommes travaillent aujourd'hui sur le plateau. J'ai fait les comptes à l'aide des scribes.

– J'en voudrais le double autour de ma pyramide ! dit Pépi II. Il a fallu vingt ans aux quinze mille ouvriers qui travaillaient sur la pyramide de Khéops pour parvenir à leurs fins. Dix années ont été nécessaires pour les préparatifs, pour organiser l'acheminement des matériaux, aménager des môles ou des débarcadères, construire des rampes et creuser les chambres souterraines. Je ne pourrai jamais attendre aussi longtemps ! Les rampes ne sont pas encore terminées. Je reviens des embarcadères. Les bateaux ont du mal à accoster et les équipages ne sont pas formés pour débarquer des blocs aussi lourds.

– Si tu le permets, je vais m'en occuper. Il ne faudra pas dix ans pour que les préparatifs soient achevés !

– On n'en finit plus de construire ces rampes et les plans définitifs sont loin d'être au point. Les architectes ne sont pas d'accord entre eux.

– Dans deux mois tout au plus, tout sera prêt pour commencer le gros œuvre. Puisque je reste quelques jours à Memphis, je ne serai pas inactif. Je vais faire embaucher cinq mille hommes supplémentaires. La demande ne manque pas. Tous les Égyptiens sont honorés de participer à l'élaboration de ton futur tombeau. Le terrain a été aplani et les blocs de calcaire qui serviront de base à ta pyramide ont été placés sur le chantier. Le canal qui permettra d'acheminer les matériaux jusqu'ici a été suffisamment dégagé pour permettre à des barges assez larges de passer. Les architectes ont enfin inscrit sur le chantier la position définitive de ta pyramide. Tu peux y voir ces marques qui te donneront une idée de la grandeur de ton tombeau.

– Veux-tu dire, mon fils, que nous pourrons bientôt célébrer la fête des fondations ?

– Tu pourras mettre en place les poteaux qui marqueront les angles de ta pyramide et célébrer les rites *pedjshes* avec les cordes reliant les angles entre eux. Je serai présent pour la purification de cet endroit et je placerai avec toi dans un trou des amulettes porte-bonheur. Tu ordonneras alors de poser le premier bloc. Dès lors, la construction de ta pyramide pourra réellement commencer. Les bases seront posées. Les rampes permettant de monter les blocs et d'élever ce monument seront terminées. Tes appartements funéraires seront aménagés.

Mérenrê était certain de trouver suffisamment de paysans prêts à rejoindre les différentes équipes de

Saqqarah. Bien que le travail fût pénible, les ouvriers étaient nourris trois fois par jour et pouvaient se reposer une journée par décade. Le fils de Pépi II avait également l'intention d'embaucher des contremaîtres et des artisans originaires d'autres villes égyptiennes pour soulager les équipes déjà en place. Il avait envisagé la construction d'une petite cité pour héberger ces travailleurs qui n'auraient pas le temps de rentrer chez eux pendant les mois où ils travailleraient à Saqqarah.

Quand il exposa ses idées à son père, celui-ci le félicita et lui confia la mission d'organiser les équipes définitives. Pépi II voulait que chaque contremaître procédât comme l'avait fait autrefois Imhotep, l'architecte et chancelier du roi Djoser qui avait eu le premier l'idée de construire une pyramide. Il avait tout d'abord fait construire un mastaba traditionnel sur lequel avaient été placés plusieurs autres mastabas, réalisant ainsi une pyramide à degrés. Mais Pépi II préférait pour sa pyramide une surface lisse embellie par le calcaire de Toura.

Depuis le règne du roi Snéfrou, les côtés de la pyramide symbolisant les rayons du soleil étaient suffisants pour faciliter la montée de l'âme royale vers les cieux. Aussi Pépi II, en accord avec les pharaons qui l'avaient précédé, ne jugeait pas nécessaire de prévoir des marches comme l'avait fait Imhotep.

Pépi II avait même envisagé de fêter son jubilé en même temps que la fondation de sa pyramide. Il souhaitait aussi poser la première pierre de son temple funéraire afin que ses descendants pussent le vénérer après sa mort ainsi que les bases d'une petite salle, le *serdâb* dans lequel se trouverait une gigantesque statue le représentant. Les ouvertures prévues dans ce serdâb permettraient aux membres de sa famille de faire des sacrifices d'animaux en son honneur, de lui apporter des offrandes et de pratiquer certains rites avec des fumigations dont il bénéficierait à loisir.

Il voulait aussi une chaussée allant de son tombeau à son temple, des hiéroglyphes sur les murs de sa chambre funéraire, rappelant les rites funéraires, semblables à ceux qui avaient été sculptés dans le tombeau d'Ounas, et une pyramide annexe pour la reine Neit.

– Tu ne rejoindras pas Assouan tant que je n'aurai pas inauguré les bases de ma pyramide, dit Pépi II à son fils. Contrôle également l'ensemble du complexe de telle sorte que rien ne soit oublié. Trop de pyramides sont menacées d'affaissement. Les architectes m'ont appris que Snéfrou avait demandé à ses contremaîtres de réduire l'inclinaison des côtés et les dimensions des pyramides pour les rendre plus solides. Ils m'ont expliqué que des fissures pouvaient apparaître sur des côtés lisses. Comment imaginer une pyramide haute et éternelle ?

Mérenrê sut le réconforter. Il appela les deux architectes principaux en charge du monumental projet et expliqua en leur présence à son père que le roi Khéops avait pu bénéficier de la pyramide la plus haute grâce aux progrès de la science.

– À l'époque de Snéfrou, nous n'avions pas atteint la perfection d'aujourd'hui. Les méthodes ont évolué. Tu dois faire confiance aux spécialistes. Toutefois, il ne serait pas raisonnable d'imaginer une pyramide aussi haute que celle de Khéops. Certains architectes prétendent, après l'avoir étudiée, qu'elle ne résistera pas au temps qui passe. Mieux vaut une pyramide plus modeste qui ne se dégrade pas. Si tu souhaites la voir terminée de ton vivant, il est préférable de ne pas envisager une construction monumentale. Les blocs qui ont été préparés par les ouvriers sont plus petits que ceux utilisés pour la pyramide de Khéops. Mykérinos a eu raison de réduire la sienne. Nous pouvons également mélanger du calcaire local avec de la pierre de meilleure qualité de façon à réduire les coûts.

– La construction d'une pyramide royale donne du travail à de nombreux Égyptiens. Ces dépenses ne sont pas inutiles. Elles aident le peuple à vivre !

– Mais elle coûte très cher !

Pépi II refusa de se plier aux coutumes des rois qui s'étaient contentés de pyramides moyennes. Il avait demandé aux architectes de prévoir des appartements funéraires très grands et un temple funéraire magnifique. Il gagna le chantier en compagnie de son fils et observa avec intérêt les leviers en bois que des Égyptiens étaient en train de construire pour soulever les blocs de pierre.

Conscient que son père pouvait devenir impopulaire du jour au lendemain s'il dépensait tout l'or de l'État pour faire élever sa pyramide, Mérenrê jugea utile de le mettre en garde. Il lui parla discrètement de l'importance qu'avaient pris les notables et les hauts fonctionnaires, jaloux des tombeaux royaux.

– Ne les provoque pas, Pharaon. Ne mécontente pas le peuple en dépensant trop d'or pour ce complexe. Souviens-toi de la sagesse de Mykérinos qui avait décidé de se montrer grand dans sa modestie et qui avait choisi délibérément un tombeau plus petit. Il n'en est pas moins beau que ceux de Khéops ou de Khéphren !

Comme Pépi II n'était pas convaincu, estimant que Mykérinos apparaissait aux yeux des Égyptiens comme un pharaon secondaire par rapport à Khéops, Mérenrê avança un autre argument :

– Père, pour réaliser sa pyramide, Khéops a traité les ouvriers avec rudesse. Mykérinos estimait qu'il valait mieux rester digne et se préoccuper du bonheur de ses sujets plutôt que de les maltraiter pour avoir un complexe funéraire hors du commun.

Mais Pépi II était capricieux comme tous les pharaons. Il voulait rester dans l'histoire de son pays et avoir le tombeau le plus impressionnant. Mérenrê insista sur la dégradation des pyramides de Gizeh.

– Le mur nord de celle de Khéops s'abîme. Que restera-t-il dans quelques années ?

Pépi II demanda l'avis des deux architectes qui confirmèrent l'analyse du prince héritier.

– Père, Horus d'or, je préfère que ton tombeau soit encore debout et en parfait état tout en étant plus modeste que de voir ta pyramide s'affaisser comme un tas de sable parce que tu l'auras voulue plus grande que ne le dicte la raison. Fais décorer les murs de tes appartements funéraires de faïence bleue et de fausses portes entourées de hiéroglyphes. Prévois des plafonds étoilés, des statues gigantesques autour de ta pyramide, des dessins réalisés par les meilleurs artistes égyptiens. Il existe maintes façons de montrer sa puissance.

– Mais je veux que ma pyramide soit le reflet de mon règne ! Je ne suis pas un petit pharaon qui a dirigé le pays pendant un an ! Mon frère Mérenrê, qui est resté peu de temps au pouvoir, possède une pyramide imposante. Il est normal que la mienne soit plus haute.

– Ajoute à ton complexe un temple de la vallée construit sur les bords du canal et un mur d'enceinte.

Le roi écouta attentivement les deux architectes qui lui expliquèrent leur projet. Ils avaient choisi l'emplacement de la pyramide en tenant compte d'un axe vertical reliant la terre au ciel et le roi au dieu soleil, d'un axe terrestre, parallèle au fleuve, allant du sud au nord et symbolisant la royauté, et d'un axe céleste orienté en fonction du lever et du coucher de Rê. L'entrée de la pyramide, située au nord, permettait d'accéder au sud à la chambre funéraire.

L'axe céleste symbolisait la résurrection du roi. À l'est se trouverait également le temple funéraire où la famille pourrait honorer le pharaon. La chaussée permettrait au souverain de quitter le monde des vivants pour se diriger vers sa pyramide.

Le roi Pépi II voulait enfin être purifié avant d'être momifié dans la maison de la résurrection qu'il souhaitait à proximité. Le temple funéraire devait être constitué d'une pièce soutenue par une quinzaine de colonnes avec une salle donnant sur une cour protégée par un portique abritant des statues du roi. Des chapelles permettraient de lui rendre un culte.

Le temple de la vallée serait construit à l'aide de blocs de granit en provenance d'Assouan. Deux entrées, près desquelles seraient placées des statues de Pépi II, ou des sphinx, permettraient d'accéder à cet édifice carré muni d'un vestibule et d'une salle à vingt pilastres. Là, Pépi II espérait voir placées vingt-cinq de ses monumentales statues en diorite.

Pendant que le pharaon expliquait aux architectes où il avait décidé d'être momifié, Mérenrê vérifia les équipes, chacune ayant son chef et ses ouvriers dont le nombre était à peu près égal. Des artisans allaient commencer la construction de logements pour les nouveaux groupes en provenance du Sud. Le village déjà existant était constitué de petites maisons aux pièces réduites en calcaire recouvert d'argile. Toutes possédaient leur cour. Pour accueillir cinq mille hommes, Mérenrê prévoyait plus de cent chambres.

Près de ces habitations, des ateliers servaient aux ouvriers à fabriquer des objets rituels et à préparer la terre cuite. Les fours à pain n'étaient pas encore terminés. Mérenrê voulait absolument distinguer le village des simples ouvriers de celui des contremaîtres. Il prônait également l'aménagement de deux nécropoles distinctes pour éviter les conflits et respecter l'ordre social.

Nitocris avait rejoint son cocher et méditait sur les dernières paroles de son frère. Comment avait-il osé faire devant elle l'éloge des filles du Sud ? Oubliait-il que les Égyptiens de chaque région étaient fiers de leurs origines et que des conflits entre le Nord et le Sud étaient susceptibles d'éclater à chaque instant ?

Elle se demanda si son frère avait connu de nombreuses femmes. Les princesses nubiennes recevaient-elles la même éducation que celles du Nord ? Un peu dépitée par les compliments de Mérenrê à l'égard des filles d'Assouan, Nitocris interrogea son cocher :

– Connais-tu les femmes du Sud, celles qui vivent près des Cataractes ?

– Oui, maîtresse. J'ai épousé une fille originaire de Dakhla. Elle a la peau très noire et un corps de déesse.

– Préfères-tu les femmes du Sud ou celles du Nord ?

– Tu me poses, princesse, une question épineuse. J'aime toutes les Égyptiennes ! Je les veux bien faites, avec des seins suffisamment gros et des fesses fermes et hautes. Les filles qui habitent dans le Sud ont des jambes et des bras plus longs, ce qui leur donne une allure élégante. Elles sont également plus athlétiques. Mais elles se fanent plus vite. Si tu avais la peau plus mate, tu pourrais ressembler à ces femmes-là, princesse. Car tu as un corps voluptueux et des formes généreuses tout en étant élancée et gracieuse.

Cette dernière remarque réconforta Nitocris qui se promit de porter dorénavant des boucles d'oreilles en or, en forme de cercle comme avaient l'habitude d'en mettre les Nubiennes.

XII

Le soir même, Nitocris apporta à Titou toutes les tablettes qu'elle avait trouvées au sujet d'Ankhnès. Sans attendre, ils s'installèrent à l'endroit habituel et commencèrent leur travail. Le scribe nettoya les tablettes avec un chiffon imbibé d'eau et de limon qui moussa légèrement sous les frottements.

– Je les ai déjà dépoussiérées pour pouvoir les lire, lui expliqua Nitocris. J'avais hâte de savoir si nous possédions la suite de l'histoire d'Ankhnès. J'ai trouvé son nom mentionné dans de nombreux extraits. Regarde !

Elle s'empara un peu brutalement des supports d'écriture et se plaça derrière le scribe assis en tailleur à même le sol. Puis elle lui désigna très précisément où elle avait cru déchiffrer le nom de son ancêtre. Elle lui indiqua également où se trouvait la suite de l'histoire précédente qui révélait l'audace et la méchanceté de cette femme inconnue.

– Pour gagner du temps, j'ai tenté de les classer. Tu pourras ainsi lire ces passages dans leur continuité en espérant qu'ils sont cohérents et qu'ils nous renseigneront !

– Où as-tu rangé les précédentes tablettes ? Les as-tu protégées ?

Nitocris rassura Titou qui redoutait toujours une punition de Pharaon.

– Nous commettons un acte interdit. Je n'agis pas mieux qu'un pilleur de tombes ! Si nous sommes découverts, qui me disculpera ? Toi ?

– Cesse de geindre, lui répondit Nitocris en tentant d'enlever l'une de ses bagues.

Elle trempa sa main dans le mélange d'eau et de limon qui avait permis de nettoyer les tablettes, puis elle tourna plusieurs fois sa bague autour de son doigt avant de l'ôter et de la donner à Titou avec regret. Son frère la lui avait apportée d'Assouan et elle l'arborait avec fierté depuis son arrivée.

– Elle est constituée de turquoises et d'or. Je te donne le bijou que je préfère pour ne plus entendre tes plaintes !

Pour la première fois, le scribe refusa un cadeau de la princesse.

– Tu m'as déjà largement payé. Garde cette bague puisqu'elle te plaît. Tu m'en offriras une autre lorsque nous nous reverrons.

– Je t'écoute, dit-elle sans comprendre l'attirance que le scribe commençait à avoir pour cette jeune femme bien née, mais quelque peu insolite et aventurière qui le surprenait chaque jour par sa désinvolture, sa franchise et son espièglerie.

Comme il l'observait à la dérobée tandis qu'elle s'asseyait sur le fauteuil qui était en face de lui, Nitocris s'étonna de son silence.

– Eh bien ! Pourquoi me détailles-tu entre tes cils ? Oublierais-tu que je suis une femme et que je sens, même le dos tourné, les yeux des hommes posés sur moi ?

– Je réfléchissais, répondit Titou en replongeant le nez dans les supports d'écriture posés sur ses genoux.

Il lut lentement, suivant chaque mot avec l'un de ses calames, le second étant placé derrière son oreille droite, signe qu'il écrivait du côté du bonheur :

Ankhnès avait su séduire Pépi Ier qui adorait les femmes. Mais, à son grand regret, le pharaon ne cessait d'évoquer sa sœur Ankhenesmérirê qu'il trouvait naïve et charmante. L'initier à l'amour le tentait tout autant que se livrer avec Ankhnès à des jeux passionnés. Aussi le séjour à Memphis du notable Khoui se prolongea-t-il plus longtemps que prévu. Pépi Ier ne parvenait pas à faire un choix. Dès qu'elle le voyait faiblir, Ankhnès se rendait indispensable et l'entraînait dans la volupté.

Pour faire plus ample connaissance avec Ankhenesmérirê qui le redoutait, il dut l'inviter en privé, à l'insu de sa sœur. Ankhenesmérirê se montra égale à elle-même, franche, respectueuse, obéissante et sage. Son calme, sa culture, sa curiosité et sa pudeur le séduisirent aussitôt. Il la trouva aussi belle qu'Ankhnès, mais beaucoup plus farouche. Sa docilité lui permettait d'avoir sur elle un total ascendant dont il usa dès leurs premières rencontres.

Peu à peu germa dans son esprit l'idée d'épouser les deux sœurs qui se complétaient à merveille.

– J'avais raison, dit Nitocris.

– Telle était l'intention du pharaon. Voyons ce qui s'est réellement passé.

Comme elle n'avait aucune envie de partager le pouvoir, Ankhnès décida de supprimer sa rivale. Elle eut l'idée de glisser dans sa chambre le panier qui contenait le serpent de petite taille qu'elle emportait partout avec elle et dont la morsure était mortelle. Alors qu'Ankhenesmérirê se trouvait auprès du roi qui ne se lassait pas de son discours, Ankhnès agit sans hésitation. Pour être sûre que sa sœur succomberait le soir même, elle renvoya ses domestiques et s'introduisit elle-même dans la chambre d'Ankhenesmérirê. Elle fit mine de la chercher alors qu'elle la savait avec le roi. Elle entrouvrit la porte de sa chambre et l'appela doucement. Quand elle se fut assurée que la pièce était vide, elle y pénétra et déposa le panier sous le lit de sa sœur, espérant qu'elle se coucherait sans le voir.

Elle souleva légèrement le couvercle pour laisser le serpent sortir et s'éclipsa, le sourire aux lèvres. Elle qui n'avait jamais considéré sa sœur, trop timorée, comme une rivale possible la détestait à présent, voyant en elle une véritable ennemie.

– Cette petite gourde ne posera jamais sur sa tête d'oiseau effarouché la couronne de notre pays ! Quelle erreur de l'avoir même imaginé ! Ankhenesmérirê Grande Épouse royale ! Quelle incongruité ! Quelle inconvenance ! Quelle stupidité ! Je fais là un acte salvateur pour l'Égypte. Pépi Ier est plus âgé que nous. S'il a besoin d'une Grande Épouse pour le seconder ou pour assurer une régence un jour, je doute fort que ma sœur soit capable de le faire. Sa timidité et sa bêtise nous perdraient !

Ankhnès avait tout prévu pour que son plan réussît.

Connaissant sa sœur, elle savait qu'elle rentrerait épuisée et profondément troublée par son entretien avec le roi. Elle renverrait toutes les servantes qui lui proposeraient de l'aide et laisserait tomber sa tunique à ses pieds avant de s'étendre, de revivre son entretien avec le pharaon, de s'endormir et de rêver au souverain qu'elle considérait avec admiration à l'égal d'un dieu. Que le serpent fût encore dans son panier ou qu'il en fût sorti ne changerait rien au sort. Il aurait tout le loisir de ramper sur le lit d'Ankhenesmérirê qui se ferait mordre dès qu'elle bougerait dans son sommeil.

Ankhnès estimait qu'elle donnait à sa sœur la mort que tout le monde souhaitait. Terminer sa vie terrestre en rêvant n'avait rien de cruel. Passer sans s'en apercevoir du monde présent à l'au-delà idyllique et heureux était un voyage agréable.

Mais, au moment où elle retournait dans sa propre chambre, elle croisa Pépitis qui la cherchait et qui avait remarqué la disparition du serpent.

– Quelqu'un l'a volé, dit-elle à sa maîtresse. Il faut prévenir la sécurité.

– Tais-toi ! Que fais-tu là ? Je t'avais ordonné de ne plus paraître devant moi avant l'aube ! Peux-tu m'expliquer pourquoi tu es entrée dans mes appartements sans autorisation ? Que cherches-tu ? Tu m'espionnes ? Tu travailles pour ma sœur ?

Ne comprenant rien au discours d'Ankhnès, Pépitis se défendit et lui jura fidélité.

– Je suis revenue pour enduire ton corps d'onguents. As-tu oublié que tu devais passer la nuit avec Pharaon ? Il t'a envoyé un message. Il veut que tu le *rejoignes. Il a même annulé le dîner de ce soir pour être plus vite avec toi. Nous n'avons que quelques instants pour te laver, te parfumer, épiler ton corps, te masser, gommer ta peau et l'enduire d'onguents et de pommades qui feront chavirer le roi. J'ai reçu des ordres stricts de sa part. Il m'a demandé de préparer ma maîtresse comme je l'avais fait la fois dernière. Il a apprécié les senteurs que j'avais répandues sur ta peau douce et ferme, les mixtures qui avaient rendu les parties intimes de ton corps plus douces que les pétales d'une rose. Pharaon apprécie ce velouté de ta peau à nul autre pareil. Il serait imprudent de le décevoir.*

– Écoute-moi bien, lui dit Ankhnès en la saisissant par le haut du bras avec une telle violence qu'elle laissa les marques de ses doigts sous son bracelet. Obéis-moi avant d'écouter Pharaon. Les hommes, rois ou paysans, deviennent des esclaves devant les femmes. Je m'occupe de Pépi Ier. Mais si tu parles de la disparition de mon serpent à quiconque, je te fouetterai moi-même jusqu'au sang ! Tu te souviens de la balafre que je t'ai faite lorsque nous sommes arrivées au palais parce que tu n'obéissais pas et que tu te comportais stupidement ? Je te ferai les mêmes blessures sur les cuisses, le ventre et la poitrine.

Pépitis oublia l'incident et s'occupa de sa maîtresse avec dévouement.

– Je suis lasse de faire tous ces efforts pour séduire Pharaon. Ma sœur ne s'encombre pas de tous ces artifices. Elle ne donne au roi aucun plaisir. Elle se contente de le regarder béatement et de sourire à ses paroles.

Mais Ankhenesmérirê semblait, en outre, protégée par les dieux. Son frère se rendit dans sa chambre avant elle et découvrit par hasard le panier d'Ankhnès. Le reconnaissant, il le rapporta à sa propriétaire juste avant qu'elle ne rejoignît Pharaon, non sans lui avoir recommandé de veiller sur cet animal dangereux.

– S'il sort de tes appartements, lui dit-il en mettant la main à sa ceinture, je le coupe en deux avec mon couteau.

– Tu sais combien j'apprécie la compagnie de ce serpent, lui rétorqua Ankhnès. Si tu touches à une seule de ses écailles, tu auras affaire à moi ! Jamais je ne te pardonnerai une telle cruauté ! Un voyant me l'a offert en me prédisant un destin fabuleux à condition que je le protège. Que m'arrivera-t-il s'il disparaît ?

– Il ne vivra pas aussi longtemps que toi ! La mort d'un serpent n'a jamais influencé un destin et je ne te crois pas superstitieuse. Tu es trop froide et trop savante pour ajouter foi aux sornettes des sorciers !

– Tu me parles ainsi parce que tu as toujours préféré Ankhenesmérirê. Que connais-tu de mes passions, de mes craintes, de mes croyances ? Je ne suis qu'une étrangère à tes yeux.

Ankhnès utilisa un autre registre pour charmer son frère. Malgré la rage qui la rongeait et la colère qu'elle ressentait contre lui, elle se fit doucereuse et aimante.

– Tu peux acquérir un haut poste grâce à moi car j'ai su attirer le roi. Si tu étais plus affable, je parlerais au roi en ta faveur dès ce soir. Je suis sûre que tu serais tout-puissant dès demain matin. Je connais le pouvoir de persuasion qu'une femme peut avoir sur un homme, *tout souverain fût-il, lorsqu'elle est étendue près de lui et qu'il la désire ardemment.*

Djou ne pouvait nier ses ambitions.

– Je t'ai peut-être mal jugée, dit-il à sa sœur.

XIII

Après une pause, Titou poursuivit :

Bien qu'il souhaitât passionnément posséder Ankhenesmérirê, Pépi Ier ne lui imposa aucune union avant le mariage. Il fit donc part à Khoui de son intention d'épouser ses deux filles le même jour et il donna à leur frère une haute fonction. Mais le soir de cette double union, Pépi Ier, déjà rassasié par Ankhnès, se consacra à Ankhenesmérirê dont il découvrit l'ardeur et la passion cachées sous une froideur feinte.

Il sut lui faire aimer ses étreintes et ses baisers. Elle se plia à ses ordres et à ses volontés avec élan et application si bien que Pépi Ier la fréquenta autant que sa sœur, jalouse des attentions que le roi avait pour une fille prude et ennuyeuse.

Faute de l'emporter dans un domaine où elle excellait, Ankhnès triompha en lui annonçant qu'elle attendait un enfant. Bien que cette nouvelle contentât le roi qui avait l'intention d'avoir plusieurs enfants avec les deux sœurs, celui-ci en profita pour fréquenter davantage encore Ankhenesmérirê, qui annonça, elle aussi, au roi qu'elle allait devenir mère. La première des deux sœurs qui mettrait au monde un fils aurait l'avantage.

Quelques mois plus tard, Ankhnès donna un fils à Pépi Ier…

De plus en plus surprise, Nitocris interrompit Titou et se mit à réfléchir à cette histoire insensée dans laquelle apparaissaient des personnages dont elle n'avait jamais entendu parler.

– J'ai l'impression d'écouter un professeur qui me raconterait une fable tantôt comique tantôt tragique.

– Je crains qu'il ne s'agisse de la réalité.

– Un fils ! Mais où est donc passé cet enfant ?

– Il est peut-être mort en bas âge. Je continue :

Le pharaon fut tellement heureux d'avoir un héritier de sa jeune épouse qu'il fêta dignement cet événement. Ankhenesmérirê se réjouit pour sa sœur et pria les dieux pour rendre le roi aussi satisfait. Jamais encore elle n'avait vu briller ses yeux avec un tel éclat sauf quand il la désirait. Mais son regard était plus perçant et plus mystérieux. Laissant éclater son bonheur au grand jour, invitant tous les souverains, remerciant maintes fois les dieux, Pépi Ier mit pendant plusieurs jours Ankhnès à l'honneur.

Après sa purification, la Grande Épouse fut sans cesse sollicitée par le roi qui avait été frustré de ne pouvoir profiter de ses deux jeunes épouses autant qu'il l'aurait souhaité et qui s'extasia devant la minceur et la beauté retrouvées du corps d'Ankhnès. Elle le combla autant qu'à leur première rencontre et lui fit oublier Ankhenesmérirê que la grossesse rendait impure.

Ankhnès profita grandement de cette période. Mais sa sœur mit bientôt au monde un nouvel héritier qui réjouit le roi plus encore que le premier. Pépi Ier organisa des fêtes plus somptueuses que les précédentes, réveillant une nouvelle fois la jalousie féroce d'Ankhnès. Il rendit plus souvent visite à ce deuxième fils et le trouva plus beau. « Il me ressemble tant ! » avait-il coutume de dire en public en caressant les joues du bambin. Moins calme, le fils d'Ankhnès, au visage plus fermé et à la peau plus terne, ne se laissait pas approcher ni prendre sans pleurer et crier, tandis que l'enfant d'Ankhenesmérirê, d'une bonne nature, riait souvent aux éclats.

– Mon fils est l'aîné, dit Ankhnès à Pharaon. À moins que tu ne choisisses un autre héritier, c'est lui qui montera un jour sur le trône. Il aura la meilleure éducation possible. Il chassera et pêchera avec toi. Tu l'emmèneras en campagne. Tu le formeras à sa vie de futur pharaon. Le prince t'accompagnera partout dès qu'il aura quatre ans. Ne le ménage pas pour qu'il devienne le meilleur des pharaons et qu'il te succède dignement.

Nitocris intervint de nouveau :

– Quels sont les noms de ces deux princes ? demanda-t-elle à Titou qui chercha en vain l'identité des deux enfants. Nous savons qu'Ankhenesmérirê a eu trois enfants : mon père, Mérenrê, Pépi II et la reine Neit.

– L'aîné de ton auguste grand-mère est Mérenrê qui a régné avant Pépi II. Il ne peut s'agir que de lui.

Pépi Ier lui fit comprendre qu'il s'occuperait de ses deux derniers fils en même temps puisqu'ils avaient le même âge et que tous deux bénéficieraient des mêmes cours et des mêmes professeurs. Ne supportant plus les comparaisons et refusant d'attendre les faveurs du roi, Ankhnès décida de modifier la situation à sa façon.

– Je crains le pire, avança Nitocris.

Elle fit venir Tamès qui lui était plus dévoué qu'un chien et qui arrivait dès qu'elle le sifflait. Elle entretenait cette fidélité avec parcimonie et perversité. Elle le chargea d'accompagner sa servante Pépitis dans la chambre de sa sœur.

– Surveille-la ! Elle est parfois inefficace et sotte.

Puis elle appela Pépitis et lui dit :

– Ma sœur attend un deuxième enfant. Elle se sent mal. Elle ne supporte pas sa grossesse. Elle vomit sans cesse et les vertiges lui rendent la vie impossible. Je suis passée par là. Porte-lui cette tisane. Elle sera apaisée et s'endormira en paix.

Ankhnès avait des notions de magie noire. Aussi était-elle capable de préparer des potions pour tuer les fœtus et les rivales. Elle s'était procuré sans peine quelques mèches de cheveux de sa sœur et des objets personnels, un peigne en ivoire qu'elle plaçait souvent dans ses cheveux, une bague et une chaîne de cheville. Après avoir mélangé des plantes, prononcé des formules magiques, elle avait tout mis en œuvre pour qu'Ankhenesmérirê perdît son enfant et disparût en même temps.

Ne soupçonnant pas la cruauté de sa maîtresse, Pépitis, surveillée par Tamès, se rendit au chevet de la Grande Épouse royale qui gémissait et transpirait abondamment.

– Que faire ? Elle est seule et délire. Appelons l'une de ses servantes. Je lui confierai cette préparation.

Mais Tamès lui rappela les ordres d'Ankhnès.

– Ta maîtresse t'a-t-elle demandé de convoquer les serviteurs ? Que t'a-t-elle dit exactement ?

Après avoir répété les instructions d'Ankhnès, Pépitis versa la mixture dans un bol en faïence et le laissa sur une table.

– Elle a l'habitude de boire dans ce récipient lorsqu'elle se réveille. Comme cette potion n'a aucun goût, elle l'avalera sans broncher.

Tamès retourna auprès d'Ankhnès pour lui confirmer que sa servante avait correctement rempli sa mission. Il fut récompensé par quelques caresses et put assister à la toilette de la Grande Épouse royale qui le choisit pour étaler sur son corps parfums et onguents. Elle le retint également pendant sa séance de relaxation et demanda à sa masseuse de l'initier à cet art indispensable.

Tamès n'osait toucher la peau de la reine qui l'invita à reproduire les gestes de l'Égyptienne. Le garde était partagé entre le désir et une crainte respectueuse. Il connaissait aussi les sautes d'humeur d'Ankhnès et redoutait ses sanctions. La Grande Épouse n'avait pas hésité à faire fouetter de nombreux serviteurs ou à les envoyer au cachot pour désobéissance. Elle se moqua de sa timidité et de sa maladresse, demanda à la mas-

seuse de guider ses mains et lui ordonna de revenir chaque soir avant qu'elle ne rejoignît Pharaon.

Elle attendit jusqu'au lendemain que la mixture fît son effet. N'entendant ni cris ni lamentations, elle envoya Tamès aux nouvelles, lui demandant comment allait sa sœur.

– Tu as des doigts de fée, Grande Épouse aimée d'Hathor ! La santé d'Ankhenesmérirê n'inquiète plus personne. Les médecins affirment que ses vertiges sont passés et qu'elle a retrouvé ses couleurs. Le roi lui a rendu visite et a congédié toutes ses servantes. Voilà qui est bon signe ! Ankhenesmérirê a retrouvé goût à la vie et à l'amour. Le roi est sorti réjoui des moments passés avec ta sœur. Il affirmait, au dire des domestiques, qu'il n'avait pas été aussi heureux depuis longtemps. Il a même prétendu que la Grande Épouse n'était jamais aussi désirable que les premiers mois où elle attendait un enfant. Il a fait rire les servantes en disant qu'elle était accueillante et insatiable devant une table garnie autant que dans un lit !

Dans les jours qui suivirent, Ankhenesmérirê participa à tous les banquets. Elle assurait son rôle et recevait parfois des ambassadeurs, tâche qui ennuyait considérablement Ankhnès. Le roi savait qu'il pouvait s'appuyer sur sa sagesse et son dévouement.

Hors d'elle, Ankhnès voulut châtier Pépitis qu'elle tenait pour responsable de cet échec et qui se plia, comme d'habitude, aux sarcasmes de sa maîtresse.

– Le garde Tamès peut témoigner que j'ai obéi à la reine, dit-elle.

– À genoux ! lui rétorqua Ankhnès en lui jetant ses

sandales dorées. Lèche ces souliers pleins de boue. Je veux les voir briller.

Elle s'empara de son fouet et frappa les reins de Pépitis qui n'osa réclamer de l'aide et qui accepta son sort sans comprendre pourquoi Ankhnès la punissait. N'avait-elle pas donné à sa sœur la potion qui l'avait guérie ? Également surpris, Tamès se garda d'intervenir et laissa Ankhnès corriger la servante. Mais, ce jour-là, Djou, qui venait remercier sa sœur d'être intervenue en sa faveur auprès du roi, prit la défense de Pépitis que sa sœur traitait trop durement.

– Il faut, je te l'accorde, battre les serviteurs lorsqu'ils volent ou nous trahissent. Pépitis t'est entièrement dévouée. Elle t'obéit au doigt et à l'œil. La traiter comme un âne qui refuse d'avancer est injuste. Qu'a-t-elle fait pour mériter un tel châtiment ?

Ankhnès refusa de lui répondre.

– Occupe-toi de tes domestiques et laisse-moi diriger les miens comme je l'entends ! Pépitis est stupide et paresseuse ! Un petit coup de fouet de temps en temps lui rappelle qui est le maître ici ! Tu parles à la Grande Épouse royale ! Mets-toi à genoux avant que je n'appelle les gardes !

Son frère s'exécuta comme le voulait le protocole. Mais alors que sa sœur s'apprêtait à le frapper, il attrapa le bout du fouet et le tira de toutes ses forces, la faisant tomber. Malgré sa douleur, Pépitis se retint de rire.

– Tu vas regretter ce geste ! siffla Ankhnès entre ses dents.

Elle appela Tamès qui se trouvait devant sa porte et

lui ordonna de la relever. Puis elle obligea son frère à se remettre à genoux.

– Plus bas ! lui dit-elle en lui donnant un violent coup de pied dans les reins. Couche-toi devant la reine et embrasse ses chevilles ! J'attends !

Djou dut s'exécuter devant le garde sous peine de finir en prison.

– Couche-toi sur le sol et reste ainsi jusqu'à ce que je te dise de te relever.

Elle se tenait si près de son frère que Djou déposa de furtifs baisers sur ses pieds comme s'il la vénérait. Mais, au lieu de s'en tenir au protocole, il embrassa fougueusement ses chevilles. Ankhnès ordonna au personnel de sortir puis elle laissa son frère poursuivre ses embrassades et ses caresses. Connaissant ses faiblesses, Djou suscita le désir chez sa sœur qui l'encourageait à continuer.

– Pourquoi n'y avons-nous pas pensé plus tôt, dit-elle, prête à s'abandonner à celui qu'elle avait toujours trouvé beau et attirant mais qu'elle n'avait jamais considéré autrement que comme son frère aîné.

– Parce que nous ne faisions pas partie de la famille royale. Seul Pharaon a le droit d'avoir plusieurs femmes et d'épouser sa sœur. Tu es maintenant Grande Épouse royale et si Pharaon venait à disparaître, rien ne t'interdirait d'envisager une union avec ton frère ou avec ton fils. Souviens-toi de ces reines qui ont épousé leur fils après avoir assuré la régence parce qu'elles avaient perdu leur mari trop tôt. Le peuple et les prêtres apprécient que les membres de la famille royale s'unissent entre eux pour perpétuer la noblesse qui coule *dans leurs veines. Pépi Ier est plus âgé que toi. Tu te retrouveras peut-être un jour dans cette situation.*

– Comme ma sœur que tu adores.

– Ankhnès, pourquoi la préférerais-je à toi ? Tu m'as démontré que tu étais généreuse. Grâce à toi, j'ai obtenu un poste inespéré.

– Le roi te l'aurait donné après notre mariage. Notre père lui en avait déjà parlé.

– Si tu dois assurer la régence de ton fils et si tu as besoin d'un époux qui choisirais-tu ?

– Mon frère sans hésiter.

Ankhnès, la maligne, n'avait jamais songé à une telle éventualité. Elle avait pourtant toutes les chances de survivre au roi. Quelle Grande Épouse aurait alors la priorité ? N'avait-elle pas donné naissance au prince héritier ? Vivrait-il assez longtemps pour monter sur le trône ? Ne valait-il pas mieux donner au roi un second fils pour assurer cette succession ? Si son enfant disparaissait, ceux de sa sœur prendraient alors cette place enviée.

Mais quel homme épouserait-elle pour asseoir son pouvoir ? Djou lui semblait parfait, à tout point de vue.

– Tu me révèles ton véritable caractère, lui dit-elle. J'ai été surprise que tu sois si ambitieux. Tu as maintenant l'un des titres les plus enviés du royaume. Mais ton ambition est de devenir pharaon !

– Qui ne le souhaiterait pas ? Suis-je plus stupide que Pépi Ier ?

Ankhnès ne bougeait plus. Elle se laissait approcher et embrasser en fermant les paupières. Ce moment était si délicieux qu'elle le savourait pleinement, en silence.

– Tu n'as rien à envier à Pharaon, dit-elle dans un souffle.

Mais alors qu'elle s'abandonnait, ne cherchant pas à raisonner Djou, celui-ci cessa subitement ses caresses et se releva en la regardant avec mépris.

– Tu es prête à toutes les bassesses pour régner. Quel genre de femme es-tu donc ?

– Que fais-tu ? lui demanda-t-elle.

– Crois-tu que je vais partager la couche de la Grande Épouse royale alors que Pharaon pourrait l'apprendre ? Si tu étais veuve, j'aurais peut-être agi autrement. Mais il ne viendrait à l'esprit d'aucun homme sensé de tromper le roi ! Tu viens de me rappeler que tu étais reine. Je ne l'oublierai jamais. Le roi se trouve actuellement avec notre sœur dont il apprécie, à raison, la compagnie et dont il partage la couche presque chaque nuit. Attends ton tour. J'espère pour toi qu'il viendra bientôt. En attendant, je te déconseille d'appeler un serviteur pour remplacer le roi. Je doute que Pépi Ier apprécie de partager une femme avec l'un de ses gardes.

– Sors d'ici ! Nous n'en resterons pas là. Attends-toi à passer quelques années derrière une porte !

– Je ne partirai pas avant de t'avoir donné un dernier conseil que je te demande d'écouter attentivement. Ne t'avise pas d'attaquer Ankhenesmérirê, d'une façon ou d'une autre, ou de porter atteinte à sa personne. Je la vengerai et je te ferai supporter tout ce que tu lui auras fait endurer ! J'informerai Pharaon qui te renverra comme une vulgaire servante ! Ni Khoui, ni aucun autre Égyptien, ne te recueillera. Je ferai en sorte que tu finisses ta vie dans la rue, seule, dépouillée de tout !

Ankhnès rappela ses gardes.

– Cet homme me menace ! Jetez-le dehors ! Qu'il ne revienne plus ici !

Mais les soldats n'osaient porter la main sur un fonctionnaire aussi important. Ankhnès dut insister. Son frère se retira en lui confirmant une nouvelle fois ce qu'il venait de lui dire.

– Quelle femme ! dit Nitocris. Khoui paraît si attachant à côté de sa fille ! Quel caractère ! La vie au palais n'a pas dû être simple avec ces deux femmes ! Mais nous ne savons toujours pas pour quelle raison le nom d'Ankhnès a disparu !

– Hélas ! J'ai tout lu. La nuit est tombée depuis longtemps. Nous avons parcouru toutes les tablettes qui étaient en ta possession. Réfléchis. Interroge ton frère. Parle à la reine Neit. Peut-être connaît-elle le fils d'Ankhnès, son demi-frère. Mais où se trouve-t-il ?

– Je crois savoir où lire la fin de cette histoire. La famille d'Horkhouef, gouverneur d'Assouan, devrait pouvoir nous aider. Je ne vois aucune autre piste.

XIV

Nitocris était impatiente de connaître l'histoire complète d'Ankhnès. Mais il lui était impossible d'en savoir davantage tant qu'elle ne se rendrait pas à Assouan et que son frère ne repartirait pas pour le Sud. Or, Mérenrê avait promis au roi d'être présent pour l'inauguration des fondations de sa pyramide.

Quelques jours avant la cérémonie, le roi lui fit don d'une des femmes de son harem, geste tout à fait inhabituel puisque le prince héritier n'avait pas les mêmes privilèges que le souverain. Mais Pépi II avait remarqué les goûts de son fils. Lassé de certaines femmes qui se trouvaient dans le harem principal depuis plusieurs années ou qui lui plaisaient moins que les autres, il avait trouvé judicieux de les lui proposer plutôt que de les envoyer dans des harems secondaires.

Mérenrê fit son choix parmi trois Égyptiennes et deux Nubiennes qui avaient été offertes au pharaon par des petits chefs habitant près des Cataractes et qui avaient juré fidélité et soumission au roi égyptien. Malgré ces cadeaux, ces Nubiens n'étaient pas aussi obéissants qu'ils le prétendaient. Mérenrê en avait fait l'expérience et il commençait à bien connaître l'esprit retors des habitants des Cataractes qui n'acceptaient pas l'invasion des Égyptiens.

Dès qu'il vit l'une des Nubiennes, Mérenrê eut un mouvement de surprise.

– Tu la connais, lui dit son père. Elle m'a raconté que vous vous étiez rencontrés en Nubie.

– En effet. C'est la fille d'un chef autoritaire, mais régulier, qui n'a jamais trahi Pharaon.

Comme Mérenrê ne détachait pas ses yeux de son corps nu, de ses cheveux noirs qui couvraient ses seins et de son visage sensuel, passant de l'un à l'autre avec une certaine stupeur, Pépi II se moqua de lui.

– Je voulais te laisser le choix entre ces jeunes femmes toutes différentes. Mais je crois que l'éclat de tes yeux parle de lui-même.

Le prince héritier s'excusa et remercia son père.

– Je connais bien Amélis. Elle est splendide. Mais je ne veux rien lui imposer. Elle me fréquentera si elle le souhaite. Si elle préfère vivre dans ton harem d'Abydos ou d'Assouan, elle est libre !

– Ces femmes m'appartiennent ! Elles m'ont été données par des rois ou des responsables soumis à l'Égypte. Tu peux en profiter comme d'un bracelet en or. Pourquoi tant de délicatesse ? Amélis se pliera à toutes tes volontés sans discuter. Elle est assez revêche et elle parle peu. Il est difficile de comprendre le fond de ses pensées. Je n'aime pas les filles du harem qui ont ce petit air moqueur aux coins des lèvres. Quand je leur dis de me rejoindre dans ma chambre, elles se donnent sans passion et exécutent mes ordres avec froideur.

Après s'être mises à genoux devant Pharaon et Mérenrê, le nez contre le sol, les femmes du harem s'étaient placées devant le prince en attendant sa décision.

– Prends ton temps, lui dit Pépi II. Regarde-les bien. Officiellement, je ne t'en donnerai qu'une car tu devras attendre ma place pour posséder des harems. Mais tu pourras jouir de toutes jusqu'à la cérémonie de la fondation. Choisis, cependant, celle qui restera ici après les fêtes.

Détachant enfin ses regards d'Amélis, Mérenrê s'arrêta devant les Égyptiennes, entièrement nues, parées de larges bracelets en turquoises et en or assortis à leurs lourdes boucles d'oreilles et à leur large collier. Toutes portaient de fines chaînes en or, à peine visibles, à leur taille et à leurs chevilles.

Les Égyptiennes étaient de différentes grandeurs. La première était assez petite. Elle était plus âgée que les deux autres et avait relevé ses cheveux en un chignon dans lequel était plantée une fleur de lotus fraîchement cueillie. Ses grands yeux noisette étaient soulignés de longs traits de khôl qui arrivaient jusqu'à ses tempes et ses paupières largement bleuies. L'iris de son regard était tacheté de petites pastilles dorées. Cette coquetterie plut au prince qui remarqua aussi la beauté de ses seins fermes, très relevés et ses hanches extrêmement étroites.

– Celle-ci est la plus douée, dit Pépi II. Elle en sait plus que les autres. Quant à sa voisine, plus grande, plus maigre et plus élancée, elle fait tout ce que tu lui demandes sans se poser de questions. Elle est capable de te tenir compagnie pendant toute une après-midi sans que tu entendes une seule fois le son de sa voix !

Mérenrê était déjà passé à la troisième qui lui sourit et qui avait la peau la plus claire.

– Une fille de Memphis ! dit le roi. Elle avait été offerte à un chef libyen par Pharaon parce qu'il l'avait aidé à l'emporter contre son peuple. Mais elle est revenue au palais quand ce Libyen est mort.

– Elle me plaît, dit le prince. Je passerai volontiers cette nuit avec elle.

– Tu m'étonnes ! plaisanta Pépi II. On m'a raconté combien les femmes du Sud te plaisaient. Pourquoi choisir une fille du Nord ?

– Parce qu'elle a les yeux aussi clairs que les étoiles et que ses dents d'un éclat particulier me rappellent les perles que porte ma mère Neit.

L'Égyptienne se jeta à ses pieds qu'elle embrassa docilement. Pharaon lui ordonna aussitôt de regagner sa place.

– Prends du plaisir avec elle car je doute que tu la gardes après les fêtes !

– Le prince était passé devant Amélis sans porter un nouveau jugement sur elle. Il contempla la dernière avec une telle insistance qu'elle en fut gênée.

– Retourne-toi que mon fils te voie bien ! dit Pépi II. Une superbe Nubienne ! Grande, faite comme une déesse, le bout des seins maquillé en rose, la peau parfaitement épilée, les lèvres aussi colorées que sa poitrine, les cheveux frisés et longs, aussi épais que la crinière d'un animal. Elle est racée, très sensuelle. J'ai passé avec elle des nuits torrides.

Mérenrê lui demanda pourquoi il ne l'avait pas gardée.

– Tu as raison, mon fils ! Je te la laisse jusqu'à la

cérémonie de la fondation. Ensuite, elle réintégrera le harem royal, sauf si tu la désires encore car tu connaîtras avec elle des moments inoubliables ! Après le dîner, je t'enverrai toutes ces filles. Elles te satisferont l'une après l'autre ou ensemble, à ta convenance. À l'exception d'Amélis car c'est elle que tu garderas, je suppose…

– Pour le moment, répondit le prince sans daigner regarder la jeune Nubienne.

Elle se tenait droite, fière, les reins cambrés, la poitrine haute, le visage relevé sans paraître approuver cette revue de détails. Mérenrê savait combien son père était considéré en Nubie. Il ne lui échappait pas qu'elle refusait d'être traitée par Pharaon comme une esclave et qu'elle devait mépriser le roi égyptien vu par la plupart des Nubiens comme un envahisseur.

Amélis, qui était assez savante, avait appris que l'un des premiers pharaons, le roi Aha, originaire de This, cité proche d'Abydos, malgré un règne placé sous le signe de la paix, avait mené des campagnes contre les Libyens et les Nubiens. Elle ressentait une grande animosité vis-à-vis de ce souverain qui avait été le premier à lutter en Nubie. Mais elle haïssait encore davantage son successeur, le pharaon Den, qui avait organisé des expéditions au Sinaï, en Libye et en Nubie jusqu'au Ouadi Halfa que Mérenrê connaissait bien. Le roi Den n'était pas épargné par les sarcasmes d'Amélis. Elle traitait celui que les Égyptiens appelaient « le Familier du désert » ou « le Voyageur » d'impitoyable vautour et rappelait qu'il ne se contentait pas d'exploiter les mines du désert proche de la mer Rouge, mais qu'il avait emmené son armée en Asie, dès la première année de son règne, au Sinaï, où il avait combattu les nomades, et en Nubie, ramenant des pays conquis des dizaines de prisonnières qui avaient été rejoindre son harem.

Les rois ne s'étaient pas contentés d'exploiter les mines de cuivre, de malachite ou de turquoise dans le Ouadi Nash ou le Ouadi Maghara du Sinaï après y avoir maté les nomades. Ils avaient, comme Khéops, poursuivi la politique de leurs prédécesseurs en Nubie. Mérenrê avait pu constater par lui-même, en lisant une inscription relative au règne de Khéops près des carrières de diorite d'Abou Simbel, que ce roi, plutôt impopulaire, avait fait peu de cas des habitants vivant près des Cataractes.

Izézi avait repris cette politique extérieure comme l'attestait un graffiti de Tômas connu de Mérenrê, ainsi que son successeur Ounas et les pharaons Téti, Pépi Ier ou Mérenrê Ier. Malgré la haine qu'elle ressentait pour Pépi II, Amélis avait dû accepter toutes ses vexations. Aussi son fils, Mérenrê, n'échappait-il pas à sa colère. Bien qu'il ait respecté son rang, Mérenrê n'avait pas conquis Amélis qui restait sur ses gardes. Après son séjour humiliant au palais de Pépi II, le prince héritier imaginait sa rancœur. Mais cette fierté qu'il jugeait naturelle, sa révolte et ses réticences l'attiraient. Il savait qu'il ne parviendrait peut-être pas à la séduire. Car s'il avait accepté avec plaisir de passer une nuit en compagnie de toutes les femmes que lui avait proposées son père, il n'avait pas l'intention de jouer avec Amélis comme l'avait fait le roi. Seule une soumission consentie et lucide serait, à ses yeux, une véritable victoire. Face à la Nubienne, il avait l'impression d'être un chasseur sur la piste d'une lionne.

– Quand tu t'en lasseras, redonne-la-moi, lui dit Pépi II. Je l'enverrai dans mon harem d'Abydos. Je préfère qu'elle ne retourne pas aux alentours d'Assouan, sauf quand elle sera ta servante.

Mérenrê avait appris à apprécier la compagnie des Nubiens. Contrairement à son père, trop rigoureux, il avait compris que la meilleure façon de les apprivoiser n'était ni d'utiliser le fouet ni de leur imposer les habitudes égyptiennes, mais de soulager leur peine, de respecter leurs dieux et de les aider à restaurer leurs temples. Certains pharaons y avaient mieux réussi que d'autres.

Parce qu'elle avait vu son père verbalement maltraité par des généraux égyptiens, Amélis ressentait une haine profonde envers un peuple qui ne respectait pas suffisamment les coutumes de son pays. Mérenrê l'avait bien compris, qui montrait quelque déférence à sa famille, autant qu'un Égyptien de haut rang le pouvait.

Pépi II renvoya toutes les filles en leur ordonnant de se préparer pour la nuit.

– Ce festin est l'un des plus importants de mon règne puisque nous avons invité tous nos alliés. Tous assisteront à la cérémonie de la fondation. Je t'ai écouté, mon fils. Tu m'as fait un portrait peu flatteur de Khéops qui fut sans doute le plus cruel des pharaons. Il a fermé les portes de tous les temples et interdit à son peuple d'honorer les dieux par des sacrifices. Les Égyptiens ont travaillé pour lui sans relâche. Certains ont été envoyés dans les carrières d'Arabie d'où ils traînaient des blocs d'une lourdeur incroyable, allant des monts jusqu'au Nil. Ils les plaçaient sur des barges au risque de se rompre les os et leur faisaient traverser le fleuve avant de les emporter vers la montagne libyenne. Des milliers d'hommes ont été usés par un travail harassant. Au bout de trois mois, Khéops consentait à changer les équipes devenues peu performantes. Mais ce n'est pas parce qu'il se souciait de leur sort qu'il les renvoyait ! Il voulait des hommes frais, plus rapides et plus vifs.

– Les prêtres de Ptah m'ont également expliqué que Khéops n'avait pas assez d'or pour terminer sa pyramide. Aussi a-t-il prostitué sa propre fille pour renflouer avec l'argent de ses amants ses caisses vides. Pour laisser un souvenir de sa présence sur terre, cette princesse demandait une pierre à chacun de ses amants. L'ensemble de ces blocs lui aurait permis de construire une petite pyramide près de celle de son père. Je doute que ce récit, peu crédible, qui émane du clergé de Ptah, soit vrai. Mais n'y a-t-il pas quelque vérité dissimulée sous cette légende ?

– Rassure-toi. Je ne serai pas aussi inhumain que Khéops, même si sa pyramide me fait rêver. J'atteindrai peut-être une telle popularité que les courtisans décideront de se faire ensevelir avec moi comme ils le firent spontanément sous le règne de Djer ! Mais d'autres questions se posent. Dois-je posséder, comme les premiers pharaons, un tombeau près de Memphis et un autre près d'Abydos ? Me faut-il prévoir un cénotaphe dans le Sud puisque le pouvoir des rois nous vient d'Abydos ? Dois-je me faire enterrer à Abydos comme le pharaon Djer ?

– Tu n'es pas originaire d'Abydos ni de This. Pourquoi quitterais-tu Memphis pour ta vie dans l'au-delà ? Ce sacrifice n'est pas nécessaire. Ta pyramide sera bâtie ici même, comme prévu, et tu seras enseveli dans le Nord.

– J'ai beaucoup réfléchi à cette vie dans l'au-delà. Pourquoi ne serais-je pas divinisé ? Pour quelle raison n'aurais-je pas trois tombeaux comme Snéfrou, l'un à Meïdoum, un à Dachour et l'autre à Saqqarah ?

– La famille royale de Snéfrou était en partie originaire de Meïdoum, ce qui n'est pas notre cas. Son vizir, l'honorable Néfermâat, y a également été enterré car il vivait dans cette région, trop éloignée de Memphis. Tu commettrais une erreur, Horus d'or, en faisant élever trois pyramides. Tu perdrais ton temps et ton argent. Snéfrou a préféré se faire construire des pyramides plus près de la capitale, abandonnant celle de Meïdoum. Pourquoi ne pas suivre son exemple ? Les pharaons Sahourê et Niouserrê ont choisi Abousir uniquement parce qu'ils étaient de cette région. Puisque tu es de Memphis, il est normal que tu sois enterré à Saqqarah.

Pépi II suggéra la possibilité d'avoir un tombeau aussi riche que celui de Didoufri qui avait choisi Abou Roach pour voir édifier son sanctuaire. Mais, là encore, Mérenrê intervint. Utiliser des matériaux trop précieux comme la syénite ou le quartzite du Gebel el-Ahmar pour orner sa tombe était dangereux. La tombe de Didoufri avait été visitée par les pilleurs de tombes aussitôt après son enterrement. Même les statues en quartzite du roi qui se trouvaient à l'intérieur avaient été cassées lors d'un pillage. Il était plus important de posséder son temple solaire comme Ouserkaf ou Niouserrê.

– Même les reines ont parfois deux tombeaux ! Qu'y aurait-il là d'étonnant ? L'épouse du roi Chepseskaf n'a-t-elle pas eu un tombeau à Gizeh et un autre à Abousir, près de son fils ?

– Prends plutôt exemple sur les mastabas qu'Ounas a fait construire pour ses reines. Ils sont modestes et suffisants !

Mais Mérenrê ne répondait qu'évasivement à son père car il était ému par la présence d'Amélis au palais, même s'il refusait de se l'avouer.

– J'ai encore besoin de toi pour la cérémonie de la fondation. Je veux absolument honorer le dieu Sobek du Fayoum, Horus, Seth, Nekhbet, la déesse vautour, et Ouadjet, la déesse serpent. Ordonne aux nomarques des vingt-deux régions du Sud et des vingt nomes du Nord de se préparer. Envoie des messages au responsable du Sud qui travaillera avec les nomarques et l'appui de l'Assemblée. Adresse également des courriers aux dix chefs du Nord.

Mérenrê nota tout ce que son père lui disait. Puis il prit congé de Pharaon. Il se dirigea tout d'abord vers ses appartements, mais changea de direction. Il gagna rapidement l'aile du palais où se trouvait le harem du roi et fit appeler la responsable des lieux qui gérait les activités et l'emploi du temps des jeunes femmes avec autorité et précision. L'Égyptienne se coucha devant lui et lui expliqua qu'elle était au courant des volontés de Pharaon et que ses cinq femmes se préparaient pour lui plaire.

– Dis à Amélis de me rejoindre dans ma chambre. Je l'attends immédiatement !

– Mais un masseur est auprès d'elle…

– Qu'il s'occupe d'une autre fille !

Mérenrê tourna les talons et rentra chez lui. Il renvoya ses domestiques et ordonna à ses trois gardes de ne laisser entrer personne à l'exception de la Nubienne. Amélis ne se fit pas attendre. Elle entra dans l'appartement et resta devant lui, attendant ses ordres.

Le prince héritier se leva du fauteuil dans lequel il était assis et ouvrit la broche en or qui retenait la cape de la Nubienne. Elle se retrouva de nouveau nue devant lui et le toisa.

– À genoux ! dit le prince héritier. Ton arrogance ne m'impressionne pas ! Es-tu seulement capable de citer tous mes noms correctement ? Connais-tu ceux de Pharaon ?

Il ne résista pas longtemps au parfum d'Amélis et lui ordonna de s'étendre sur le lit. Il se coucha près d'elle et se laissa emporter par le désir comme si la virilité de Ptah s'était emparée de son corps. Jamais il n'avait éprouvé une telle attirance pour une femme. Le dieu semblait entretenir et renouveler ses envies qui ne faiblissaient pas. Il profita de la Nubienne jusqu'à l'épuisement. Mais Amélis ne lui rendait pas ses caresses.

Quand il fut rassasié, il se leva et laissa Amélis étendue. Il appela deux de ses servantes qui lui apportèrent de l'eau et des parfums. Comme la Nubienne faisait mine de se lever, le prince héritier lui intima l'ordre de rester là où elle était.

– Tu ne sais pas ce qu'est l'obéissance, lui dit-il. Si je prenais ce fouet, peut-être comprendrais-tu enfin qui est le maître.

Il se tourna vers les servantes.

– Préparez-la comme vous le faites pour Pharaon quand il la veut pour la nuit !

Elles s'activèrent aussitôt avec des bassines d'eau et du natron, des linges imbibés de parfum et des onguents.

Le prince se dirigea vers la fenêtre de sa chambre. Il croisait les bras sur sa poitrine et refusait d'accepter l'attitude d'Amélis.

– Je n'en ai pas fini avec toi, lui dit-il. Je te sens résister alors que tu me désires autant que moi. Tu céderas. Je veux t'entendre gémir, crier, réclamer. Ce jeu a assez duré. Je t'ai respectée en Nubie et je souhaite te montrer mes sentiments. Mais je veux aussi que tu reconnaisses le pouvoir de notre pays et de Pharaon.

Mérenrê sentit qu'elle souriait. Il se retourna vers elle brusquement et donna un grand coup dans la bassine qui se renversa sur le sol.

– À quoi penses-tu donc ? Que recherches-tu ? Veux-tu que Pharaon te fasse jeter aux crocodiles ? Ne crains-tu pas de périr dans un cachot ?

– Mérenrê, je n'oublierai jamais la manière dont votre roi Snéfrou a maté une révolte nubienne. Il a fait sept mille prisonniers ! Un habitant sur cinq a quitté son pays ! Ces hommes sont devenus des travailleurs.

L'Égypte les exploite. Ils ont les os usés par les poids qu'ils portent !

– Par Rê, tu es très loin de la réalité. Sache que la plupart des Nubiens qui se sont installés en Égypte sont devenus soldats. Pharaon en possède même dans sa garde personnelle. Ils ne paraissent pas malheureux. Leurs familles se sont bien intégrées. Je ne les ai jamais entendus se plaindre. Nous en sommes satisfaits. Les généraux n'en disent que du bien. Ils ne nous trahissent pas. Ils défendent, au contraire, notre cause et notre pays. Leur engagement est étonnant mais satisfaisant. Interroge-les et cesse de colporter de fausses rumeurs.

– Les Égyptiens ont colonisé la Nubie. Ils contrôlent le trafic des caravanes. Pas un singe, pas un œuf d'autruche, pas une peau de panthère ne passe les frontières. Les Égyptiens ont multiplié les contrôles ! Comment serions-nous libres ? Vous avez construit des forteresses chez nous et vous nous imposez vos règles ! L'ébène, l'ivoire, l'encens, les girafes, l'or de nos mines, la diorite des carrières proches d'Abou Simbel, les Égyptiens emportent tout et ne nous laissent rien ! Tant qu'ils agiront ainsi, je n'aurai que haine et dégoût pour eux ! Ils ont humilié mon père comme tu me déshonores aujourd'hui ! J'ai dû céder à Pépi II, moi la fille d'un chef respecté !

– Il n'y a aucune honte à faire partie du harem royal ! La plupart des jeunes femmes en sont fières. Elles vivent plus agréablement que dans leur pays et elles reçoivent tant de cadeaux de Pharaon qu'elles souhaitent rester ici. Quand elles sont renvoyées des harems, elles partent parfois avec un domaine immense. Pépi II ne les maltraite pas.

– Je ne ressens aucun bonheur lorsque Pharaon me possède malgré moi. Bien que j'aie envie de le repousser, la raison m'oblige à céder à ses avances. Je partage sa couche avec d'autres filles. Passant de l'une à l'autre, il n'a de respect pour aucune et connaît à peine nos noms.

– Pharaon a des harems d'une centaine de femmes. Chacune espère être choisie par le roi pour une ou plusieurs nuits. Certaines ont eu des enfants avec Pharaon et les présentent comme des dons de Rê. Quelques-uns seraient même capables de régner tant ils reçoivent une bonne éducation. Tous les princes sont élevés de la même façon. J'ai moi-même suivi des cours avec mes demi-frères, fils de concubines, de favorites ou d'épouses secondaires.

Comme Amélis allait encore protester, Mérenrê l'arrêta :

– Je suis las de t'entendre.

Renvoyant brutalement les servantes une nouvelle fois, Mérenrê maîtrisa Amélis et la posséda rudement en oubliant ses principes. Cherchant à déceler une émotion sur son visage, une envie dans ses yeux, un frisson dans ses reins, il la caressa avec violence. Mais les meurtrissures qu'il venait de lui infliger la firent trembler. Il ramassa sa cape et la jeta sur son corps nu et blessé.

– Sors d'ici ! dit-il.

Dès qu'Amélis eut quitté la chambre, non sans lui avoir lancé un regard de reproche, Mérenrê s'empara du vase d'onguents et le lança de toutes ses forces contre le mur. L'albâtre se fracassa sous la violence du jet.

– Je dois tout reconstruire, dit-il en donnant un coup de pied dans la bassine qui était encore à terre. Après tout, pourquoi aurais-je des états d'âme pour ces filles du harem ? Père a peut-être raison !

Mérenrê décida d'oublier Amélis pendant la nuit car d'autres plaisirs l'attendaient. Mais il ne pouvait ignorer l'impertinence de la Nubienne. Comprenant le jugement de son père, il décida de donner une seconde leçon à Amélis. Il ordonna à la responsable du harem de lui renvoyer Amélis en même temps que les autres femmes.

– Elle ne mérite pas que je la distingue des autres. Elle sera traitée de la même manière. Peut-être va-t-elle comprendre en voyant les Égyptiennes à mes pieds qu'elles sont heureuses de se donner au prince héritier. Ses lamentations m'exaspèrent.

XV

Pendant les jours qui suivirent, Pharaon fêta dignement les fondations de son complexe funéraire en posant la première pierre de sa pyramide et en approuvant officiellement l'endroit où serait placée la chapelle dans laquelle il serait momifié. Il dessina lui-même sur le sol à l'aide de cordelettes attachées à des poteaux les bases de sa pyramide. Puis il posa la première pierre de son temple funéraire où ses descendants auraient tout loisir de l'honorer après sa mort. Il s'intéressa de près à l'apparence de son serdâb et surtout à la statue gigantesque qui serait placée à l'intérieur. Ayant convoqué les meilleurs sculpteurs en présence de son fils, il en avait choisi un dont la famille avait l'habitude de travailler pour les pharaons depuis des décennies.

Pépi II célébra le dieu crocodile Sobek et le taureau Apis en reprenant les rites mis en place par le pharaon Aha, fit graver des tablettes à son nom et vénéra Anubis et Sokaris, le dieu faucon. Il tint à accomplir les mêmes rites que lors de son jubilé. Il exécuta une course non loin de la pyramide de Téti et honora toutes les divinités du Nord. Puis il offrit à cette occasion de nombreux vases en pierre sur lesquels étaient gravés ses titres. Il rendit un hommage particulier à Rê, dont le culte avait été développé par le roi Ninéter, « Pharaon dévoué au dieu ». Il insista sur la réunion des deux Égyptes, vénérant pareillement Horus et Seth.

Le prince héritier avait embauché un nouvel architecte descendant du célèbre Hémiounou, fils de Néfermâat, vizir de Snéfrou. Vizir et architecte de Khéops, peut-être lié à la famille royale, Hémiounou avait travaillé sur la pyramide de Gizeh et avait eu l'honneur de faire creuser sa tombe près de son chef-d'œuvre. L'une de ses statues avait également été placée à l'intérieur. En apprenant que le descendant du célèbre fonctionnaire dirigerait les travaux, Pépi II fut rassuré. Comme l'architecte avait abandonné de nombreuses commandes pour satisfaire le roi, le prince lui promit les mêmes avantages que ceux reçus par son aïeul.

À cette occasion, Mérenrê apprit à sa sœur une étrange nouvelle qui la réjouit.

– Je viens de recevoir un message de mon scribe. Il s'est renseigné au sujet d'Horkhouef. Celui-ci aurait bien reçu des vases jubilaires de plusieurs rois. Mais son frère prétend que ces objets ont tous été déposés dans la tombe d'un membre de la famille.

– Je voudrais en être sûre, lui dit Nitocris. Emmène-moi avec toi dès que tu retourneras à Assouan. Comme je te l'ai dit, je veux aussi lire la grande inscription qu'il a fait rédiger sur sa vie.

Comme le prince héritier était extrêmement réticent, estimant que sa sœur était trop jeune pour accomplir ce voyage, Nitocris le supplia. Lui cachant ses sentiments à son égard, elle trouva maints prétextes pour partir en sa compagnie. Mais Mérenrê n'avait pas l'intention de céder.

– Je ne suis que rarement à Assouan puisque je travaille dans les oasis ou en Nubie. Que feras-tu seule ?

Nitocris lui rappela qu'il lui avait promis l'assistance de son scribe.

– Tu déformes mes propos. Je t'ai affirmé qu'il travaillerait sur les inscriptions dont tu m'as parlé et je n'ai qu'une parole. Mais je n'ai pas ajouté qu'il serait à ta disposition et que tu assisterais à ce travail.

– Je dois impérativement rester quelques jours à Assouan.

Ayant trouvé son frère distant pendant toute la période des fêtes et ayant appris que Pépi II lui avait fait un cadeau inattendu qui paraissait lui plaire, Nitocris insista davantage.

– Je ne te laisse pas le choix, Méri. Si tu ne m'emmènes pas avec toi, je partirai seule. Personne ne m'en empêchera, ni la reine Neit ni le roi ! Je connais suffisamment le parcours pour remonter le Nil jusqu'aux Cataractes sans ton aide.

Furieux qu'on lui tînt tête, Mérenrê lui interdit d'agir ainsi.

– Si tu veux que je cède, il faudra m'en dire plus car tu te contentes de parler par énigmes.

Nitocris lui expliqua ce qu'elle avait trouvé. Mérenrê reconnut que les textes découverts étaient troublants. Il lui conseilla de les remettre en place dans la tombe de son père et lui promit de l'aider dans ses recherches.

– Je désire, moi aussi, en savoir plus au sujet de cette mystérieuse Ankhnès. Est-ce une femme légendaire ? Doit-on ajouter foi à ces récits ? Jamais les rois ou leurs proches fonctionnaires ne protègent ainsi des textes mythologiques ou imaginaires. Au premier abord, nous avons tout lieu de penser que ces textes sont exacts et authentiques. Mais il nous faudrait trouver une preuve. Horkhouef nous la fournira peut-être.

La reine Neit fut plus difficile à convaincre car elle refusait de laisser partir Nitocris. Mais le prince héritier sut trouver les mots justes pour la rassurer. Ils attendirent que le Nil retrouvât son niveau habituel pour embarquer. Un cortège de huit bateaux devait suivre le navire royal jusqu'en Moyenne-Égypte où une première étape était prévue.

Sans oser se l'avouer, Nitocris n'imaginait plus passer une journée sans voir son frère. Elle l'avait trouvé attachant, autoritaire, impressionnant et elle se demandait si la reine Neit avait un jour envisagé une union entre elle et le prince héritier. N'était-ce pas la tradition ? Les fils de rois n'épousaient-ils pas leurs sœurs pour renforcer les liens du sang ? Elle n'avait pas évoqué le sujet avec Mérenrê. Mais il ne se passait plus une nuit sans qu'elle projetât sa vie à ses côtés. Le temps serait bientôt venu pour lui d'avoir une épouse.

Après une journée de navigation, calme et facile, pendant laquelle les rameurs avaient réussi sans peine à faire avancer le bateau royal, des nuages noirs et menaçants apparurent à l'horizon. Nitocris et Mérenrê quittèrent le *naos* qui les abritait du soleil et renvoyèrent les porte-éventails pour se mettre à l'abri. En quelques minutes, Rê disparut et une pluie violente se mit à tomber. Peu habitués aux tempêtes, les marins conseillèrent au prince de débarquer. Le vent se mit à souffler avec une force étonnante. Les tourbillons empêchaient les navires de progresser. Certains, pris dans une spirale infernale, tournaient sur eux-mêmes. Les rameurs ne maîtrisaient plus la situation. Les mâts risquaient de se briser à tout instant.

Nitocris se réfugia dans les bras de son frère, au fond du bateau.

– Je dois donner des ordres, lui dit-il. Reste à l'abri.

– Le chef d'équipage n'est-il pas là pour cela ? Tu m'étonneras toujours, Méri. Quand tu te trouves sur un chantier, tu donnes des ordres aux ouvriers au lieu de laisser les chefs de chantier faire leur travail. Lorsque tu entends les architectes établir des plans, tu te mêles de la conversation et tu leur expliques que leurs prévisions ne sont pas fiables. Tu te trouves maintenant sur un bateau. Vas-tu prendre le gouvernail ? Es-tu prêt à monter en haut du mât ?

Comme le prince était de nouveau agacé par une telle attitude à laquelle ne l'avait pas habitué sa sœur, Nitocris ajouta qu'elle redoutait, comme tous les Égyptiens, la foudre et les éclairs.

– Toi superstitieuse ? J'ai appris à te connaître pendant les semaines que j'ai passées auprès de toi. Tu ne recules devant rien. Tu es téméraire et têtue.

Laissant les mots s'échapper de sa bouche sans qu'elle y ait même réfléchi, Nitocris, égale à elle-même, dit à son frère tout le bien qu'elle pensait de lui.

– J'aime sentir ton corps puissant contre le mien. Tu ne m'inspires que pouvoir, force et amour.

Il sentit son parfum sensuel sur sa peau humide et enfouit son visage dans son cou. Puis il enleva les barrettes qui retenaient son chignon, le défit entièrement et laissa sa chevelure retomber sur ses épaules. Elle se mit à trembler contre sa poitrine comme si elle avait froid. L'air était, pourtant, extrêmement chaud. La pluie n'avait pas rafraîchi l'atmosphère pesante et lourde. Mérenrê passait ses doigts dans ses cheveux et lui rappelait combien il avait été étonné par sa beauté en la revoyant après tant de mois. Elle ferma les yeux et entoura sa taille de ses bras, respirant son odeur parfumée avec délectation.

Les chefs d'équipage réussirent enfin à aborder et firent descendre les ânes. Le cortège s'organisa. Les gardes et les soldats encadrèrent le prince et ses fonctionnaires. Les porte-parasols protégeaient Nitocris et Mérenrê de la pluie en chevauchant à côté d'eux. Ils progressèrent ainsi jusqu'aux abords du palais où le prince avait l'intention de faire étape.

Très excitée par cette aventure, n'ayant que peu voyagé, Nitocris profitait de chaque instant. Elle regardait le corps luisant d'eau de son frère qui ne cessait de donner des ordres, encourageant les hommes à avancer plus vite. Elle observait chaque détail, s'étonnait du travail des femmes au bord du Nil ou des canaux, répondait aux saluts des paysans qui reconnaissaient les gardes du roi.

Le prince proposa une halte pour donner de nouvelles instructions. Comme la pluie ne tombait plus que par intermittence, il regroupa le chef d'équipage et les marins et leur expliqua qu'il lui était impossible de laisser ainsi des navires royaux à l'abandon.

– Dès que la pluie aura cessé et que le vent se sera calmé, vous retournerez chercher les navires. Nous n'avons pas tout débarqué et les gardes qui sont restés sur place, en trop petit nombre, pourraient être attaqués.

Ils longèrent le Nil et des canaux où palmiers et sycomores poussaient en abondance. La terre était encore imbibée d'eau. Les paysans commençaient à ensemencer. Mais, alors même que Mérenrê donnait ses dernières instructions, une bande de nomades venue des montagnes désertiques surgit devant eux. Ne reconnaissant pas le prince héritier mais comprenant qu'ils avaient affaire à un haut fonctionnaire, les nomades, supérieurs en nombre, qui avaient fait fuir les cultivateurs dès leur arrivée, se placèrent devant Mérenrê.

– Couche-toi devant Mérenrê, fils de Pharaon, dit le prince héritier en saisissant son fouet.

– Tu n'es pas au palais. Que fais-tu avec un si petit cortège sur des chemins empruntés par les seuls villageois ? La tempête t'aurait-elle contraint à débarquer ?

Les soldats protégèrent aussitôt Nitocris et Mérenrê. Ils mirent leurs lances en avant et interdirent aux nomades d'avancer. Mais le chef de la bande les contourna avec la ferme intention d'ouvrir les coffres qui avaient été chargés sur des mules à l'arrière du cortège.

Fou de rage, Mérenrê se mit à leur hauteur et les fouetta sans ménagement.

– À terre ! Couchez-vous devant le prince héritier.

Par Rê, si vous n'accomplissez pas tout de suite votre devoir, je vous fais jeter aux crocodiles !

Mais le chef de la bande, qui avait esquivé ses coups, se mit à rire bruyamment et le mit au défit de réaliser ce qu'il avait l'intention de faire.

– Ne sois pas stupide, prince. Tu n'es pas en position de force. Personne ne te défendra. Tes quelques soldats ne suffiront pas pour anéantir mes hommes qui sont habitués à se battre.

Mérenrê lui envoya un coup de fouet en plein visage pour toute réponse.

– Tais-toi ! Aucun Égyptien ne parle quand Pharaon ou l'un de ses fils s'exprime !

Mettant sa main sur sa joue, constatant que la balafre saignait, le Bédouin devint rouge de fureur.

– Nous venons du Sinaï et nous connaissons parfaitement l'armée égyptienne ! Pharaon envoie régulièrement des mineurs pour récolter de la malachite ou de la turquoise sur nos terres. Ils se comportent avec mépris et les soldats qui les accompagnent nous font la guerre. Quand ils partent, nous pouvons enfin reprendre nos activités.

– Tu mens ! Les Bédouins ne cessent de tarauder nos travailleurs et nos soldats dès que nous franchissons les monts du Sinaï. Vous représentez un véritable fléau pour Pharaon ! Depuis que les rois envoient des expéditions au Sinaï, vous vous montrez acariâtres et belliqueux. Mais le Sinaï ne vous appartient pas ! Il est à Pharaon tout-puissant qui l'a reçu des dieux ! Toutes les fois qu'une nouvelle expédition part pour les monts rougeâtres, il nous faut combattre les Bédouins avant d'entrer dans les mines ou de franchir la montagne.

Comme il voulait en finir, Mérenrê dirigea le bout de son fouet vers le nomade qui s'en empara. Aussitôt l'un des gardes intervint et le tua d'un seul coup de lance, déclenchant le début des hostilités.

– Débarrassez-moi de cette vermine ! cria le prince en plaçant Nitocris à l'abri.

Une bataille s'ensuivit, mettant aux prises les soldats du prince, qui participa au combat, et la bande de Bédouins. Plus équipés et mieux armés, les soldats du roi eurent raison des voleurs qui furent massacrés sous les yeux de Nitocris. Enorgueilli par sa réussite, Mérenrê claqua des doigts pour appeler ses serviteurs. Il se laissa peigner et rafraîchir. Puis, comme si rien ne s'était passé, il ordonna au cortège de repartir tandis que ses gardes déblayaient la voie, tirant les cadavres vers le bord du chemin. Nitocris reprit sa place à côté de son frère. Elle se tut, craignant qu'un compliment ne fût pas suffisant pour exprimer tout ce qu'elle ressentait pour son frère. Quand elle le voyait à l'œuvre, lorsqu'il brandissait une arme avec superbe, elle le trouvait aussi brillant qu'un dieu.

Quand ils franchirent le pylône monumental du palais royal, le vent était complètement tombé. Le personnel et les fonctionnaires s'activèrent pour satisfaire le prince, n'ayant que peu l'habitude de voir un membre de la famille royale. Mais au moment où Nitocris et Mérenrê allaient recevoir les hommages des courtisans, tous courbés devant eux, Amélis, qui avait embarqué dans le troisième navire et qui suivait les deux enfants de Pépi II, vint féliciter le prince au lieu de se tenir discrètement à l'écart.

Le corps félin, la démarche souple, le vêtement si mouillé qu'il ne cachait plus ses formes, collant à ses cuisses et à ses seins comme une seconde peau, les cheveux mal attachés, Amélis s'agenouilla pour la première fois spontanément devant Mérenrê. Elle se pencha en avant et baisa ses pieds en le remerciant de leur avoir sauvé la vie.

– J'ai été surprise par ta bravoure. Je connaissais ta puissance, car les femmes que tu possèdes et que tu serres dans tes bras disparaissent contre ta poitrine solide comme un roc. Je savais que tu étais fort, car j'ai moi-même eu l'occasion de toucher tes cuisses et tes épaules plus musclées que celles des dieux. Ta virilité, qui nous transperce et nous comble, rappelle celle du taureau Apis. J'avais pris à tort ce désir sauvage pour de la brutalité alors que ta puissance, presque divine et innée, t'a été donnée à la naissance. La reine Neit a mis au monde un être exceptionnel, mi-homme, mi-dieu. Je suis aujourd'hui flattée d'avoir été prise maintes fois par un prince tel que toi. Je t'ai appartenu sans passion parce que je ne comprenais pas la chance que j'avais. Désormais, je serai ton esclave dans la vie et dans ta couche. Tu feras de moi ce que tu veux sans contrainte. Ces derniers jours, tu as satisfait tous tes désirs grâce aux cadeaux de ton père. J'ai participé au plaisir que les femmes t'ont donné mais je préfère être seule à satisfaire tes envies, même si je dois être la servante d'un puissant taureau.

– Voilà pourquoi je t'ai choisie, répondit Mérenrê,

fier des propos que tenait Amélis devant l'assemblée qui était venue l'accueillir.

– Tu ne regretteras pas ma présence et je te montrerai, dès ce soir, que je suis capable de te combler même si tu es insatiable et exigeant, ne laissant à six femmes aucun répit, allant de l'une à l'autre, les possédant toutes l'une après l'autre, les satisfaisant sans relâche. Je ne faiblirai pas comme les Égyptiennes et la Nubienne que tu as assaillies pendant les fêtes de la fondation et qui étaient plus fatiguées que toi ! Ton sang coule sans cesse, bouillonnant. Ton corps ne prend jamais de repos quand tu passes une nuit avec des femmes. Tu n'es jamais lassé de leurs apparences et de leurs caresses. Tu réclames des baisers et des attentions particulières qui te mettent en forme tel le lion se jetant sur sa femelle.

– Je te félicite d'être revenue à de meilleures dispositions, dit Mérenrê.

Elle restait prostrée devant lui, la croupe légèrement relevée de par sa position servile.

– Regarde-moi, lui dit Mérenrê, immédiatement troublé par la courbe de ses reins.

Elle leva vers lui son grand regard noisette et son visage inondé de larmes et lui sourit tout en observant Nitocris, pétrifiée par l'apparition de la Nubienne. Elle avait appris avec dépit que le roi avait offert un cadeau à son fils. Mais elle était loin d'imaginer que Mérenrê l'emmènerait avec lui à Assouan.

Maligne, la Nubienne avait compris, pendant le voyage, combien Nitocris était attachée à son frère. Elle savait dès lors comment elle pouvait se venger de la famille royale. L'affrontement et la colère n'étaient pas toujours la meilleure solution, et elle était beaucoup plus expérimentée que la fille du pharaon.

– Mérenrê, le responsable du palais nous attend, lui dit Nitocris en cachant mal ses émotions. Les serviteurs sont prosternés devant nous. Ne les laissons pas ainsi pendant toute la soirée. Je suis très lasse et j'ai presque froid avec cette tunique humide qui me colle à la peau.

Le prince reçut les honneurs habituels et donna ses ordres. Il appela son chef d'équipage et lui renouvela ses instructions.

– Restaurez-vous et repartez immédiatement. Je veux que vous parveniez à l'embarcadère avant la nuit. Je vais prier pour que vous ne fassiez pas de mauvaises rencontres. Une dans la journée est suffisante. Ramenez les navires jusqu'à l'emplacement royal qui se trouve non loin d'ici. Des gardes les surveilleront nuit et jour pendant notre étape.

– Penses-tu rester plus longtemps que prévu ? demanda Nitocris un peu sèchement.

– N'aie crainte. Tu arriveras bien assez tôt à Assouan. Les inscriptions d'Horkhouef ne vont pas disparaître du jour au lendemain !

Comme Amélis était encore à ses pieds, Mérenrê lui parla avec une grande douceur :

– Tu es trempée. Le voyage a été fatigant. Nous allons nous rassasier et nous changer. Je ne fréquenterai pas le harem de Pharaon car je n'en ai pas le droit. Mais je sais que tu es une bonne danseuse et tu pourrais nous distraire pendant le dîner. Ensuite, je t'attendrai dans ma chambre. Je ne la quitterai pas tant que je ne me serai pas repu de ton corps superbe.

Pendant que la Nubienne se relevait, Nitocris lâcha

l'éventail refermé qu'elle tenait dans sa main. Elle regarda sa rivale et son frère la manger des yeux avec indécence.

– La nuit promet d'être attrayante, lui dit-il en lui lançant un regard complice.

Mais Nitocris lui fit comprendre avec un air dégoûté qu'elle n'assisterait pas au banquet.

– Tu viendras. Tu dois manger et prendre des forces avant le long voyage qui nous attend. Je t'interdis de me désobéir. La soirée sera agréable.

Nitocris ne comprenait plus son frère. Que ressentait-il pour elle ? Elle avait cru sentir entre eux une complicité et un désir naissant. Confrontée à Amélis, elle se sentait presque humiliée et laissée pour compte. Mérenrê jouait-il avec la Nubienne comme avec toutes les femmes qu'il choisissait pour une nuit, se comportant déjà en pharaon ?

– Tiens-tu vraiment à ma présence ? demanda Nitocris. J'ai cru comprendre, comme tous les Égyptiens, que tu avais établi un programme qui te satisfaisait. Je ne t'apporterai rien de plus.

Mérenrê la regarda d'un air étrange, les yeux remplis d'un éclat déconcertant. Gênée par cette attitude, Nitocris ferma les paupières.

– Pourquoi as-tu peur de lire dans mes yeux ce que je ressens pour toi ?

– Tu es énigmatique, Méri. Après la déclaration que tu viens d'entendre et la nuit que tu vas passer, je doute que tu aies l'esprit ailleurs. Ne joue pas avec moi.

– Nitocris, les femmes qui me sont offertes ne sont que des cadeaux dont je jouis. Même si je les respecte plus que la plupart des rois, je ne peux oublier qu'elles m'ont été données et qu'elles ne deviendront jamais ni des complices ni des amies.

– Ne pourrais-tu en trouver une qui échappe à cette règle ?

Mérenrê voulut changer de sujet. Bien qu'il fût très sensible au charme nubien, il n'avait jamais envisagé sérieusement de s'attacher à une princesse des Cataractes. Elles n'étaient à ses yeux que les servantes de Pharaon, comme leurs pères étaient les tributaires de l'Égypte.

– Je suis jeune et impétueux. Je fais de l'exercice. Je suis entraîné depuis l'enfance. Je me distingue sur un terrain, sur des pistes de course, à la chasse et sur un champ de bataille. J'ai en moi cette force incroyable, dont parlait la Nubienne, qui a besoin de se dépenser. J'aime les femmes comme la plupart des rois. Mais une Grande Épouse royale garde un rang supérieur à toutes les femmes du harem. Elle n'est comparable à aucune autre Égyptienne.

Tout d'abord flattée d'être comparée à une reine, Nitocris eut la désagréable impression que son frère lui parlait encore comme à une enfant. Elle se fit alors une promesse : puisque la Nubienne lui apporterait du plaisir pendant les jours qui suivraient jusqu'à ce qu'il s'en lassât, Nitocris jura de lui faire très vite oublier Amélis. Même son inexpérience et sa naïveté dans ce domaine deviendraient des atouts pour un homme habitué à contenter des dizaines de femmes.

Elle avait également la candeur de penser que des sentiments pouvaient rapprocher un frère et une sœur de sang royal et que leur amour n'aurait rien de commun avec celui, plus vulgaire et plus ordinaire, d'un prince pour une fille qu'il avait maintes fois possédée sans état d'âme. Toutefois, les yeux d'Amélis, si confiante, sa façon de parler au prince, si intime, le regard ébloui de Mérenrê devant la Nubienne décourageaient Nitocris.

En songeant que son frère se délectait déjà du spectacle qu'il allait voir et de la nuit à venir, Nitocris eut la nausée. Elle porta sa main à sa bouche et perdit connaissance dans les bras de Mérenrê.

XVI

En l'espace d'un instant, tous les serviteurs qui se trouvaient dans la cour entourèrent Nitocris. Mérenrê tenait gauchement sa sœur en réclamant de l'aide. Il lui parlait et touchait son visage, espérant la faire revenir à elle.

L'un des médecins du palais se précipita auprès d'elle avec son matériel.

– Elle doit s'allonger. Je vais lui faire respirer du natron. Elle devrait retrouver très vite ses esprits.

Mérenrê accompagna Nitocris jusqu'à sa chambre et resta à son chevet. Comme aucune substance ne paraissait efficace, le prince était sur le point d'annuler le banquet pour veiller sur sa sœur quand il reçut un message d'Amélis.

Prince, je te cherche. Je veux savoir quelles réjouissances tu as prévues pour ce soir. Dois-je danser comme tu me l'as demandé ? Dans ce cas, des servantes pourraient-elles m'apporter des tenues adéquates ? Je n'ai emporté que mes tuniques habituelles et je ne possède pas de voiles pour exécuter une chorégraphie.

Mérenrê lut cette lettre à la hâte et entraîna à l'écart le chambellan qui la lui avait apportée. Il lui murmura une réponse laconique, précisant que le festin n'aurait pas lieu. Mais, au moment où le serviteur allait passer la porte, il le rappela. Il venait de revoir les formes attrayantes de la Nubienne et son corps allongé nu et offert sur sa couche. Il ferma les yeux et marqua un temps d'hésitation. Le chambellan revint vers lui et resta courbé tant que le prince restait silencieux.

– Tu peux disposer, dit finalement Mérenrê. Apporte cette réponse à la Nubienne Amélis.

Mais, contre toute attente, lorsqu'elle entendit les paroles du serviteur, Amélis, qui était en train d'essayer ses tuniques l'une après l'autre et qui les trouvait toutes trop sages et trop étroites pour effectuer des pas de danse, s'empara de ses affaires et les jeta violemment à terre. Elle retourna ses coffres, les vida de leur contenu et se révéla au chambellan avec fureur.

– La princesse est maligne. J'ai sous-estimé ma rivale. Je pensais que Mérenrê l'aurait oubliée après la nuit que je lui préparais. Mais elle a réussi à gâcher cette soirée pourtant prometteuse. Je hais cette famille !

Affolé par les propos de la Nubienne, ne sachant s'il devait les prendre au sérieux ou les oublier, le chambellan la supplia de se taire.

– On pourrait t'entendre ! On ne parle pas ainsi impunément de la famille royale ! Tu es trop vive ! La princesse a perdu connaissance. Le prince Mérenrê est très inquiet.

Afin de pouvoir s'exprimer à loisir sans craindre les représailles, Amélis préféra réagir dans le langage de son pays :

– Elle me paraissait, pourtant, en excellente santé lorsqu'elle se vautrait dans les bras de son frère ! dit-elle.

Comme le chambellan la désapprouvait, sans la comprendre, en hochant la tête, elle le prit à partie.

– Va rapporter à ton maître ce que je viens de dire ! Je n'enlève rien à ma déclaration !

Elle s'assit sur son lit, découragée. Mais elle se releva presque aussitôt, se rendit dans la petite pièce annexe qui servait aux ablutions et ouvrit deux boîtes qui contenaient des plantes. Elle s'empara d'une poignée de feuilles de menthe, choisit de l'anis et de l'eucalyptus.

– Je ne me sépare jamais de ces médicaments. Quand Nitocris les aura respirés profondément, je suis sûre qu'elle reviendra à elle. Nous pourrons alors nous réjouir.

La Nubienne, suivie du chambellan, se rendit d'un bon pas dans les appartements de Nitocris sans y être invitée. Stupéfait de tant d'audace, le serviteur courut derrière elle et la supplia de s'arrêter. Il lui était impossible d'entrer dans la chambre d'une princesse sans y avoir été conviée. Il devait tout d'abord demander l'autorisation à son maître.

Agacée par le débit de ses paroles, plus rapide que celui d'un général, et par ses répétitions incessantes, Amélis s'arrêta net et se moqua de sa servilité.

– Pharaon serait-il capable de te jeter aux crocodiles parce que tu n'as pas réussi à m'interdire la porte de sa fille ? Tu trembles comme une pauvre feuille prise dans une tempête.

Le chambellan se plaça devant elle et la conjura d'attendre.

– Tu es un personnage important dans ce palais et tu t'abaisses à supplier la fille d'un chef nubien ? Que tu m'annonces ou pas ne changera rien ! Je connais suffisamment le prince pour te le garantir.

– Dans ce cas, Nubienne, attends-moi là. Je vais prévenir la garde et le prince héritier.

Amélis reprit sa marche en le repoussant de la main comme un vulgaire domestique. Elle refusa de l'écouter et passa si rapidement devant les gardes de Nitocris que ceux-ci ne purent l'arrêter. Elle se retrouva face à face avec le prince.

– Que fais-tu ici, Nubienne ? N'as-tu pas reçu mon message ? Il t'est interdit de m'écrire directement comme tu l'as fait. Les scribes doivent lire et enregistrer les lettres avant de me les soumettre. Ils font un tri, mettant de côté les futilités.

– Mon message aurait-il mérité leur attention ?

– Sans doute pas dans un moment pareil.

– J'ai donc eu raison d'agir ainsi. Je t'apporte de quoi guérir la fille de Pharaon.

Comme Mérenrê regardait les plantes avec suspicion, Amélis les lui fit sentir.

– Me croirais-tu capable d'attenter à la vie d'un membre de la famille royale ? lui demanda-t-elle.

– Oui, répondit le prince. Je reconnais la menthe qui est inoffensive et qui permet aux Égyptiens de conserver ou de retrouver la mémoire. Cette odeur d'aneth ne ressemble à aucune autre. Cette plante est également connue pour agir sur la mémoire. Quant à l'eucalyptus, en respirer dégage souvent le nez.

Mérenrê interrogea le médecin présent qui laissa sa place à la Nubienne. Tout en approchant les feuilles de Nitocris, Amélis détailla celle qu'elle détestait déjà. Elle la trouvait trop fade, trop lisse, trop mince. « Elle n'a pas de formes ! se dit-elle. Mérenrê aime les femmes bien en chair, qui ont des poitrines volumineuses et des fesses charnues. Il apprécie les femmes de caractère. Je me suis sans doute inquiétée à tort. Une adolescente, aussi frêle et apparemment aussi fragile, ne peut pas me faire de l'ombre même si c'est la fille de Pépi II. »

En réalité, Amélis ne cherchait pas à séduire Mérenrê qu'elle critiquait autant que son père, mais à laisser croire à Nitocris qu'elle lui était attachée et que le prince était très attiré par sa beauté. Elle voulait à tout prix se venger des vexations que les Égyptiens faisaient régulièrement aux Nubiens. Tout en passant les feuilles près du visage de Nitocris, Amélis regarda ses cheveux mouillés et emmêlés et son maquillage, qui avait coulé sous la pluie. Elle la trouva peu séduisante.

La première image que Nitocris eut devant elle en reprenant ses esprits fut celle d'Amélis qui agitait des plantes et lui souriait. Elle réclama Mérenrê qui se précipita vers elle.

– Enfin ! J'étais inquiet. Grâce aux dons d'Amélis, tu es revenue parmi nous.

– Dans quelques instants, elle sera debout, dit la Nubienne en se retirant. Dois-je me préparer pour le banquet ?

Hésitant, le prince l'approuva.

– Nitocris restera ici, dit-il. Je veux que trois médecins au moins veillent sur elle. Qu'on appelle des danseuses et des musiciennes pour la distraire. Elle a également besoin de servantes pour la rafraîchir et d'un masseur pour la décontracter.

Mais Nitocris était déjà debout comme l'avait prédit la Nubienne.

– Laisse les musiciennes où elles sont ! dit-elle à son frère. Je veux juste une maquilleuse, une coiffeuse, une manucure et trois servantes. J'ai bien l'intention de t'accompagner au festin et j'espère qu'il se terminera très tard dans la nuit, peut-être même à l'aube ! Nous allons boire, manger et nous distraire ensemble.

Nitocris, qui avait l'intention de faire remplir la coupe de son frère pendant toute la soirée pour l'obliger à oublier la Nubienne, renvoya le médecin.

– Maintenant, laisse-moi seule. Je veux plaire ce soir à mon frère comme s'il était mon amant.

XVII

Le palais de Moyenne-Égypte, étape de Pharaon lors de ses déplacements le long du fleuve, était un des fleurons des constructions qui avaient été faites par les derniers monarques. L'imposant pylône qui en permettait l'accès dissimulait aux regards de la population des pièces aménagées avec art par les meilleurs architectes. Elles avaient été ornées de sculptures et de peintures que les rois n'étaient plus les seuls à pouvoir s'offrir. Les notables et les fonctionnaires, qui avaient pris de plus en plus de pouvoir depuis l'époque de Djoser, voulaient, eux aussi, louer les services des artistes les plus renommés, même s'ils ne signaient pas leurs œuvres.

Tous les pharaons connus depuis Djoser avaient été représentés et placés dans l'une des pièces du palais. S'ils se ressemblaient par leur apparence et leur stature, ils se distinguaient par les traits de leur visage. Seul, Djoser, coiffé du *némès* et portant une barbe postiche, avait les lèvres épaisses, les pommettes hautes et rondes et le regard fixe. Khéphren, plus mince, en pagne plissé, le visage plus osseux et la bouche plus pincée, était assis sur un trône décoré d'hiéroglyphes à côté d'Horus qui le protégeait. Debout, majestueux, entouré de deux déesses, Mykérinos, musclé, les mollets fermes et les épaules carrées, coiffé de la couronne de Haute-Égypte, formait, avec ses partenaires féminines, une triade remarquable placée dans l'un des vestibules du palais.

D'autres pharaons, vêtus du pagne *chendjit*, étaient représentés assis sur un fauteuil cubique au dossier et aux côtés décorés des plantes entrelacées de Haute et de Basse-Égypte. Ils étaient parfois accompagnés de leur épouse assise à leurs pieds.

La plupart de ces chefs-d'œuvre, en calcaire, en grès, en syénite, en schiste ou en quartzite sortaient de l'atelier du palais. Dans la cour étaient entreposés les blocs que les ouvriers avaient dégagés des carrières à l'aide de leurs ciseaux, et des modèles de scènes en argile, prêtes à être moult fois utilisées pour des bas-reliefs. Presque toute la journée, les courtisans pouvaient percevoir les bruits assourdis et lointains des perçoirs, des polissoirs, des marteaux et des burins.

Les peintures qui décoraient les murs du palais avaient été faites à l'aide de deux techniques distinctes. La première, adoptée des plus anciennes époques, donnait une impression de relief aux motifs, les traits du dessinateur ayant été creusés par les sculpteurs avant l'intervention des peintres. La seconde consistait à peindre directement, sur une paroi lissée à l'aide de plâtre ou d'un enduit fabriqué avec de la paille et du sable. Les couleurs – jaune, ocre, noir, bleu et vert – obtenues par un mélange de malachite et d'azurite, s'étalaient sur de larges surfaces.

Alors que les flûtistes, les joueurs de tambourin et

les musiciennes agitant les crotales réchauffaient l'atmosphère, les convives, hauts fonctionnaires en Moyenne-Égypte, avaient pris place par deux ou par trois sur des chaises imposantes aux montants en bois, devant des trépieds garnis de corbeilles de fruits et d'oignons. Les coupes étaient déjà pleines de bière et les discussions très animées. Des rires fusaient de tous côtés. Le ton des voix montait peu à peu.

Tous les notables travaillant pour Pharaon, Horus d'or depuis le règne de Djoser, et fils de Rê depuis celui de Néferirkarê, étaient là. Pépi II avait même tenu à les multiplier, attribuant des fonctions étranges à certains dont le rôle n'était pas bien défini. Le « chef des secrets du roi » et celui des missions pharaoniques discutaient avec le « responsable des ordres du roi », celui des affaires consultées par un seul homme, celui de la justice et du palais, celui de la Maison divine et celui des astres. Tous les Amis uniques du roi, simples courtisans, attendaient le prince. À tous ces hauts personnages dont la charge, souvent transmise de père en fils, était devenue inutile au fil des temps, se mêlaient les porte-sandales, les porte-parasols, les perruquiers, les médecins et les prêtres responsables des cultes locaux.

Seul manquait le vizir du Sud qui avait été retardé par la tempête et qui prétendait être plus efficace que son homologue du Nord, Pépi II ayant jugé nécessaire de nommer deux vizirs au lieu d'un pour diriger l'Égypte. Le vizir, dont la fonction avait été créée sous Snéfrou, autrefois prince, avait des rôles capitaux. Responsable du pouvoir exécutif, surveillant des Grands travaux, chef des entrepôts d'armes, il avait presque trop de pouvoir et s'estimait pharaon à la place de Pharaon.

Conscient de ces avantages, Mérenrê avait demandé à son père de le nommer vizir. Mais celui-ci lui avait fait comprendre qu'il ne vivait plus à l'époque de Snéfrou et qu'il était bien supérieur aux simples vizirs. Mérenrê estimait dangereux de donner à deux hommes le pouvoir de gérer les nomes et l'administration de province, aux mains de fonctionnaires. Le vizir nommait le chef du Double Grenier responsable de la collecte des impôts dépendant du secteur de l'Agriculture, confié à un chef des Troupeaux aidé de plusieurs scribes, et à un responsable des Champs.

Le surveillant des archives locales, gardien des Actes civils – des traités, des contrats et des testaments – et un représentant de la Justice, « le plus grand de la Maison de Thot », avaient l'intention d'interroger le prince sur deux affaires en litige. Les gouverneurs et les nomarques devaient également s'entretenir avec Mérenrê au sujet des canaux d'irrigation insuffisants dans la région. Tous ceux qui s'étaient vu attribuer un domaine par Pharaon se prenaient pour de grands seigneurs et se faisaient construire des tombes aussi belles que celles des princes.

Quant au Premier Chancelier, chargé de veiller sur les expéditions et qui était arrivé au palais après l'agression du prince, il attendait Mérenrê pour lui expliquer son absence qui avait mis sa vie en danger. Ses troupes lui auraient permis de faire fuir les nomades ou de les arrêter. Ne connaissant pas Mérenrê, il ne savait s'il serait sanctionné ou si le prince comprendrait cette défaillance.

– Le prince Mérenrê, héritier de Pharaon, Horus d'or et fils de Rê ! annonça le chambellan à l'entrée de la salle à manger, éclairée avec des torches.

Le silence se fit et tous les regards se posèrent sur le prince.

– Mais où est donc Nitocris ? demanda Mérenrê. Je croyais qu'elle était arrivée.

Hésitant à rejoindre sa place, il dut s'y résoudre quand le chambellan, courbé devant lui, lui proposa de l'accompagner. Tous les fonctionnaires étaient à genoux, les avant-bras à plat sur le sol. Dès que Mérenrê eut rejoint son fauteuil, les convives furent invités à reprendre leur place. Ils attendaient un discours du prince qui leur dit en quelques mots combien il était heureux de visiter les palais royaux qui avaient été construits non loin du Nil.

Il achevait tout juste sa prestation quand sa sœur fut annoncée par le même chambellan. Les gardes décroisèrent leurs lances à l'entrée de la pièce et Nitocris apparut dans l'encadrement. Elle resta debout un long moment pour que les Égyptiens puissent l'admirer. Le prince regarda Nitocris comme s'il la voyait pour la première fois. Elle avait revêtu une tenue très moulante qui lui arrivait aux chevilles. Sa tunique, en *byssos* extrêmement fin, montrait entièrement son corps. Comme la lumière filtrait à travers son vêtement juste derrière elle, elle paraissait complètement nue à l'instar de toutes les servantes qui l'entouraient. Elle portait des bijoux de reine et un diadème planté dans sa perruque ondulante et épaisse.

Mérenrê alla l'accueillir et la complimenter. La beauté de sa sœur lui avait fait oublier la présence d'Amélis au palais.

– Par Rê régénérateur, tu nous as fait très peur !

– N'y pensons plus puisque je suis sur pied par la grâce des dieux !

Les fonctionnaires étaient de nouveau à terre, le nez contre le sol, pour saluer la princesse Nitocris.

– Me serviras-tu une coupe de bière fraîche ? demanda-t-elle à son frère. Bois avec moi pour remercier les divinités de m'avoir redonné la santé.

Un serviteur remplit aussitôt leurs coupes.

– À ton *ka*, mon frère ! dit Nitocris.

Tandis que les cuisiniers présentaient les premiers plats, passant devant Mérenrê qui approuvait de la tête, avant de les montrer aux convives qui applaudissaient, Nitocris leva le bras pour réclamer du vin.

– Où est le sommelier ? Allons-nous boire de la bière pendant toute la soirée ? Cette boisson, trop ordinaire pour les enfants de Pharaon, est juste bonne pour le peuple !

Un spécialiste se précipita et leur proposa du vin du Delta.

– Apporte tes jarres et tes amphores ! lui dit Nitocris.

Au moment où les premières danseuses entraient, jouant de leurs voiles colorés avec perfidie et finesse, Nitocris avait déjà fait boire à son frère trois amphores de vin et une grande quantité de bière. Pourtant habitué aux banquets, celui-ci commençait à parler fort et à rire sans mesure. Il fit quelques commentaires sur le corps des danseuses qu'il trouvait un peu âgées et un peu grasses.

– Je croyais que mon frère aimait les femmes du Sud, plantureuses et sensuelles. Celles-ci sont brunes à souhait et possèdent des seins et des croupes satisfaisantes.

Mérenrê leur fit signe de venir danser devant lui pour mieux en juger.

– Tu as raison, répondit-il à sa sœur. Elles seraient tout à fait convenables dans un lit. Mais elles ne t'égalent pas. Tu es si belle ce soir ! Ton corps me plaît. Tu sens merveilleusement bon. Depuis que tu es entrée dans cette pièce, je ne vois que toi et toutes les Égyptiennes me semblent tristes à côté de toi. Tu es si lumineuse, si joviale, si attirante ! Je t'ai choisie pour cette nuit !

– As-tu oublié que je suis ta sœur, Mérenrê ?

– Tu es donc ma favorite. Pharaon bénira notre union. Pourquoi attendre notre mariage ? Profitons des nuits qui nous sont offertes. Aimons-nous. La reine Neit sera comblée d'apprendre notre complicité.

Comme les danseuses, qui n'intéressaient guère Mérenrê, disparaissaient sous les applaudissements des amateurs, Amélis entra sur la pointe des pieds et longea toutes les chaises disposées en demi-cercle. Quand elle arriva à la hauteur de Mérenrê, elle s'agenouilla devant lui en lui montrant ses cuisses par un jeu de voiles subtil. Mais, contrairement à ce qu'elle pensait, le prince ne lui adressa pas un seul regard. Nitocris la toisa avec dédain et l'éloigna d'un signe de la main.

Mais, ne sachant si elle devait interpeller le prince qui continuait à parler avec sa sœur, Amélis resta prostrée jusqu'à ce que Nitocris intervînt :

– Commence ! lui dit-elle. Accomplis donc ce que

le prince héritier Mérenrê, mon cher frère, t'a demandé. Danse pour les convives.

Mérenrê but de nouveau à la santé de Nitocris. Amélis exécuta tout d'abord une danse langoureuse sur une musique lente. Elle passait le plus souvent possible à proximité de la petite table placée devant le prince. Puis les joueurs de tambourin, comme s'ils étaient en transe, agitèrent leurs bras, entraînant la danseuse dans un rythme infernal. Les convives se mirent à l'accompagner en tapant dans leurs mains. Tout en l'observant du coin de l'œil, Nitocris suppliait les dieux d'écourter sa prestation. Mais les applaudissements, les murmures d'admiration, les acclamations et les approbations devant les mouvements lascifs d'Amélis qui poursuivait sa chorégraphie au sol, les jambes complètement nues et la poitrine dénudée, semblèrent réveiller le prince. Il tourna enfin la tête vers la Nubienne et parut prendre conscience de sa présence.

Entraîné comme les autres par ce spectacle troublant, il se leva et frappa lui-même dans ses mains en accompagnant les joueurs de tambourin. Quand elle le vit enfin intéressé, Amélis fit signe aux musiciens de redoubler d'efforts et d'accélérer le rythme.

– Elle ne résistera pas ! Elle danse déjà depuis trop longtemps ! Elle ne parviendra pas à suivre une telle cadence ! entendait-on de toutes parts.

Les hommes s'étaient levés et observaient de tous leurs yeux les déhanchements presque obscènes d'Amélis qui tournait sur elle-même avant de se coucher sur le sol et d'imiter les gestes amoureux. Elle prenait différentes positions et mimait les rapports qu'elle avait eus avec le prince tout en le regardant, semblant lui faire comprendre qu'il allait connaître ensuite tout le plaisir qu'elle ne faisait que suggérer en public.

Mérenrê sentit de nouveau un désir intense monter en lui. Conjugué avec le vin, il lui paraissait irrésistible. Comme il s'avançait vers Amélis, Nitocris le saisit par le bras.

– Assieds-toi, Mérenrê. Tu es le prince héritier !

Elle réclama aussitôt le sommelier et dénuda ses épaules, laissant apparaître la naissance de sa poitrine. Elle se pencha pour servir elle-même son frère qui fut, un instant, distrait par le spectacle qui s'offrait à lui. Elle le frôlait de ses bras parfumés, cherchait ses yeux, saisissait ses mains qu'elle refusait de lâcher. Une exclamation générale détourna de nouveau l'attention de Mérenrê. Amélis venait de se mettre nue d'un geste élégant. Elle portait ses voiles à la main et en jouait avec astuce, les passant entre ses jambes, en recouvrant momentanément ses épaules, les jetant autour de son cou, en entourant sa taille tout en continuant à danser. Les convives applaudissaient autant l'habileté et la souplesse de la danseuse que sa sensualité.

Bien qu'elle ait le corps luisant d'huile parfumée et de sueur, elle réclama aux joueurs de ne pas ralentir le rythme. Elle s'approcha du prince et sembla ne plus danser que pour lui en ne quittant pas son regard. Elle agita ses seins, ondula des hanches et se renversa en arrière comme si elle lui offrait, en public, son corps nu. Elle était si près de lui que Mérenrê passa sa coupe vide sur son ventre et entre ses seins.

– Viens boire à notre table pour fêter un tel spectacle, lui dit-il. Tu as bien mérité les faveurs du prince !

Mais Nitocris n'avait pas l'intention d'accepter cette invitation et de partager son repas avec la Nubienne.

– Si tu veux manger avec cette femme, laisse ce trône à un autre ! lui souffla-t-elle.

Amélis se redressa et poursuivit ses déhanchements, montrant sans gêne son anatomie. Puis elle jeta, pour terminer, son voile au prince comme si c'était elle qui choisissait l'élu de la soirée.

– Couvre-toi, lui murmura-t-il en se levant et en mettant son vêtement sur ses épaules. Je vais bientôt te rejoindre. Tu m'avais caché tous ces talents. Je te croyais sage, intimidée et hostile. Je découvre une autre femme. Pharaon ne t'a jamais vue ainsi. Il serait fou de ton corps et ne m'aurait jamais fait ce cadeau !

– Prince, tu m'inspires plus que le roi, répondit Amélis.

Nitocris se retenait d'envoyer sa coupe de vin au visage effronté de la Nubienne. Cette dernière ne se retira pas sans susurrer à l'oreille du prince une invite déplacée.

– Va te préparer, répondit-il.

Mais dès qu'elle eut quitté la pièce, Nitocris incita son frère à boire de nouveau. Elle glissa dans sa coupe des plantes aux vertus apaisantes en prétextant que le vin trop âpre avait besoin d'être aromatisé, puis elle se dénuda davantage. Son frère commençait à somnoler en l'écoutant. Quand il ferma enfin les yeux alors que les artistes avaient achevé leurs numéros et que presque tous les convives étaient ivres, elle demanda au chambellan de ramener le prince dans sa chambre.

Elle conclut elle-même la soirée et veilla à ce que

Mérenrê ne se réveillât pas. Puis elle resta quelques instants à son chevet et le laissa seul.

– Si jamais quelqu'un cherche à déranger son sommeil, interdisez-le-lui, et prévenez-moi, dit-elle aux gardes. Je punirai tous ceux qui n'auront pas exécuté mes ordres !

Nitocris alla se coucher, le sourire aux lèvres, en imaginant Amélis apprêtée comme une déesse qui attendait le message du prince. Mais, au moment où elle suivait le couloir pour rejoindre ses appartements, elle crut entendre des pas derrière elle. Elle se retourna, intriguée, presque apeurée.

– Je vais faire demi-tour et demander l'assistance de deux soldats. Il n'y a plus un seul domestique dans ces pièces !

Le bruit d'un objet brisé la fit sursauter. Elle n'osait se retourner. Elle s'arrêta, à l'écoute. Mais dans les couloirs très sombres, elle craignait de se tromper. Elle se rendit compte que la plupart des torches s'étaient éteintes.

– Qui a pu étouffer ces flammes ? Pourquoi n'y a-t-il personne ici ?

Dès qu'elle se remit à marcher, elle entendit de nouveau un frôlement de sandales sur le sol. Elle se retrouva alors face à une statue en schiste dont le visage ne lui était pas inconnu. Le pharaon était accroupi et tendait les vases globulaires. Coiffé du *némès*, il avait le regard lumineux.

– Pépi Ier.

Elle faillit alors pousser un cri. Une statue magistrale

de son père, Mérenrê, debout devant elle, paraissait l'observer et lui sourire. Il portait une simple coiffe et un pagne blanc et court. La statue en bronze lui donnait une apparence de puissance. Il avait un poing fermé tandis que son autre main tenait une lance dirigée vers Nitocris.

Oubliant sa peur, elle contourna la statue et s'agenouilla devant le roi défunt. Mais un nouveau bruit de verre brisé la fit tressaillir.

– Aide-moi, père. J'ai l'impression d'être en fâcheuse posture. Qui tente ainsi de m'effrayer ?

Mais, au moment où elle allait se retourner, elle vit près d'elle une paire de sandales.

– Sa Majesté a-t-elle besoin d'aide ? demanda le serviteur qui contrôlait les torches en se prosternant devant elle.

– Oui. Suis-moi et place ces éclairages près de cette statue en albâtre.

Non loin de Pépi Ier et de Mérenrê se trouvait une reine assise sur un trône. Elle tenait un enfant couronné du némès sur ses genoux. Nitocris réclama davantage de lumière pour lire l'inscription gravée sur le socle.

– Pépi II. L'enfant est le roi. Mais qui est la reine ?

Nitocris lut sans peine le nom d'Ankhenesmérirê.

– Pépi II se trouve en compagnie de sa mère.

Elle étudia la scène plutôt inhabituelle, regarda attentivement les détails. Pépi II avait l'air plus âgé qu'un enfant. Il avait presque une tête d'adulte. Il portait déjà les attributs de Pharaon. Cette scène signifiait-elle que sa mère jouait le rôle d'une régente ? Pépi II avait pris le pouvoir si jeune après la disparition de Mérenrê !

Des détails intriguaient Nitocris sans qu'elle fût capable de les relever. La reine était jeune et souriante. Elle paraissait heureuse de tenir Pépi II sur ses genoux. Elle portait une tunique transparente. Ses jeunes seins apparaissaient sous le vêtement qui arrivait juste au-dessus de ses chevilles. Elle avait une perruque courte.

– C'est étrange. Je n'ai jamais vu ma grand-mère représentée ainsi. Il se dégage de son visage un calme étonnant. Elle paraît intouchable. Elle rayonne de bonheur.

Nitocris eut la curieuse impression de ne pas la reconnaître.

– Elle a presque les mêmes traits que d'habitude. Elle a cette minceur et ce corps aux formes parfaites. Mais il se dégage de son regard et de son sourire quelque chose d'indéfinissable qui m'est totalement inconnu. Toutes les représentations que j'ai vues d'Ankhenesmérirê la montrent droite et fière, presque autoritaire.

Nitocris ordonna au serviteur de la raccompagner jusqu'à ses appartements. Tout en marchant d'un pas alerte, elle réfléchissait, se demandant pourquoi cet artiste avait sculpté sa grand-mère ainsi. Il lui vint alors à l'esprit que cette femme n'était peut-être pas la mère de Pépi II.

– Et si cette Ankhenesmérirê était cette fameuse Ankhnès dont nous recherchons la trace, la tante et non la mère de Pépi II ? Pourquoi n'avons-nous pas gardé ses statues si elle a réellement existé ?

Se retournant subitement vers le domestique, elle lui demanda s'il avait cassé des objets dans le couloir.

– Non, maîtresse.

– Ta réponse est importante. Ne mens pas. J'ai entendu des bruits de verre cassé. Un objet est tombé sur le sol. Tu ne seras pas puni si tu me dis la vérité. Le prince n'a que faire d'une coupe brisée !

Mais le domestique persista à nier l'évidence.

– Étais-tu dans le couloir depuis longtemps lorsque tu m'as rejointe ?

– Non, maîtresse. Je venais d'une des chambres.

– Et tu n'as rencontré personne ?

– Je l'affirme.

– Va chercher des serviteurs et des gardes. Pendant notre présence au palais, je veux que tous les couloirs, tous les vestibules, toutes les chambres soient surveillés. Fais venir le responsable de ce palais ! Il est inconcevable qu'on puisse s'y promener sans rencontrer un seul domestique ! Le couloir qui mène à la chambre du prince est vide !

Avant de pénétrer dans ses appartements privés, elle regarda au bout du couloir et croisa des yeux blancs mais expressifs, égayés par des pommettes hautes, ceux d'Ankhenesmérirê, fière d'avoir donné naissance au futur pharaon.

XVIII

Le soleil venait tout juste d'apparaître et l'horizon était encore laiteux quand un groupe de paysans, ayant appris la présence du prince, se mit à crier devant le pylône principal du palais en levant le poing.

Mérenrê fut réveillé par le responsable de la gestion du domaine qui lui exposa les raisons de cette révolte paysanne. Encore endormi et étourdi par le vin, Mérenrê l'écouta le plus attentivement possible et s'étonna de ce mécontentement.

– Prince, je craignais ces manifestations.

– Pourquoi ne pas m'en avoir parlé ? Que veulent ces paysans ?

– Ils se plaignent de ne pas manger à leur faim.

Le prince se leva et ordonna à une servante de lui rafraîchir le visage. Puis il s'assit pour se laisser coiffer.

– Tous les Égyptiens sont heureux ! Comment ces paysans osent-ils affirmer le contraire ?

Mais Mérenrê apprit de la bouche même du nomarque de la région, venu rejoindre le fonctionnaire du domaine, que de graves problèmes de famine menaçaient la Moyenne-Égypte.

– Dans le Sud, il n'en a jamais été question ! À

Dakhla, la vie est si agréable et les champs si fertiles que les Égyptiens revendent une partie de leurs récoltes. Mon père, Horus d'or, n'a jamais évoqué de telles difficultés dans le nord de l'Égypte ! Le manque de céréales ne concernerait-il que la Moyenne-Égypte ?

– Hélas, non, répondit le nomarque. Je suis surpris et un peu inquiet que Pharaon ne t'ait pas mis au courant. La famine guette. Les canaux sont insuffisants. Les champs ne sont pas assez irrigués.

– Que me racontes-tu là, nomarque ? Le Nil déborde chaque année davantage ! Pépi II, fils de Rê, fait aménager de nouveaux canaux à chaque saison. Ces travaux coûtent très cher. Les ouvriers sont tous payés en fin de mois et reçoivent les vêtements et les céréales prévus. Si l'Égypte affrontait de réelles difficultés, les artisans travaillant sur les chantiers se plaindraient de ne pas recevoir leur salaire. Au lieu de quoi, ils se précipitent dès que nous embauchons parce qu'ils savent ce que gagnent tous ceux qui travaillent sur le plateau de Saqqarah ! Je me suis moi-même chargé des derniers recrutements. Lorsque nous avons annoncé que nous allions recruter cinq mille ouvriers supplémentaires, les candidats sont arrivés de toutes les villes ! Ils se bousculaient devant la pyramide de Pépi Ier pour se présenter aux chefs de chantier !

– Prince, il est si prestigieux pour un Égyptien de travailler à l'élaboration d'une pyramide qu'il y viendrait en rampant ou avec une jambe en moins.

– Cette remarque prouve que Pépi II est très populaire. Il ne le serait pas si les ouvriers étaient contraints de faire grève pour recevoir leur nourriture.

Mais le nomarque lui expliqua que les débordements

du Nil, apparemment impressionnants, n'égalaient pas ceux des premiers règnes et que le fleuve n'était pas aussi généreux qu'avant. Les paysans étaient mécontents d'apprendre que Pépi II utilisait le Trésor pour faire construire une pyramide à Saqqarah alors que leur famille mourait de faim.

En entendant de telles paroles, Mérenrê avait du mal à imaginer sa mère, l'attentive reine Neit, et son père, prêt à faire des concessions pour la construction de son domaine funéraire, insensibles aux malheurs du peuple.

– Les nomarques et les vizirs ont-ils expliqué clairement à Pharaon la situation précaire de certaines régions égyptiennes ? Dans les oasis, la vie est délicieuse. Quand les rois étrangers viennent à Memphis, ils ont devant leurs yeux une population comblée.

Nitocris fit irruption dans la chambre de son frère.

– Des dizaines de cultivateurs hurlent devant l'entrée du palais. Ils réclament Pharaon ! Ils souhaitent tous parler à Pépi II ! Ils affirment qu'ils ont donné au vizir une pétition et ils exigent une réponse. Que se passe-t-il ? Que signifie cette émeute ? Je n'ai jamais vu le peuple mécontent. Comment gères-tu cette région, nomarque ?

Un peu froissé, le fonctionnaire se prosterna devant la princesse et lui expliqua la situation.

– Tu affirmes donc, nomarque, que le roi vit heureux à Memphis sans être informé de la misère qui accablerait certains Égyptiens ? Dans ce cas, tu mérites autant la prison que le vizir du Sud. N'êtes-vous pas tenus de faire des rapports au roi ? Qu'attendez-vous pour trouver une solution ? Depuis combien de temps recevez-vous des plaintes ? Vous avez étouffé des affaires graves et vous méritez une sanction !

– Ma sœur n'a pas tort, nomarque. J'ai l'impression, à t'entendre, que la situation s'est peu à peu dégradée sans que vous soyez capables de la régler. Qu'espériez-vous ? Que de guerre lasse les paysans finissent par se taire ? Où se trouve donc le vizir ? Ne devait-il pas assister au banquet donné en mon honneur ?

Le nomarque lui dit son inquiétude.

– Le vizir a accepté d'écouter les paysans qui lui ont remis un document, une sorte de pétition avec une liste d'Égyptiens mécontents. Une centaine de noms figurait sur ce papyrus. Le vizir devrait se trouver au palais de Memphis. Mais je suis étonné de ne pas avoir de rapport de son messager. Quand il est parti, les cultivateurs menaçaient d'occuper les temples. Je crains qu'ils n'aient enlevé le vizir.

– Pourquoi ne rien m'avoir dit ? Tu m'as caché hier un fait grave. Au lieu de boire du vin, j'aurais réfléchi à cette situation. Pharaon veut que tous les Égyptiens montrent leur joie. Il a reçu son pouvoir des dieux pour rendre le peuple heureux. Pépi II ne ressemble pas à Khéops qui avait la réputation d'être égoïste et cruel. Laisser croire que Pharaon est ainsi nuit à sa réputation.

Les gardes, juchés en haut des pylônes, commençaient à envoyer des flèches sur les émeutiers. Des cris et des insultes leur parvinrent. Mérenrê se précipita aussitôt à la fenêtre.

– Qui leur a donné l'ordre de tirer sur ces malheureux ?

– Personne, répondit le nomarque en le rejoignant. Ces soldats vont faire un massacre. Il faut les arrêter !

Mérenrê se précipita à l'extérieur et hurla au responsable du domaine de demander le retour au calme.

– Dis aux paysans que je suis ici, moi, Mérenrê, prince héritier de Pépi II et qu'en l'absence de Pharaon et du vizir, je vais les écouter attentivement ! Que l'un d'entre eux vienne dans ce palais ! Je le recevrai dans la salle des ambassadeurs.

Le fonctionnaire exécuta les ordres du prince.

– Sans ce voyage, tu n'aurais pas appris ce qui se passe ici, dit Nitocris à son frère. Il est placé sous le signe des dieux ! Pépi II est attentif aux dépenses. Il fait néanmoins aménager le plus de canaux possible. Je doute que cette région ait été oubliée car Pharaon est juste. Je suis étonnée qu'il ne soit pas au courant de tous ces problèmes.

– Nitocris, les fonctionnaires n'ont pas à réfléchir mais à exécuter les ordres du premier personnage de l'État. Je trouve qu'ils en prennent à leur aise. Ces notables, trop gâtés, s'imaginent souvent régner à la place de Pharaon. Leur train de vie, leur domaine, leur tombe laissent assez imaginer leur vantardise et leur prétention. Je dois informer Pépi II d'être vigilant et de cesser d'accroître le pouvoir de ces particuliers qui vivent comme des rois ! Si la situation se révèle plus grave que prévu et si le vizir est au courant de ces mécontentements depuis plus d'un mois, je ferai en sorte qu'il soit renvoyé !

Des acclamations accueillirent le bref discours que le responsable du domaine avait prononcé du haut de la porte d'entrée. Un paysan, volontaire, se présenta devant les gardes. Il fut introduit et conduit à la salle des ambassadeurs.

– Je vais enfin savoir ce qu'il en est, dit Mérenrê. Je ne suis pas mécontent d'avoir fait étape ici.

Mais comme les paysans se mettaient à jeter des projectiles à l'intérieur du parc royal, le responsable du domaine demanda au prince l'autorisation de lancer des traits sur la foule.

– Je te l'interdis ! Que les archers se protègent et surveillent les murs. Personne ne doit pénétrer dans cette enceinte ! Mais je ne veux, sous aucun prétexte, qu'on tire sur ces hommes !

Comme le ton montait, Mérenrê réclama sa ceinture en or. Il glissa son poignard au manche doré dans son étui et se dirigea vers la porte.

– Où vas-tu ? lui demanda Nitocris qui avait compris les intentions de son frère.

– Inutile de recevoir ce cultivateur ! Je vais parler à tous les paysans puisqu'ils ne sont pas capables d'attendre ! Il est intolérable qu'ils bouleversent ainsi Mâat ! Je le leur interdis !

Nitocris cherchait à se placer devant lui et à le retenir. Elle le supplia de revenir au palais.

– Ils vont te tuer ! Pense à Pépi II dont tu dois prendre la succession ! Ne risque pas stupidement ta vie !

Mais Mérenrê l'écarta.

– Ce n'est plus ton frère mais le prince héritier qui te parle ! lui dit-il brutalement. Exécute mes ordres et reste en dehors de tout ça.

Plusieurs fonctionnaires tentaient de raisonner le prince. Le Supérieur du domaine lui parlait abondamment, essayant de trouver les arguments susceptibles de le faire changer d'avis. Quand il se trouva devant le pylône du palais, Mérenrê cria aux gardes d'ouvrir les portes. Il resta au centre, seul, les jambes légèrement écartées, comme s'il était prêt à combattre. Nitocris leva les mains vers le ciel et supplia le dieu Ptah de lui venir en aide. Tous les fonctionnaires assistant à la scène étaient pétrifiés de terreur et d'admiration. Quand les lourdes portes en bois raclèrent le sol et s'ouvrirent, Nitocris ferma les yeux. Blême, elle saisit le bras du responsable du domaine, resserra son étreinte et lui dit entre ses dents :

– Si jamais mon frère, le prince héritier, cher au cœur de Pharaon, est tué sous l'éclat de Rê, considère ta vie terrestre comme terminée. Je veillerai moi-même à ton exécution. Je te jetterai aux crocodiles et me délecterai du spectacle qu'ils m'offriront. Cette promesse vaut aussi pour le nomarque et le vizir du Sud, aussi incompétents que dangereux.

Alors qu'il allait tomber à ses pieds pour implorer son indulgence, le responsable du domaine fut glacé d'effroi par le courage du prince. Au lieu de reculer et de se mettre à l'abri, Mérenrê ne bougeait plus. Son ombre, immense, était projetée sur le sol aride. Les mains sur les hanches, il se présentait, tel un dieu auréolé de lumière face à une armée entière.

En le voyant aussi imperturbable, Nitocris ressentit plus de fierté que de peur. Mérenrê avait bien du sang royal dans les veines. Il ne ressemblait à aucun autre combattant. Il était aussi vaillant que l'ensemble des généraux réunis. Il ne connaissait ni l'humiliation ni l'appréhension. Droit, aussi inébranlable qu'une statue, il avait la force d'un fauve prêt à foncer sur des hyènes.

Dès qu'ils le virent, les paysans crièrent encore plus fort en réclamant des céréales. Il leur fit signe de se taire et de l'écouter. Mais certains, plus vindicatifs que d'autres, entraînaient la foule. Mérenrê comprit vite qu'il n'avait pas affaire à de pauvres paysans mais à des cultivateurs riches et organisés.

– La plupart d'entre vous possèdent sans doute des domaines. Je ne crois pas qu'ils soient malheureux. Vous êtes habillés comme des notables et vous portez des sandales d'or !

Quelques paysans, plus modestes, se placèrent devant les cultivateurs.

– Prince Mérenrê ! Je suis prêt à jurer devant tous les dieux que mes enfants ont faim et qu'ils me réclament du pain.

– Je veux bien te croire, Égyptien ! cria Mérenrê. Mais je ne comprends pas la présence ici de ces riches éleveurs ! Pharaon leur a donné des terres à cultiver et des bêtes. Ils gardent une bonne partie de leurs récoltes et ne versent au roi qu'une infime partie de leurs biens ! Ils payent des impôts comme tout le monde !

Des querelles opposèrent alors les paysans à ceux qui avaient obtenu des terres de Pharaon et qui vivaient dans l'aisance. Les plus modestes leur demandaient de s'éloigner. Mais ils affirmaient qu'ils avaient, eux aussi, des revendications et refusaient de partir.

– Je ne vous écouterai pas tant que vous ne serez pas couchés devant moi comme le veut le protocole ! cria le prince. Riches ou pauvres, vous êtes obligés de vous prosterner devant moi ! Quand vous m'aurez salué, vous obtiendrez ce qui est juste. J'écouterai tout le monde !

Mais les paysans refusèrent de se plier aux volontés du prince. Nitocris, qui se trouvait non loin de l'entrée, tremblante, ordonna au responsable du domaine de protéger son frère.

– Fais sortir des chars ! Repousse les émeutiers !

Mérenrê continua son discours :

– Ainsi donc, vous ne tenez pas compte du règlement ! Vous ne voulez pas saluer le prince héritier en visite dans votre région ! Vous lui faites face et lui tenez tête ! Vous ne méritez pas son attention ! Puisqu'il en est ainsi, je vous laisse avec vos problèmes. Je m'en désintéresse. Ne venez plus pleurer aux portes de ce palais. Ne provoquez plus le roi ! Ne rédigez plus de pétitions ! Je me souviendrai de la manière dont vous avez repoussé mon aide. J'en parlerai au roi.

Tous les paysans du premier rang posèrent alors un genou à terre avant de se prosterner devant Mérenrê. Ceux qui se trouvaient derrière eux firent de même et citèrent la plupart de ses noms en implorant sa pitié.

– Je préfère cette attitude, plus conforme à ce qu'un souverain ou un prince attend de vous ! dit Mérenrê. Mon père, le pharaon Pépi II, a baissé les impôts. Il ne souhaite pas accabler son peuple ! Il fait également aménager des canaux dans toute l'Égypte. Je lui parlerai de vos revendications et je plaiderai en votre faveur pour que de nouveaux canaux puissent irriguer certains champs isolés. Et maintenant, levez-vous !

– Où est le vizir ? demanda un paysan en avançant vers lui. Pourquoi ne se présente-t-il pas devant nous ? Nous l'avons informé de nos revendications. Pourquoi ne nous a-t-il pas répondu ? Que nous cache-t-il ? Jamais encore un vizir ne s'est à ce point dérobé !

– Je n'ai pas rencontré le vizir au palais, leur répondit Mérenrê. Je ne cherche pas à vous mentir ni à gagner du temps ! Je vais me charger moi-même de cette affaire. Je vous promets de rédiger un message pour mon père dès que je serai rentré dans ce palais. Le héraut partira avant ce soir. Il sera à Memphis dans trois jours !

Comme la plupart des paysans étaient sceptiques et appelaient le vizir, Mérenrê cria plus fort qu'eux et réclama une nouvelle fois le silence.

– Le prince dit la vérité. Il est guidé par Mâat, la déesse de la Justice et de l'Équité. Ceux qui ne me croient pas sont des hommes stupides qui cherchent à troubler l'ordre pour le plaisir.

Mérenrê continuait, toutefois, à observer certains cultivateurs, élégants, propres et rasés de près. Il s'adressa à eux :

– Ceux qui ont reçu de Pharaon un domaine à gérer devraient s'éloigner. Ils ne sont pas concernés par les propos des paysans. Les notables manifestent de plus en plus souvent. Pour quelles raisons ? Ils possèdent des domaines aussi grands que le palais royal. Ils se font creuser des tombes d'une beauté rare et emploient les mêmes artistes que Pharaon. À Saqqarah, les murs de leurs tombes sont plus beaux que ceux des rois ! Non contents d'obtenir des terres de Pharaon, ils veulent les garder ! Je vous rappelle devant les dieux que les divinités ont donné au roi Pépi II la terre d'Égypte. Il la gère comme il l'entend. Il a eu la bonté suprême d'accorder certains terrains aux notables les plus méritants. Ceux-ci les exploitent le mieux possible et sont contraints de reverser une partie de leurs récoltes au roi. Mais ils gardent le reste et vivent sur des domaines immenses ! La terre n'appartient pas au roi. Elle lui est prêtée par les dieux. Pharaon doit la rendre en l'état, si possible agrandie des territoires acquis lors des batailles contre l'ennemi. Les notables que je vois devant moi espèrent devenir propriétaires de ces terres royales. Tant que je vivrai, cela n'arrivera jamais !

Une flèche partit alors de la foule amassée devant le prince et le toucha au ventre. Des cris jaillirent du palais et des émeutiers qui se précipitèrent vers le prince qui se crispa sous la douleur et mit un genou à terre. Mérenrê fut bientôt entouré par les Égyptiens.

– Vite ! Sortez tous et repoussez ces vandales ! cria Nitocris. Mon frère est blessé. Il faut le mettre à l'abri ! Ces hommes sont capables de l'achever !

Elle se précipita à l'extérieur, oubliant le danger, et intima aux paysans de reculer.

– Je suis la princesse Nitocris, cria-t-elle. Je vous ordonne, devant Ptah et Rê, de ne pas toucher le prince Mérenrê. Partez !

Comme personne ne l'entendait, elle courut vers son frère et écarta les Égyptiens qui l'entouraient. Le responsable du domaine la protégeait de sa lance. Tous les paysans regardèrent, ébahis, la jeune femme soutenir la tête de Mérenrê en le couvrant de caresses.

– Nous n'avions pas prévu une telle agression, dit le paysan qui s'était adressé au prince.

Mais le responsable du domaine, protégé par les soldats du palais, le jeta violemment à terre.

– Rentrez chez vous et priez les dieux que Mérenrê soit sauf ! Sinon, vous perdrez la vie !

Assise à terre, les pieds repliés sous elle, Nitocris refusait de lâcher la tête de son frère qui saignait abondamment.

– Il a repris ses esprits ! dit-elle au nomarque.

Nitocris se rapprocha encore de lui et saisit son bras qu'elle caressa affectueusement.

– Tu as pris l'habitude de te coucher à mon chevet, lui dit Mérenrê. Je t'observais, hier au soir, entre mes cils. Mes membres étaient si las que j'étais incapable de recevoir une seule femme dans ma chambre ! Mais je te regardais et je sentais ton odeur. Je t'avais pourtant choisie pour la nuit. Une autre m'aurait déshabillé, enduit d'onguents, massé, caressé et aimé.

Nitocris se mit à rougir.

– J'ai rêvé de toi, dit-il. Je croyais te trouver près de moi allongée sur ma couche. Mais, à mon réveil, elle était tristement vide, ce qui est rare.

Alors qu'il cherchait à rassurer sa sœur, Mérenrê ressentit une violente douleur. Il serra les dents et s'empara de la main de Nitocris.

– Enlève cette flèche ! lui dit-il. Cette blessure est superficielle. N'hésite pas ! Arrache-la !

Il tentait lui-même de s'en libérer sans y parvenir. S'emparant alors de la flèche avec courage, Nitocris tira dessus de toutes ses forces et la jeta à terre. Les archers éloignèrent les paysans qui refusaient d'obéir aux ordres. Quatre soldats aidèrent Mérenrê et le transportèrent jusqu'à sa chambre sous le regard attentif des médecins du palais.

– Il faut arrêter l'hémorragie ! leur dit Nitocris.

Malgré son courage, le prince s'évanouit.

– Il va rejoindre le pays des Bienheureux si vous ne trouvez pas immédiatement une solution, dit Nitocris. Les médecins de ce palais sont-ils aussi incompétents que les fonctionnaires ?

XIX

Informées des événements, toutes les femmes du harem s'interrogeaient. Amélis questionna longuement son scribe.

– Mérenrê a eu la maladresse de sortir seul de ce palais, face aux émeutiers ? Je n'en suis guère surprise. Le prince estime que tout le monde est à ses pieds et qu'il est invincible ! Cette blessure lui montrera qui est un dieu et qui n'en est pas un ! Dis aux médecins que je saurai guérir la blessure du prince et que celle-ci se refermera plus vite grâce à mon intervention. Je lui ai démontré que je savais soigner Nitocris. Il doit me faire confiance.

Mais Amélis dut attendre que Mérenrê reprît ses esprits car Nitocris refusait de la laisser entrer dans la chambre du prince.

– Elle t'a soignée, dit Mérenrê. Je souffre et je dois reprendre des forces. Si je veux continuer ce voyage, j'ai besoin d'aide. Ma blessure grâce aux dieux n'est que superficielle. Mais je suis faible. Il me sera impossible de réembarquer demain.

Quand elle arriva au chevet du prince avec trois

domestiques portant ses vases de plantes, Amélis exigea d'être seule avec Mérenrê.

– Je ne veux aucun témoin ! Personne ne me verra préparer ces potions ! Les formules sont secrètes. Si le personnel ne sort pas, je ne ferai rien pour toi, Mérenrê !

Le prince renvoya tout le monde. Comme Nitocris ne bougeait toujours pas, Mérenrê la supplia de sortir.

– M'abaisser devant les exigences de cette Nubienne ! dit Nitocris. Tu n'y penses pas ? Elle serait capable de t'empoisonner !

– Je veux rester seul avec elle, dit le prince.

Dès que les domestiques, les médecins, les courtisans et Nitocris furent sortis, Amélis changea de ton et d'attitude. Elle demanda à ses serviteurs de poser les vases sur une petite table en bois et les guida vers la sortie. Puis elle ôta sa cape et défit sa ceinture. Affaibli, Mérenrê observait tous ses gestes, la guettant comme un chat.

– Que fais-tu ? lui demanda-t-il pour lui faire comprendre qu'il était lucide.

– Je me mets à l'aise, prince. Il est très compliqué de préparer ce genre de potion. J'ai besoin de concentration. Je dois aussi me souvenir très exactement des dosages. Je ne suis pas médecin.

Elle travailla longuement avec des coupelles en terre cuite, mélangeant divers produits. Puis elle revint au chevet du prince et se prosterna devant lui.

– J'ai préparé pour toi des mixtures adoucissantes.

Constatant que ses paupières se fermaient de nouveau, elle l'encouragea à s'endormir. Elle lui enleva sa ceinture et fit glisser son pagne le long de ses jambes.

Puis elle ôta également ses sandales en or. Elle le contempla longuement, regardant sa nudité, le sentant à sa portée. Il lui vint subitement à l'esprit qu'elle pouvait le faire disparaître en l'empoisonnant. Quelle merveilleuse occasion de se venger du roi égyptien ! Elle ne redoutait ni les sanctions ni la mort. Elle passa le bout de ses doigts sur la peau mate du prince, toucha ses épaules, sa poitrine dure comme du bois, ses jambes aux muscles saillants. Ses doigts contournèrent sa blessure.

Alors qu'elle allait déposer sa ceinture sur le dossier d'une chaise, elle vit le manche du poignard. Elle tira l'arme hors de son étui et passa le tranchant sur ses doigts. Puis elle se tourna vers Mérenrê et s'assura qu'il dormait. Elle s'approcha de lui et dirigea le couteau vers sa blessure. Elle prit soudain le manche à pleine main et s'apprêtait à le frapper de toutes ses forces. Mais elle s'arrêta au dernier moment. La pointe du poignard avait effleuré la peau du prince.

Comme s'il avait deviné ses pensées, Mérenrê lui dit, la surprenant :

– Crois-tu qu'il est si facile de tuer le fils aîné de Pharaon ?

– Que dis-tu ? Je regardais ta blessure. Je n'applique pas les mêmes pommades sur des entailles profondes. Celle-ci me paraît assez superficielle.

– Je t'ai vue, lui dit Mérenrê. Tu t'es emparée de mon poignard et tu voulais t'en servir. Quoi de plus facile ? Frapper un homme blessé !

– Je le voulais, en effet. Mais je ne l'ai pas fait. Quel homme es-tu donc ? Tu savais que je ne t'assassinerais pas alors que j'y étais déterminée ?

Comme elle continuait à passer sa main sur la peau de Mérenrê, celui-ci la prit.

– Tu es trop lente. Je n'ai aucune confiance en toi !

Décelant les désirs du prince, elle s'éloigna et retourna à ses préparations. Mais elle réfléchissait encore à la manière dont elle pourrait le supprimer. Son visage changea subitement quand elle se rappela la manière dont le responsable de Koush nommé par le roi avait parlé à son père, le rudoyant avec son fouet alors qu'il était chez lui, dans son propre domaine et devant ses domestiques. À ce souvenir, elle tendit la main vers un pot en albâtre qui contenait une substance verdâtre extrêmement nocive.

« Je pourrais l'appliquer sur la plaie de Mérenrê et le faire hurler de douleur. Il garderait une cicatrice à vie ! »

Mais elle reprit ses esprits en l'entendant gémir.

– Tu ne dois pas te lever, lui dit-elle en se retournant et en lui présentant un visage détendu et souriant.

Alors qu'elle finissait ses compositions, Amélis saisit au dernier moment le pot rempli de pâte verdâtre et la mélangea aux baumes adoucissants qui dégageaient des odeurs plus agréables. Au moment où elle allait appliquer ses mixtures, il lui saisit de nouveau le poignet.

– À quoi pensais-tu lorsque tu me regardais ? Tes yeux étaient fixes et tes lèvres serrées. Tu ne m'as pas enfoncé ce poignard dans le ventre parce que tu craignais d'être arrêtée ! Il est plus facile d'empoisonner un prince que de le tuer avec un couteau !

– Je me disais que nous avions failli te perdre et que l'Égypte aurait pleuré un excellent prince.

– Tu ne sais pas mentir, Amélis.

Elle lui demanda de s'étendre et passa de nouveau ses mains fraîches et humides sur son ventre. Elle se garda de toucher la mixture avec ses doigts et prit un morceau de bois plat sur lequel elle déposa la crème onctueuse. Puis elle l'appliqua abondamment sur la plaie. Le prince poussa un horrible cri et l'attrapa par le bras.

– Qu'as-tu mis dans cette préparation ?

– Rassure-toi, maître. Tu ne mourras pas. Tu guériras plus vite !

Elle rajouta la même mixture une seconde fois. Mais Mérenrê retint ses cris. Il la renversa sur le lit et la maîtrisa.

– Rien n'atteint le fils de Pharaon, lui dit-il.

Elle se laissa dominer comme une jeune servante docile, cachant sa haine et sa colère. Songeant alors à Nitocris, elle encouragea Mérenrê et se fit désirable et caressante. Elle voulait diriger celui qui croyait lui imposer ses volontés.

Profitant de l'accident de Mérenrê, dont il n'était pas mécontent, le vizir du Sud, qui n'avait jamais quitté la Moyenne-Égypte, décida de rencontrer aussitôt le nomarque et le responsable du domaine. Après avoir reçu le rapport de son scribe qui lui avait raconté les événements en détail, il attendit la nuit et réclama son char. Il se rendit seul au palais et se félicita de l'animosité des paysans contre Mérenrê.

– Nous avons failli perdre le prince, constata-t-il quand le nomarque lui eut exposé les faits à sa façon.

Nous n'avons pas besoin d'un héritier pour diriger convenablement le pays. Cette perte n'aurait pas été bien grave. J'ai envoyé moi-même quelques cultivateurs aux portes du palais pour attiser la colère des paysans. Mérenrê est assez sagace pour les avoir distingués parmi les émeutiers. Mais il ignore que le peuple est de plus en plus mécontent et que j'entretiens cette révolte à merveille. Tu as négligé de faire nettoyer les canaux et accru le mécontentement général.

– Je viens d'interdire aux ouvriers de les curer après le retrait du Nil et j'ai fait jeter des immondices dans la plupart d'entre eux, lui confirma le nomarque. Pharaon a trop de pouvoir. Il a pris la tête de l'Égypte si jeune qu'il est grand temps de mettre un terme à ce règne long et pesant. Depuis combien d'années dirige-t-il l'Égypte ? Cinquante ans ? Pourquoi attendre ? Des notables peuvent monter sur le trône à la place des pharaons. Il n'est pas utile que son successeur soit de sang royal. Pépi II n'est plus capable de maintenir la paix dans son pays. À l'extérieur, les dangers se multiplient. Les Bédouins, qui se révoltent toutes les fois que les Égyptiens traversent le Sinaï, empêchent les expéditions de se rendre en Asie et gênent les échanges commerciaux que nous faisions autrefois avec certaines régions alliées. Pépi II n'a trouvé aucun remède pour mater ces nomades. On raconte même qu'un de nos fonctionnaires a été assassiné dans le désert et que le roi a exigé une enquête. Non seulement, les Bédouins nous empêchent d'aller chercher dans le Sinaï des pierres semi-précieuses et nous interdisent parfois le passage vers l'Asie, mais ils nous menacent ! Quant aux Nubiens, ils ne supportent plus la colonisation de l'Égypte. Le successeur d'Horkhouef, le brillant Héqaib, a beaucoup de mal à dompter certains Nubiens qui se sont organisés aux alentours de la Troisième Cataracte.

– Le prince Mérenrê a tout pouvoir en ces lieux.

– Sans celui de la famille du noble Mékhou, illimité et beaucoup plus impressionnant que celui des fonctionnaires de Pharaon, il ne peut rien. Il a toujours reçu l'aide d'Horkhouef et d'Héqaib. Mais il ne réussira pas à faire oublier les négligences de Pépi II. Les familles nobles de Cusac, d'Akhmin, d'Abydos, d'Edfou et même d'Assouan sont toutes d'accord sur ce point ! Pépi II a régné trop longtemps ! Le pharaon a déjà eu trois femmes, Ipouit, Oudjebren et la reine Neit. Celle-ci ne lui donnant plus d'enfants, on dit qu'il fréquente assidûment Ankhesenpépi qui deviendra Épouse de Pharaon. J'y veille. Elle en a les atouts et tout le monde sait que Pépi II aime autant les femmes que ses ancêtres les chérissaient. J'estime que Pharaon n'est plus digne de régner même s'il court encore lors de ses fêtes sed.

Seul le responsable du domaine se faisait discret, approuvant toutes les paroles des conjurés. Ils avaient pour modèles tous les fonctionnaires qui avaient dirigé le pays à la place des rois ou qui avaient eu un rôle déterminant lors des règnes précédents. Ils estimaient que le chancelier Hemaqa, qui avait fait creuser sa tombe à Saqqarah, était tout aussi important que son maître, le roi Djer. Sous la régence de Merneith, les notables avaient pris une place considérable. Depuis le roi Den, les chanceliers de Haute-Égypte étaient extrêmement puissants, assurant à la fois le recensement et l'irrigation des champs.

– Je crois que le roi Pépi II va bientôt pouvoir se lamenter autant que Djoser Netery-Khet quand il guettait l'inondation du Nil, insuffisante pour contenter les Égyptiens. Pendant sept ans, les récoltes ont été peu abondantes. Le peuple ne mangeait pas à sa faim et les ouvriers ne recevaient pas leur salaire. Les Égyptiens étaient tellement faibles que les enfants mouraient, les vieillards perdaient l'usage de leurs jambes, les courtisans ne se réjouissaient plus dans de longs banquets. Les temples étaient fermés et se dégradaient. Je doute que Pépi II réussisse comme le roi Djoser à améliorer la situation en honorant le dieu Khnoum à Assouan.

– Que serait devenu Djoser sans son serviteur, grand prêtre d'Héliopolis, architecte et professeur, devenu fils de Ptah et dieu honoré par un clergé à Memphis ? À côté du grand Imhotep, le vizir Kagemni, indispensable au roi Téti, n'a-t-il pas été lui aussi divinisé et ne connaissons-nous pas le règne du roi Houni grâce au scribe Kaïrès, plus instruit que son maître, qui a laissé des *Doctrines savantes* ? Que penser de tous ces notables enterrés à Meïdoum, à commencer par Rahotep ! Khéops aurait-il permis à ses fonctionnaires de se faire enterrer si près de sa pyramide s'il les avait détestés et méprisés ? Nous connaissons tous la cruauté de ce pharaon qui n'était pas habitué aux concessions !

Leurs modèles s'appelaient encore Ti qui, à l'instar des autres fonctionnaires, avait pris sous le règne de Néferirkarê-Kakaï une importance considérable. Après avoir épousé la princesse Néferhétepès, il était devenu perruquier en chef de la Maison royale. Responsable des complexes funéraires du roi et de son successeur, chef des Étangs, des Champs et des Troupeaux, il s'était fait construire une tombe d'une grandeur et d'une beauté inouïes à Saqqarah.

Le vizir du Sud avait des prédécesseurs prestigieux qui avaient laissé leur marque sous le règne d'Izézi, grand défenseur des notables. Presque tous avaient leur tombe à Saqqarah, de Rêchepsès, nommé gouverneur de Haute-Égypte, titre spécialement créé pour lui, à Ptahhotep dont tous les Égyptiens apprenaient à l'école les célèbres préceptes.

– Nous sommes devenus puissants, dit le vizir du Sud. Nos groupes ont un pouvoir considérable dont Pharaon est obligé de tenir compte. Sans quoi, nous le renverserons facilement ! Téti n'a-t-il pas donné sa fille aînée à Mérêrouka, vizir et chef des prêtres de sa pyramide à côté de laquelle il a été enterré ? Il est loin le temps où les vizirs étaient fils de Pharaon. Nous nous transmettons dorénavant cette charge de père en fils et nous avons tous les pouvoirs. Il est normal que nous devenions propriétaires des domaines que nous entretenons depuis des années. Il est naturel que nous soyons enfin représentés comme des rois sur des statues gigantesques puisque nous sommes divinisés alors qu'ils ne le sont pas et que le peuple nous vénère à l'égal des dieux ! J'ai pour ma part commandé aux sculpteurs plus de statues que Pépi II en personne ! On ne me reprochera pas de piocher dans le Trésor de l'État pour les payer !

Le nomarque lui rapporta avec quel dédain le prince Mérenrê s'était adressé à lui.

– Nitocris nous a menacés ! ajouta-t-il.

– Il faut prendre des mesures. Nous avons préparé le terrain. Pépi II somnole à Memphis et se préoccupe de la construction de sa pyramide. Même si son fils lui rapporte ce qu'il a vu ici, il est déjà trop tard ! Jamais le roi ne pourra retrouver la popularité qu'il avait au début de son règne. À nous d'attiser les haines. Rien de plus facile dans un pays affaibli par la disette. Même si le Nil déborde abondamment, nous ferons en sorte que cette eau soit inutilisable et insuffisante. Je suis prêt à m'allier aux Bédouins pour renverser ce roi qui n'en finit plus de rejoindre l'au-delà !

– Qu'allons-nous faire de Mérenrê ? demanda le responsable du domaine. Voulez-vous le laisser partir ? Va-t-il impunément nous parler comme il l'a fait en pensant qu'il est le maître en Égypte ?

Le vizir lui répondit calmement.

– Même s'il mérite une leçon, laissons-le quitter la Moyenne-Égypte avec sa sœur. Il devra nous céder les terres royales que Pharaon nous a prêtées. J'ai entretenu pendant des années des domaines gigantesques et je possède un personnel important que je n'ai pas l'intention de rendre.

– Le prince veut nous faire arrêter et juger. S'il apprend que tu ne t'es pas rendu à Memphis, tu seras emprisonné. Avant qu'il ne soit trop tard, pourquoi ne pas supprimer Mérenrê ici même ? Il lui sera impossible de faire un rapport au roi et nous pourrons continuer notre travail. Il est si facile de provoquer un nouvel accident. Mérenrê souffre. Il est affaibli. Il a perdu beaucoup de sang. Il suffirait d'un rien pour l'éliminer.

– Il est vrai que les circonstances nous sont favorables, répondit le vizir. Si Mérenrê s'éteignait pendant la nuit, personne ne s'étonnerait. Au cas où une enquête serait menée, nous avons un coupable tout désigné.

Le notable lui demanda plus de précisions.

– Je pense à la belle Nubienne. Amélis a tenu à rester à son chevet. Elle est seule et elle a la réputation d'être rebelle. Pharaon l'a donnée à son fils parce qu'il était las de ses silences, de ses bouderies et de son arrogance. Amélis a toutes les raisons de tuer le prince. Je connais son père. Il subit la présence des Égyptiens sur son territoire. On raconte même que le responsable de Koush le fouette devant ses domestiques. Je doute qu'Amélis apprécie la compagnie de Mérenrê.

– Elle s'est mise dans une situation délicate, dit le nomarque en souriant.

– La question est de savoir si nous supprimons le prince maintenant ou si nous lui laissons la vie pour le mettre sur le trône ! Mais je ne vais pas prendre le risque de me retrouver en prison pour ce petit héritier sans envergure ! L'Égypte se portera mieux le jour où les hauts fonctionnaires auront pris le pouvoir !

XX

Trois gardes envoyés par le vizir du Sud se postèrent devant la chambre de Mérenrê.

– Nous venons vous remplacer sur ordre du puissant vizir, dirent-ils aux soldats soulagés de laisser leur place à leurs collègues. Que se passe-t-il ici ?

– La Nubienne est toujours à l'intérieur, dirent-ils en riant. Elle soigne le prince depuis hier soir.

Dès qu'ils se furent retirés, les gardes se concertèrent et entrouvrirent la porte.

– Prenons le poignard du prince. Il ne s'en sépare jamais. Tuons-le et mettons l'arme dans la main d'Amélis.

– Il faut droguer la fille pour qu'elle ne se réveille pas.

– Ne t'inquiète pas. J'ai tout ce qu'il faut. Quand elle aura bu cette potion, elle ne se réveillera pas avant deux jours.

Ils s'assurèrent que le couple dormait à poings fermés. Puis ils saisirent la chevelure d'Amélis couchée à côté du prince et lui renversèrent la tête en arrière en lui appliquant la main sur la bouche. Avant même qu'elle eut repris ses esprits, ils approchèrent un couteau à lame courbe près de sa gorge et l'obligèrent à boire tout le contenu d'un petit pot en terre cuite.

– Le poignard est à terre.

– Ramasse-le et viens par ici.

Mais, au moment où l'un des gardes se baissait, Nitocris, qui venait prendre des nouvelles de son frère, poussa la porte, s'étonnant de ne pas trouver de soldats à l'extérieur. Comprenant le danger que courait le prince, elle appela de l'aide et réveilla aussitôt Mérenrê. Les trois hommes furent bientôt encerclés.

– Ils ont tué Amélis, constata le prince.

– Non, elle est en vie, répondit Nitocris en l'entendant respirer. Rassure-toi, ta Nubienne n'a rien !

– Mais qui êtes-vous et que faisiez-vous dans ma chambre ? Où sont mes gardes ?

– Nous les avons remplacés. Nous vérifions si tout est en ordre. Comme nous avons vu ce poignard à terre, nous l'avons ramassé.

– C'est faux ! dit Nitocris. Je vous ai entendus. Vous êtes venus assassiner le fils de Pharaon, prince héritier d'Égypte !

– Arrêtez-les, dit Mérenrê. Vous allez me dire qui vous envoie. Je renverse cette clepsydre. Quand l'eau se sera écoulée, je tuerai avec mon arme le premier d'entre vous. Votre seule planche de salut est de parler !

Ils se jetèrent à ses pieds et jurèrent qu'ils ne faisaient qu'exécuter des ordres.

– Parfait ! dit Mérenrê. Qui vous a donné l'ordre de me tuer ?

– Le nomarque, le responsable du domaine et le vizir du Sud.

– Le vizir du Sud se trouve donc en ces lieux ? J'ai

hâte de m'entretenir avec lui. Conduisez ces hommes dans un cachot.

Mérenrê réunit aussitôt ses propres soldats.

– Venez avec moi, leur dit-il en se levant avec difficulté.

Nitocris se précipita pour l'aider. Enveloppé dans une couverture, le prince se laissa conduire dans la pièce annexe par sa sœur qui passa sur sa peau moite un linge humide et parfumé. Puis elle l'aida à revêtir son pagne en rougissant devant sa nudité.

– Laisse tes soldats accomplir leur devoir. Inutile de les accompagner.

– Nitocris ! Je veux voir le visage de ces traîtres lorsqu'ils comprendront qu'ils vivent leurs derniers instants ! Je les ferai jeter dès ce soir aux crocodiles ! Je ne veux ni procès ni juges. Ces derniers sont achetés et rendent une justice que ne connaît pas Mâat. Je donnerai moi-même mon verdict et il sera définitif ! Le vizir et ses complices seront exécutés aujourd'hui même et en public !

Le prince rejoignit ses hommes et marcha presque droit, refusant de montrer sa douleur aux domestiques. Il entra brutalement dans le bureau du responsable du domaine et le fit aussitôt arrêter. Stupéfait, celui-ci le regarda sans comprendre.

– Où se trouve le vizir du Sud ? lui demanda-t-il. Allez chercher le nomarque avant qu'il ne s'enfuie car ces traîtres sont souvent des poltrons qui n'osent même pas se battre contre leurs adversaires ! Il serait capable de partir lâchement !

Comme le responsable du domaine tentait de s'expliquer, le prince lui ordonna de se taire.

– J'ai compris vos manœuvres. Je connais bien les notables et j'ai pu constater quel pouvoir ils prenaient au fil des années. Mon père ne le soupçonne pas, car il n'a pas observé la lente dégradation de ses fonctionnaires qui ne sont plus que des larves vivant dans la luxure et le luxe. Vous voulez tous garder les terres que Pharaon vous a données ! Non contents de voler le roi et les dieux, vous voulez assassiner Pharaon ! Vous prétendez descendre des plus grandes familles et vous vous pavanez dans des banquets plus somptueux que ceux du palais ! Je vais vous montrer qui est encore le maître en Égypte ! Je ne suis pas mort, pour votre malheur. Mais vous, vous allez périr devant tous ceux que vous avez soudoyés ou corrompus en pensant que vos manigances vous conduiraient au pouvoir suprême ! Voilà des années que je me méfie de vous. Auparavant, j'étais trop jeune pour comprendre. Mais j'ai beaucoup appris en trois ans ! Je suis sans cesse confronté à des fonctionnaires indignes et à des Égyptiens modestes mais dévoués que je récompense volontiers.

Le nomarque entra dans la pièce, encadré de deux soldats.

– Te voilà, traître ! Quelle honte pour ta famille ! Et maintenant, je vais me faire une joie de voir le vizir que je devais rencontrer ici même. Où est-il ?

– Ce n'est qu'un malentendu, prince, dit le nomarque sans perdre sa superbe.

– À genoux devant moi ! Dis-moi tout de suite où se trouve cet ignoble personnage.

– Il est retourné dans son domaine.

– Qu'on prépare mon char !

Mais Nitocris, qui ne voulait pas laisser son frère dans cet état, intervint et le supplia de retrouver la raison.

– Que se passera-t-il si tu perds conscience ?

– Je suis bien entouré.

– Je veux t'accompagner.

– Ce n'est pas la place d'une femme, encore moins d'une princesse !

– Envoie tes soldats au domaine du vizir.

Mais Mérenrê craignait que l'Égyptien ne lui échappât.

– Je le tuerai de mes propres mains ! dit-il.

Il ordonna d'emmener le nomarque et le responsable du domaine.

– S'ils s'échappent, je vous ferai exécuter avec eux, dit-il aux gardes. Même s'ils vous promettent une fortune, je veux que vous fermiez vos oreilles. Le premier qui les écoutera est un homme mort ! Tous les Égyptiens se laissent facilement corrompre. Mais je serai impitoyable !

Il se fit accompagner d'un médecin et se rendit chez le vizir qui habitait non loin du palais, dans un immense domaine. Quand il se présenta à l'entrée du parc, les gardes lui apprirent qu'il était absent. Le prince entra malgré tout et fit fouiller les pièces de la demeure.

– Où est-il parti ? demanda-t-il à l'un des chambellans couché devant lui.

Comme personne ne répondait, Mérenrê s'impatienta.

– Bien ! Qu'Horus ouvre vos oreilles ! Écoutez-moi ! Celui qui parlera sera sauf. Tous les autres seront jetés aux crocodiles. J'en tuerai cent s'il le faut ! Je n'épargnerai personne dans ce domaine que je réquisitionne ! Ces terres appartiennent à Pharaon ! Je les reprends en son nom. Ceux qui me serviront humblement resteront à mon service et travailleront ici, non plus sous les ordres du vizir mais sous ceux d'un autre fonctionnaire désigné par Pépi II, Horus d'or, Vie, Santé, Force. Ceux qui me trahiront seront immédiatement exécutés. Il n'y aura ni jugement ni procès ! Je désignerai les coupables et choisirai les sanctions ! Est-ce bien clair ?

L'un des domestiques s'avança vers le prince héritier et lui expliqua que le vizir venait de quitter le domaine.

– Où est-il parti ?

– Il a emporté des sacs et des coffres à vêtements. Nous ne savons quelle direction il a prise. Il ne nous rend pas de comptes. Mais il a fait préparer son bateau.

Mérenrê laissa quinze soldats dans la maison.

– Surveillez-les tous ! Personne ne doit franchir cette enceinte !

Il prit le reste de l'escorte et se dirigea rapidement vers l'embarcadère le plus proche. Dès qu'il fut arrivé, il donna ses instructions.

– Vite ! Tous ces bateaux sont sur le point de partir et la tempête menace de se lever. Si la pluie recommence et si le vent se lève, le vizir risque de nous échapper ! Montez sur ces ponts et interrogez les équipages !

Comme un chef d'équipage encourageait ses hommes à pousser de la berge un bateau en partance, Mérenrê le désigna en tendant le bras vers lui.

– Il est ici ! Ce navire est trop clinquant pour appartenir à un simple marchand !

Les soldats suivirent le prince et demandèrent aux membres d'équipage de quitter le navire. Sous son *naos*, le vizir, éventé par deux Nubiens, s'impatientait.

– Nous devions nous rencontrer au palais, vizir ! lui dit Mérenrê. On m'a dit que tu te trouvais à Memphis. Je suis étonné de te trouver ici. Ne me regarde pas avec cette pâleur qui effraierait un fantôme ! Je suis en vie et tes instants sont comptés. Emparez-vous de lui !

L'empêchant de se saisir de son poignard, les soldats le maîtrisèrent sous le regard de tous les Égyptiens présents. Le chef d'équipage du prince vint à sa rencontre et lui précisa que son bateau était prêt à partir dès que sa santé le lui permettrait.

– Nous quitterons cet endroit après-demain ! dit Mérenrê.

Le vizir fut emmené au palais. Là, le prince le mit en présence du nomarque et du responsable du domaine. Puis il fit rassembler les domestiques du vizir et les serviteurs du palais. Il ordonna à ses soldats de réunir les habitants des villes les plus proches et il dit aux scribes de noter les détails de ce qui allait suivre.

– Vos écrits circuleront dans toute l'Égypte !

Il fit jeter dans un canal particulièrement sale, que le nomarque avait volontairement fait remplir d'immondices et de boue, une quinzaine de crocodiles sacrés nourris par le clergé de Ptah. Tous les Égyptiens présents observaient les préparatifs avec curiosité, s'interrogeant sur la suite des événements. Quand Mérenrê jugea que le moment était venu, il ordonna à ses soldats d'aller chercher le nomarque, le responsable du domaine, le vizir et les gardes qui avaient attenté à sa vie.

– Regardez bien ces hommes ! dit-il à l'assemblée. Ils ont essayé de me tuer !

Il défit les bandelettes qui entouraient son ventre et montra sa blessure.

– Tout d'abord en provoquant une émeute, ensuite en s'introduisant dans ma chambre !

Des murmures jaillirent de la foule.

– Ils vous font croire que l'Égypte est au bord de la disette. Ils inventent des rumeurs et salissent l'eau du Nil que le dieu Hâpy met à votre disposition. Ils sabordent les canaux et les rendent inutilisables. Pharaon va faire nettoyer ces canaux ; il est prêt à en aménager d'autres dans toute l'Égypte pour le bien-être de son peuple ! Vizir, tu as donné des ordres à tes gardes pour qu'ils m'assassinent en pleine nuit ! Ton plan a échoué ! Qu'on le jette dans ce canal où l'attendent ceux qui vont l'envoyer dans l'au-delà !

Le vizir se débattit et invectiva le prince.

– Tu te crois fort et puissant ! Mais tu n'es qu'un prince sans flamme ! Si tu me tues aujourd'hui, tu mourras demain !

– Je ne veux plus entendre ta voix de traître et d'assassin.

Mérenrê tendit le bras vers le canal et regarda le vizir s'enfoncer dans la vase. Tout d'abord surpris et inactifs, les crocodiles s'emparèrent de leur proie devant la foule médusée. Stupéfait, n'imaginant pas Mérenrê capable d'une telle cruauté, le nomarque et le responsable du domaine tombèrent à ses pieds et l'implorèrent.

– C'est beaucoup trop tard, répondit le prince en regardant Nitocris qui se trouvait à côté de lui et qui l'approuvait.

Les deux hommes connurent la même fin, suivis des gardes terrorisés tandis que les scribes écrivaient tout ce qu'ils voyaient.

– Par Rê, cet incident est clos ! Trois fonctionnaires se remplacent facilement alors qu'un pharaon est unique ! Que tout le monde s'en souvienne ! Avant mon départ, je vais donner des ordres pour que toutes les personnes qui ont servi ces hommes soient embauchées par les hauts fonctionnaires que je choisirai personnellement.

Respectant le vizir et le nomarque, les habitants de la région fixaient l'eau du Nil avec stupeur. Les corps des trois fonctionnaires les plus puissants d'Égypte flottaient à la surface aux prises avec des crocodiles affamés et de belle taille. Leur sang avait coloré les berges. Même les enfants avaient assisté au spectacle, Mérenrê voulant faire un exemple. Personne n'osait pleurer, mais les femmes tremblaient et leurs époux tentaient de les consoler, leur enjoignant de ne pas gémir et de se taire.

– Qui attente à la vie de Pharaon ou aux membres de la famille royale mérite la peine de mort ! Je ne suis pas le pharaon Khéops et je n'ai pas la férocité de certains rois qui ont régné avant mon père. Mais il est inutile d'attendre le résultat d'un procès lorsque des coupables ont été pris sur le fait ! Réfléchissez bien à ce que vous venez de voir ! Pépi II est partout présent ! Il vient de participer à des concours athlétiques pour les fêtes de la fondation de sa pyramide et il a démontré à tous qu'il n'était pas un vieillard !

– Gloire à Pépi II ! cria un paysan.

Les Égyptiens reprirent en chœur les titres de Pharaon.

– Si l'un des notables de cette région vous laisse croire que vous devez vivre dans la misère et que Pharaon ne se soucie pas de vous, ne le croyez plus ! Adressez-vous directement à moi ! Je lirai vos requêtes ! Le Nil a encore débordé cette année. Même si le dieu Hâpy est moins généreux, les récoltes du pays suffisent à faire vivre tous les Égyptiens ! Pharaon est prêt à aider ceux qui ont besoin de graines pour ensemencer ou d'eau pour irriguer leurs champs ! Chaque année, je demanderai à plusieurs scribes chargés des redevances de me faire un compte rendu de vos revendications. J'examinerai tous les dossiers. Ne me dérangez pas pour rien. Mais si vous avez besoin d'aide, j'interviendrai auprès de Pharaon. Vie, Santé, Force !

Le prince fut vivement acclamé. Le peuple avait retrouvé sa joie et oublié le vizir qui ne l'avait jamais soutenu. Mais Mérenrê n'avait pas vu dans l'assistance le vizir du Nord, cinq autres nomarques et des notables de Moyenne-Égypte. Tous l'observaient avec haine et détermination. Pensant avoir mis fin à un complot, le prince n'avait fait que déclencher une animosité plus grande encore chez les notables devenus tout-puissants. Il fit signe à ses soldats de l'accompagner au palais et serra le bras de Nitocris avec affection.

– Nous avons sauvé la vie de Pépi II, dit-il.

Plus subtile et plus maligne, Nitocris lui jeta un regard angoissé et noir.

– Puisque tu l'affirmes, Mérenrê.

XXI

Le surlendemain, le prince estimait avoir réglé cette affaire et avoir choisi les hommes idoines pour remplacer les traîtres. Aussi embarqua-t-il, comme prévu, pour Assouan. Beaucoup plus réfléchie, Nitocris s'interrogeait sur la puissance croissante des notables qui devenait une véritable menace pour Pharaon. Mais, comme elle souhaitait rejoindre Assouan le plus rapidement possible, elle se garda d'aborder le sujet avec son frère.

Le reste du voyage se passa sous les meilleurs auspices. Mérenrê fit une escale presque obligatoire à Abydos où le clergé d'Osiris avait un rôle considérable. Il rendit hommage aux dieux des morts et il rappela aux grands prêtres combien le roi était attentif à la paix en Égypte, souhaitant la réconciliation définitive du Nord et du Sud du pays. Mais les hauts fonctionnaires de chaque contrée, regroupés en corporations, prenaient, là encore, une place considérable. Certains convoitaient le trône d'Égypte, n'hésitant pas à se heurter à d'autres corporations nées dans le nord du pays, attisant, de ce fait, les haines parfois violentes qui opposaient les deux régions depuis le règne de Khéops.

Bien qu'il reconnût le pouvoir d'Abydos et des villes du Sud, le prince ne faisait pas oublier que le roi avait choisi comme capitale la ville du Nord, Memphis. Toutes les cités du Sud revendiquaient le droit de devenir à leur tour capitale, rappelant l'époque récente où les rois dirigeaient d'Abydos et souhaitaient une sépulture dans le Sud.

Contrairement à son frère, qui estimait suffisant pour son père d'avoir un complexe funéraire à Saqqarah, Nitocris trouvait ingénieux, ne fût-ce que pour calmer les esprits, que Pharaon fît construire près d'Abydos, comme l'avaient décidé de nombreux rois avant lui, une autre tombe plus modeste. Quelques souverains n'avaient-ils pas été enterrés là ? Saqqarah et Gizeh étaient-ils les seuls lieux prestigieux dignes des pharaons ?

Nitocris profita de cette étape à Abydos pour se rendre à la chapelle funéraire du soldat Ouni dans laquelle avait été gravé un texte autobiographique. Cet écrit rappelait qu'Ouni avait suivi un cursus de fonctionnaire avant de rejoindre l'armée. Il avait eu la responsabilité de grands travaux, de certaines carrières et de l'élaboration d'un canal au niveau de la Première Cataracte en tant que gouverneur de Haute-Égypte. Nitocris n'apprit rien de nouveau. Le procès qui avait ébranlé le harem royal et dont Ouni avait été seul juge était rappelé longuement.

Ouni mentionnait les grands travaux effectués par Pépi Ier dans les sanctuaires de Dendérah, d'Abydos, d'Éléphantine, Hiérakonpolis et de Boubastis et décrivait quelques statues du pharaon avec son successeur écrasant les Asiatiques. Il précisait que Pépi Ier avait changé son nom en Mérirê, « l'adorateur de Rê », et que son fils Mérenrê, qui n'avait régné que neuf ans, avait pris le pouvoir à dix ans. Il faisait un bref rappel de la politique de Mérenrê qui avait exploité les mines du Sinaï, de Nubie et d'Éléphantine, notamment pour la construction de sa propre pyramide, et envoyé des expéditions en Asie.

Un peu déçue de ne pas trouver davantage de renseignements, Nitocris se rendit également là où Khoui et son fils Djou avaient vécu mais elle n'apprit qu'un détail : avant leur mariage, Ankhnès et Ankhenesmérirê portaient d'autres noms. Elles avaient pris ceux-là après leur union avec Pépi Ier. Curieusement, une stèle mentionnait Djou comme le vizir du pharaon Mérenrê et le tuteur de Pépi II. Nitocris ne se souvenait pas de cet homme dans l'entourage de Mérenrê. Le texte qu'elle avait lu à Memphis laissait, au contraire, entendre qu'il avait acquis de hautes fonctions grâce au mariage de ses sœurs.

Après deux autres escales, le navire royal s'engagea sur la partie la plus étroite du Nil dont les berges se touchaient presque. Il atteignit très lentement la Première Cataracte en évitant les rochers et les petites îles rocailleuses. Il parvint enfin à l'embarcadère royal où l'accueillit le chef de Koush, Mélirès, et le nomarque de la région. Des joueuses de tambourin et de flûte égayèrent leur débarquement. Héqaib ne cacha pas sa joie de retrouver celui qu'il considérait presque comme un frère. Mérenrê lui demanda comment s'était passée sa mission à Byblos.

– Je n'ai pas retrouvé trace des assassins du fonctionnaire égyptien que nous avions envoyé à Byblos pour y faire construire des bateaux. Mais j'ai surveillé moi-même l'achèvement des travaux. J'ai rapporté deux navires rapides et solides qui nous permettront de mener à bien notre prochaine expédition en Nubie.

Héqaib complimenta Nitocris qu'il rencontrait pour la première fois.

– J'ai une excellente nouvelle pour toi, prince Mérenrê, ajouta-t-il. Après avoir reçu ton message, je me suis renseigné auprès de ma famille. Personne ne se souvenait de l'endroit où Horkhouef avait déposé les vases jubilaires qui lui avaient été offerts par les rois. Mais, en y réfléchissant, l'un de mes frères m'a affirmé qu'ils avaient bien été placés dans la tombe d'Horkhouef. Celui-ci avait manifesté le souhait d'être enterré à Qoubet el-Hawa où je veux moi-même poursuivre ma vie dans l'au-delà.

– Est-ce vraiment une bonne nouvelle ? Je doute que nous puissions accéder à ce tombeau.

– J'ai obtenu l'autorisation de la famille. Comme tu le sais, Horkhouef a un mobilier funéraire d'une grande richesse. Tous les objets n'ont pas pu être placés près de son sarcophage digne d'un pharaon ! J'ai demandé au scribe de la famille chargé des archives de ressortir la liste de tous ceux qui avaient été placés dans le tombeau. D'une part, j'ai la confirmation que des vases jubilaires s'y trouvent, d'autre part, je sais très exactement où ils sont : dans le vestibule. Il est donc inutile d'accéder à la chambre funéraire pour les voir.

– Mais cette tombe est scellée ! Il est interdit d'y pénétrer sous peine de porter nuisance à Horkhouef.

– Hélas pour lui, des pilleurs ont tenté d'y entrer il y a un mois et nous l'avons refermée avec des tas de pierres en attendant qu'elle soit de nouveau scellée. Il est donc possible d'y aller et de regarder ces vases de plus près.

Nitocris lui demanda aussitôt s'il avait fait cette démarche.

– Je n'en ai pas eu le temps car vous êtes arrivés plus tôt que prévu. Mais nous irons ensemble. Je vous guiderai.

Héqaib les conduisit lui-même jusqu'au palais qui dominait le Nil et la Première Cataracte. Tout avait été organisé pour leur plaire : banquet, remises de cadeaux, spectacles. Nitocris, qui avait immédiatement été conquise par la beauté, les parfums et les coutumes des lieux, différents de ceux qu'elle connaissait, oublia les incidents auxquels ils venaient d'être confrontés.

Le lendemain matin, profitant de l'absence de son frère, Nitocris demanda à Héqaib de l'emmener dans la tombe d'Horkhouef.

– Mérenrê sera occupé pendant trois jours et je n'ai plus la patience d'attendre. Je cherche un texte. J'en ai trouvé une partie à Memphis. Mais l'autre est peut-être sur les vases que nous recherchons.

– Tu n'en as aucune certitude ?

– Hélas non ! En réalité, j'ai lu un document capital sur Pépi Ier et ses deux dernières épouses. Mais je voudrais en savoir plus. Comme Pépi Ier et Pépi II ont offert des vases jubilaires à Horkhouef, j'ai pensé, s'ils étaient gravés, qu'ils pouvaient m'apporter un complément d'information. L'inscription de la tombe d'Horkhouef n'est pas assez claire et j'ai toutes les raisons de penser que les pharaons tenaient à laisser certains épisodes de leur vie secrets.

– Dans ce cas, je crains que tu ne trouves tes réponses nulle part.

– Le fonctionnaire Ouni y fait allusion. Des tablettes placées dans le tombeau de mon père Mérenrê évoquent des scènes étonnantes et mettent en avant des personnages dont je n'ai jamais entendu parler. J'espère retrouver sur un objet ou dans un texte trace de ces membres de la famille royale que même mon frère ne connaît pas. Es-tu prêt à m'aider ?

– Princesse, je suis à tes ordres. Si tu souhaites aller maintenant dans la tombe d'Horkhouef, je t'y accompagnerai. Mais j'ai l'impression que tu préfères y aller seule…

– En réalité, j'aurai peut-être besoin d'un scribe.

Nitocris, qui connaissait la complicité d'Héqaib et de Mérenrê, hésita à en révéler davantage. Mais elle n'avait guère le choix. Préférant se confier à Héqaib plutôt qu'à un inconnu, elle accepta l'offre du gouverneur d'Éléphantine.

– Nous devons traverser le Nil, lui expliqua-t-il. Le tombeau d'Horkhouef a été creusé sur l'autre rive.

Mais Nitocris se souvint soudain de ce qu'elle venait de vivre en Moyenne-Égypte. Héqaib était-il digne de foi ? Ne faisait-il pas partie de ces notables regroupés en corporations qui complotaient contre la vie du roi ? Comme elle restait silencieuse, Héqaib, qui était brillant et assez populaire pour être considéré comme un dieu par les habitants d'Assouan et qui avait la faculté de deviner facilement les pensées d'autrui, lui expliqua qu'il était prêt à la laisser entrer seule dans le tombeau.

– J'estime que ces écrits concernent la famille royale et que je n'ai pas le droit de les lire. Je ne sais si tu as raison de le faire. Je consens à t'aider, mais je n'en tirerai aucun avantage. Je le jure devant tous les dieux.

Ils descendirent par une petite sente tracée entre les rochers et atteignirent l'embarcadère où avaient été alignées trois barques.

– Mérenrê a pris son bateau. La princesse accepterait-elle de monter dans l'une de ces barques pour atteindre l'autre rive ?

Devant eux s'étalaient deux îles entourées de roseaux qu'il leur fallut contourner pour accoster sur le rivage sablonneux et blanc de la nécropole.

– La tombe est là-bas. Nous devons monter jusqu'en haut de cette colline. Nous allons prendre les deux ânes de cet Égyptien qui somnole sous cet arbre.

Ils le réveillèrent et gravirent la colline de sable sous un soleil ardent. Puis ils poursuivirent leur chemin devant d'autres tombeaux inviolés.

– Nous y sommes ! dit Héqaib en se laissant glisser de sa monture.

– Comment allons-nous retirer toutes ces pierres ?

Héqaib siffla entre ses doigts. Un gardien apparut et se jeta à ses pieds.

– Ouvre cette tombe ! lui dit-il. Trouve quelques Égyptiens pour ôter ces blocs.

L'homme disparut derrière la colline et revint avec une dizaine d'adolescents qui se mirent au travail. Nitocris vit alors apparaître sous ses yeux un long texte faisant référence à la vie d'Horkhouef.

– Il s'agit bien du témoignage traduit par le scribe de mon frère.

Nitocris l'examina et retrouva les lignes que le scribe avait tracées pour elle. Il y parlait du règne de Pépi Ier, « Celui qui apprécie les deux terres égyptiennes », qui avait dirigé l'Égypte pendant quarante ans et qui avait pris le pouvoir adolescent, juste après la régence de sa mère. Il évoquait surtout ses voyages.

Elle suivit Héqaib à l'intérieur de la tombe avec un pincement au cœur. Il ordonna au gardien de passer devant eux et de les éclairer à l'aide d'une torche. Il fit également placer les deux autres gardes des tombes voisines devant celle d'Horkhouef pour assurer leur protection et renvoya les jeunes Égyptiens après leur avoir promis des céréales.

Ils pénétrèrent dans le vestibule qui permettait d'accéder à une chapelle rectangulaire ornée de quinze piliers et de trois travées. Nitocris fut tout d'abord attirée par les deux fausses portes dessinées sur le mur occidental, l'une devant permettre au *ka* d'Horkhouef de revenir à la vie terrestre, l'autre étant destinée à sa femme. Une stèle décrivait les offrandes qui avaient été faites au défunt représenté dans la pierre et dont le nom apparaissait en toutes lettres. Devant Horkhouef avait été sculpté un guéridon sur lequel avaient été placées toutes les offrandes, décrites en détail sur les murs de la tombe. Nitocris reconnut son père et Pépi II qui semblaient contrôler la vie d'Horkhouef dans l'au-delà.

Toutes les autres scènes faisaient allusion à la vie du fonctionnaire et à son enterrement : le cortège funéraire conduisant le défunt dans sa demeure d'éternité sous le regard d'Anubis ; les pleureuses se lamentant sur la disparition d'Horkhouef ; son voyage symbolique à Saïs, dans le nord de l'Égypte, où il recevait une offrande pure ; celui qu'il devait faire à Bouto, ville sacrée ; les rites de purification ; la dispute entre les prêtres qui tentaient de l'arracher à sa vie terrestre et ceux qui essayaient de le conserver ; les serviteurs qui transportaient ses vases canopes, et le banquet funéraire.

Une statue d'Horkhouef, prêt à aller à Abydos, impressionna beaucoup Nitocris car l'homme, grand et fier, paraissait la regarder avec assurance. Derrière elle avaient été peints d'autres tableaux faisant allusion aux domaines du défunt accompagnés de la réclamation aux vivants suppliant les membres de la famille d'Horkhouef de dire les formules de l'offrande en faveur de leur cher défunt pour lui redonner vie. Horkhouef était suivi de son chien. Il accomplissait des rites religieux. Il écoutait des concerts ou se promenait en barque. Il pêchait ou chassait dans les marais. Avec son épouse, il assistait aux moissons. Il jouait au senet.

Sur le mur opposé, travaillaient des boulangers, des cordonniers, des potiers, des brasseurs, des éleveurs, des cultivateurs, des scribes faisant l'inventaire des récoltes, des artisans et des bouchers.

Nitocris fut étonnée par la richesse de ces peintures qui contrastait avec l'apparence trop simple de la tombe. Comprenant sa réaction, Héqaib devança sa question.

– Horkhouef était vraiment un très grand personnage. Sa chambre funéraire est une merveille !

Elle s'accroupit pour regarder les objets qui étaient alignés contre les parois : coffres à bijoux, petites tables, vases en albâtre, en verre et en or. Nitocris distingua immédiatement les vases jubilaires offerts par les pharaons. N'osant les prendre dans ses mains, elle laissa Héqaib le faire à sa place. Ils étaient si hauts que les inscriptions qui y figuraient couvraient toute la surface.

Nitocris s'approcha et lut quelques lignes. Elle reconnut aussitôt les noms des deux Ankhenesmérirê qui confirmaient encore une fois l'existence d'Ankhnès et de sa sœur. Elle lut aussi le nom d'Ouni, « juge dans un procès ».

– Je crois que ce texte va peut-être m'éclairer, dit-elle à Héqaib.

– Il est impossible de travailler ici. Il fait trop chaud. Ce texte est long. Je te propose d'emporter ces trois vases et de lire tranquillement ces inscriptions au palais. Nous les replacerons ici dès que tu auras terminé.

– Mais qui va nous aider à les transporter ?

– Je m'en occupe.

Héqaib ordonna au gardien de sortir les trois vases et de fermer la tombe. Puis il eut encore recours à de jeunes Égyptiens qui placèrent les vases dans la barque. Le felouquier tenta de manœuvrer sans endommager les précieux objets qui alourdissaient l'embarcation, rendant la progression difficile. Comme le vent était tombé, il s'empara des rames et s'encouragea en chantant.

XXII

Dès qu'elle fut rentrée au palais d'Assouan, Nitocris s'attela à sa tâche. Comme le texte était bien conservé, elle n'eut recours à aucun scribe. Les premières lignes qu'elle lut la laissèrent stupéfaite.

Ankhnès et Ankhenesmérirê avaient donné plusieurs enfants à Pépi Ier qui refusait de choisir entre les deux sœurs. La première avait mis au monde Rêptah et Pépi II, la seconde Mérenrê qui deviendra pharaon et la princesse Neit.

– Qui est ce Rêptah ? La reine Neit n'est donc pas la sœur mais la demi-sœur de Pépi II. Je comprends mieux la discussion que j'avais surprise entre le roi et la Grande Épouse royale. Mais pourquoi avoir caché à tous que Pépi II était le fils d'Ankhnès et pour quelles raisons ne connaît-on pas la mère du pharaon ?

Le récit paraissait être la suite de celui que le scribe de Memphis lui avait déchiffré.

Ankhnès avait réussi à gagner de nombreux personnages à sa cause. Même les gardes qui l'entouraient et qui partageaient parfois sa couche auraient sacrifié leur vie pour elle. Alors qu'elle estimait son fils aîné digne de régner puisqu'il était venu au monde le premier et qu'il avait reçu une éducation appropriée, le roi, agacé par son insistance et celle de Rêptah, déclara un jour qu'il n'avait pas encore désigné son successeur. Folle de rage, ayant plusieurs fois tenté en vain de faire disparaître sa sœur, Ankhnès utilisa une arme qui lui était familière.

Elle pria le roi de l'autoriser à l'accompagner à la chasse. Contrairement à sa sœur, elle aimait poser des pièges et tuer les bêtes sauvages de sa propre main. Alors que la chasse était lancée et que le couple royal se dirigeait vers une clairière fermée par de larges filets tendus entre les troncs d'arbres qui la bordaient, elle invita le roi à devancer la troupe.

– J'ai hâte de chasser. Nous n'avons même pas attrapé un oiseau ! Que vont penser les Égyptiens de Sa Majesté ?

Ankhnès demanda à son cocher de forcer l'allure et jeta derrière elle deux cobras. Quand ils arrivèrent dans ce nid meurtrier, les animaux qui tiraient le char du roi, s'affolèrent et firent chuter Pépi Ier. Mais, face aux serpents qui le dominaient en se dressant devant lui, le cocher, pétrifié, n'osait plus bouger.

Faisant mine d'être désespérée, Ankhnès appela de l'aide, sachant qu'en provoquant cris et agitations, elle inciterait les serpents à mordre son époux. Si Pharaon disparaissait ce jour-là, avant même d'avoir changé le nom de son successeur, Rêptah monterait sur le trône d'Égypte.

Mais, curieusement, Pépi Ier sut tenir en respect les

cobras et réussit à s'éloigner. Le cocher d'Ankhnès, qui avait vu la scène, n'hésita pas à la dénoncer.

Un procès s'ensuivit. Comme Pépi Ier avait entière confiance en Ouni, gouverneur de Haute-Égypte, il le nomma juge, et lui dit de condamner à mort Ankhnès devenue trop dangereuse et son fils, Rêptah, bien qu'il eût déjà un enfant avec une de ses filles : Nitocris.

Nitocris faillit laisser tomber le vase qu'elle avait légèrement incliné pour mieux lire le texte. Elle poursuivit néanmoins sa lecture.

À cause du crime d'Ankhnès, une malédiction menaçait désormais tous ses descendants. Il ne fallait à aucun prix que Nitocris épousât un jour un cousin, petit-fils d'Ankhesenmérirê, car celui-ci pouvait mourir jeune. Le destin risquait de les frapper tous les deux. Pour détruire la malédiction, les descendants d'Ankhnès devaient s'unir à des étrangers.

Après la mort d'Ankhnès et de son fils Rêptah, le pharaon Pépi Ier fit marteler leurs noms et leurs représentations afin qu'ils fussent oubliés pour toujours. Officiellement, Nitocris devint la fille de Mérenrê.

Nitocris était bouleversée par ce qu'elle venait de lire. Elle était donc la fille d'un homme haï et condamné à mort qui avait attenté avec sa grand-mère à la vie du pharaon Pépi Ier ! Mérenrê puis son oncle, le roi Pépi II, l'avaient pourtant élevée comme leur propre fille. Pépi II n'était-il pas lui-même le frère d'un assassin et le fils d'une criminelle ? S'ils l'apprenaient, les fonctionnaires s'en feraient des gorges chaudes et s'en serviraient d'argument pour s'emparer du trône et l'envoyer en exil. Elle comprenait mieux pourquoi cette histoire devait impérativement rester secrète. Trop d'hommes avaient intérêt à détrôner le roi pour prendre le pouvoir. En se taisant et en dissimulant ces faits, elle sauvait la famille royale, la réputation et la légitimité de Pépi II et son propre bonheur.

Elle se demandait comment elle cacherait la vérité à son frère quand celui-ci fit irruption dans sa chambre.

– As-tu trouvé ce que nous cherchions ? lui demanda-t-il.

– Non, hélas ! Ces vases sont sans intérêt. Je vais demander à Héqaib de les remettre en place et de sceller pour toujours la tombe d'Horkhouef.

– Tu sembles déçue.

– Héqaib m'a tenu un discours intéressant. Il prétend que nous ne découvrirons jamais les textes que nous cherchons puisque les rois voulaient garder leurs secrets. Je crois qu'il a raison. Ces documents ont peut-être été enterrés dans des chambres funéraires auxquelles nous n'aurons jamais accès. Si des pilleurs n'avaient pas pénétré dans la pyramide de mon père Mérenrê, je n'aurais jamais lu les textes qui s'y trouvaient et qui n'étaient sans doute que des légendes.

– Je viens de recevoir un message de la cour, lui dit Mérenrê. On dit que la nouvelle favorite de mon père, la belle Ankhesenpépi, attend un enfant. Imagine que ce soit un garçon. Il est temps que je songe au mariage et que je m'affirme comme l'héritier de Pépi II.

Nitocris se releva et laissa tomber le vase sur lequel était écrite l'inscription qu'elle venait de lire. Il se brisa comme du verre.

– Par Horus ! Comment vais-je réparer cette catastrophe ? Un vase jubilaire !

Ne paraissant pas troublé par cet incident, Mérenrê s'empara de la main de sa sœur et lui dit calmement :

– Tu vas devenir mon épouse, Nitocris. Tu seras un jour Grande Épouse royale. Nous sommes les seuls capables de donner à l'Égypte des enfants de sang royal, sains et forts ! Nous nous comprenons et nous avons beaucoup de points communs. Cette perspective me réjouit.

– Aucun mot, aucune promesse ne pouvait me procurer autant de bonheur, répondit Nitocris. Je serai ton épouse dévouée et serviable pour l'éternité. Mais il faut convaincre la reine Neit et le roi Pépi II qui ont peut-être d'autres plans.

– Pourquoi ne se réjouiraient-ils pas, eux aussi, du mariage de leur fils avec leur nièce, enfant du très regretté Mérenrê ? Aux yeux des prêtres et du peuple, cette union est idéale ! Je suis sûr que la reine Neit a fait le même raisonnement que moi. Mieux vaut asseoir son pouvoir. Les favorites sont parfois dangereuses lorsqu'elles ont des fils ! Il est inutile de retarder notre union.

– Mon cher frère, les dieux t'ont fait revenir à Memphis au moment où j'étais devenue une femme. Ils nous ont rapprochés. Je vois cela comme un présage favorable.

– Mon père n'est pas opposé à ce mariage.

Nitocris n'avait, cependant, guère d'espoir au sujet de ce projet, le couple royal connaissant probablement tous les secrets de la famille. Seule une parole de la reine Neit encourageant Nitocris à partager les loisirs de son fils lui permettait d'envisager un heureux dénouement.

– Avant mon départ, j'ai parlé à Pharaon, insista Mérenrê. Nous avons l'accord des souverains.

Nitocris se montra soulagée. Le couple royal n'avait peut-être jamais entendu parler de la malédiction dont elle venait de prendre connaissance. Aussi regarda-t-elle avec inquiétude le vase brisé. Mais celui-ci s'était cassé en une centaine de morceaux.

– Je crains qu'il ne soit définitivement perdu ! lui dit son frère. À qui appartenait-il ? À Pépi Ier, à Mérenrê ou à Pépi II ?

– Je ne sais quel pharaon l'avait offert à Horkhouef. Les inscriptions étaient si peu lisibles. Mais je préférerais que le roi Pépi II ne sache pas que je l'ai tenu un jour dans mes mains ! Promets-moi de ne jamais lui révéler que je me suis rendue dans la tombe d'Horkhouef !

– Rassure-toi. Personne n'en saura jamais rien. Héqaib sera muet comme une carpe. Le passé n'a guère d'importance. Seul compte l'avenir de l'Égypte !

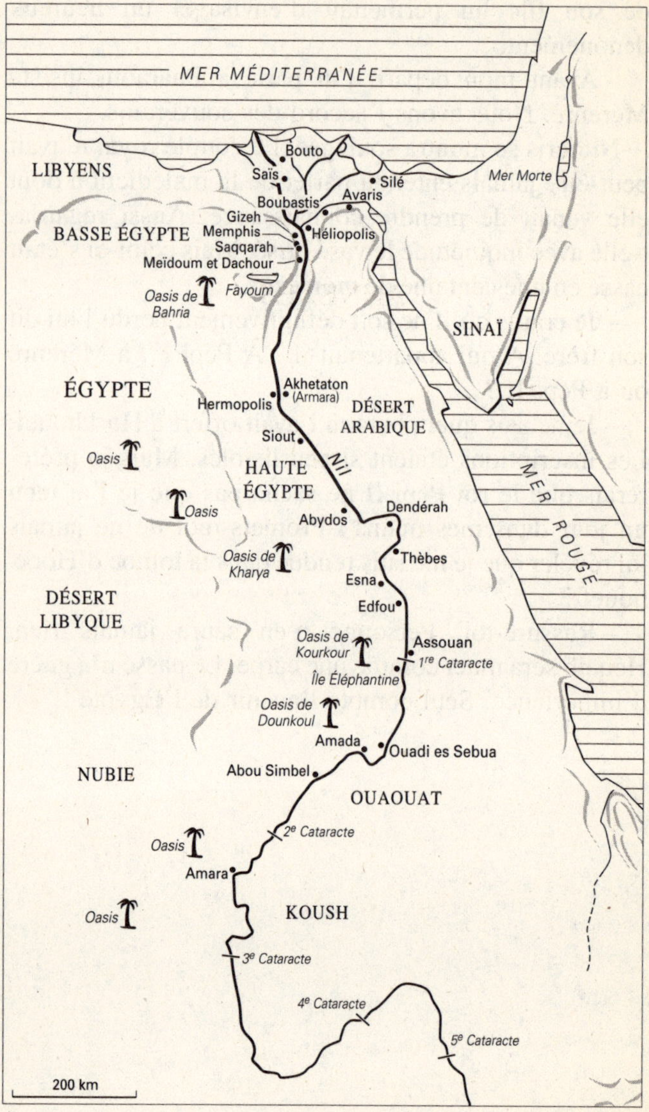

L'Égypte et la Nubie

ANNEXES

Rappels chronologiques
(dates approximatives)

Environ av. 3150 av. J.-C.

* Période prédynastique

Environ 3150-2700 av. J.-C.

* Période thinite

1re dynastie : Narmer-Ménès ; Aha ; Djer (env. 3100 av. J.-C.) ; Ouadji (env. 3054 av. J.-C.) ; Den (env. 3050 av. J.-C.) ; Adjib ; Qaa.

2e dynastie : Hotepsekhemoui ; Nebrê ; Ninéter ; Ouneg ; Senedj ; Perisben ; Khâsekhemoui.

Environ 2700-2200 av. J.-C.

* Ancien Empire

3e dynastie : Djoser ; Kaba ; Sekhemket ; Néferkarê ; Houni.

4e dynastie : Snéfrou, Khéops, Didoufri, Khéphren, Mykérinos ; Chepseskaf.

5e dynastie : Ouserkaf ; Sahourê ; Néferirkarê-Kakaï ; Chepseskarê ; Rénéfêref ; Niouserrê ; Menkaouhor ; Izézi-Djedkarê ; Ounas.

6e dynastie : Téti ; Ouserkarê ; Pépi Ier ; Mérenrê Ier ; Pépi II ; Mérenrê II ; Nitocris.

Fin du troisième millénaire avant J.-C.

* Première période intermédiaire (7e dynastie-11e dynastie)

Sous les 7e et 8e dynasties, seul le roi Qakarê est connu.

9e et 10e dynasties : Méribrê Khéty Ier ; Néferkarê ; Nebkaourê ; Ouahkarê ; Mérikarê.

Environ 2150-1990 av. J.-C.

* Moyen Empire

11e dynastie : Montouhotep Ier ; Antef Ier ; Antef II ; Antef III ; Montouhotep II ; Montouhotep III ; Montouhotep IV.

12e dynastie : Amenemhat Ier ; Sésostris Ier ; Amenemhat II ; Sésostris II ; Sésostris III ; Amenemhat III ; Amenemhat IV ; Nefrousobek.

* Deuxième période intermédiaire (13e-17e dynastie)

13e dynastie : Sekhemrê ; Amenemhat V ; Séhétépibrê ; Amenemhat VI ; Hornetjhéritef ; Sobekhotep Ier ; Réniseneb ; Hor Ier ; Amenemhat VII ; Ougaf ; Sésostris IV ; Khendjer ; Smenkhkarê ; Sobekhotep III ; Néferhotep Ier ; Sahathor ; Sobekhotep IV ; Sobekhotep V ; Néferhotep II ; Néferhotep III ; Iaib ; Iy ; Ini ; Dedoumesiou ; Sénebniou ; Montouemsaf.

Pendant les 14e et 15e dynasties s'imposent les envahisseurs Hyksos (XVIIIe-XVIe siècles avant J.-C.) qui gouvernent à Avaris tandis que des rois ou gouverneurs égyptiens dirigent l'Égypte du Sud à Thèbes.

Rois Hyksos (env. 1730-1535 av. J.-C.) : Salitis ; Yaqoub-Har ; Khyan ; Apophis Ier ; Apophis II.

Rois thébains (env. 1650-1550 av. J.-C.) : Rahotep ; Antef V ; Sobekemsaf II ; Djéhouty ; Montouhotep VII ; Nebityaou Ier ; Antef VII ; Taa Ier ; Taa II ; Kamosé.

Deuxième partie du deuxième millénaire avant J.-C.

* Nouvel Empire

18e dynastie : Ahmosis – Grande Épouse royale, Ahmès-Néfertari ; Aménophis Ier ; Thoutmosis Ier – Grande Épouse royale, Ahmose ; Thoutmosis II ; Hatchepsout ; Thoutmosis III – Grande Épouse royale Meryrêt-Hatchepsout II ; Aménophis II – Grande Épouse royale Tiâa ; Thoutmosis IV (env. 1397-1387/8) – Grande Épouse Néfertary ; Aménophis III (env. 1387/8-1348/9) – Grande Épouse Tiyi ; Aménophis IV – Akhenaton – Grande Épouse Néfertiti ; Semenkharê (?) ; Toutankhamon ; Ay ; Horemheb.

19e dynastie : Ramsès Ier, Séthi Ier, Ramsès II, Mérenptah, Séthi II, Amenmès, Siptah, Taousert.

20e dynastie : Sethnakht, Ramsès III, Ramsès IV à XI ; Héribor.

Première partie du premier millénaire avant J.-C.

* Troisième période intermédiaire

21e dynastie (rois tanites et prêtres thébains) : Smendès, Amenemnesout ; Psousemnès Ier et II ; Amenemope ; Osorkon ; Siamon ; Pinedjem Ier et II : Masaharta.

22e dynastie : Chechonq Ier, II, III, V ; Osorkon Ier, II, IV ; Takelot Ier et II ; Harsiesis.

23e dynastie : Pétoubastis ; Osorkon III ; Takélot III ; Roudamon ; Ioupout II.

24e dynastie : Tefnakht ; Bocchoris.

25e dynastie : Alara ; Kachta ; Chabaqa, Taharqa.

700-305 avant J.-C.

* Basse Époque

26e dynastie : les Nékao ; les Psammétique ; Apriès ; Amasis.

27e dynastie : les Perses Cambyse, Darius, Xerxès ; Artaxerxès.

28e-29e dynastie : Néphéritès ; Psamouthis ; Achoris.

30e dynastie : Nectanebo ; Tachos.

Domination du Perse Artaxerxès III

Libération de l'Égypte par Alexandre le Grand qui crée Alexandrie.

Dynastie des Lagides avec les Ptolémées et les Cléopâtre (jusqu'en 30 avant J.-C., date de la bataille d'Actium).

Égypte romaine puis chrétienne en 39 ap. J.-C.

Arbre généalogique de la VIe dynastie

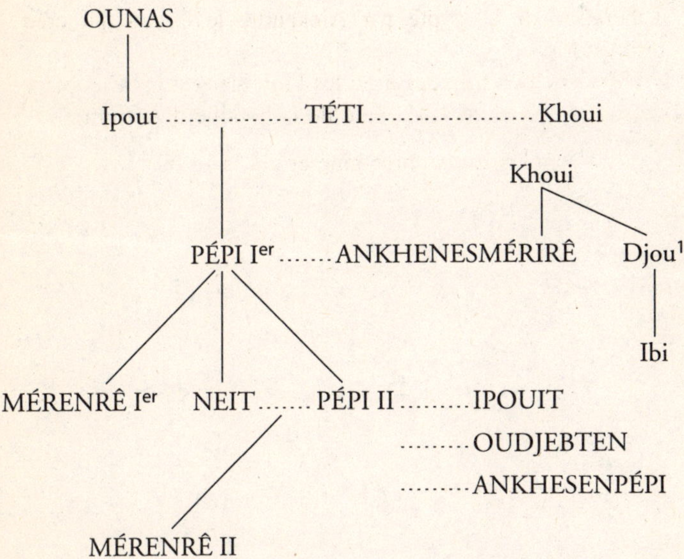

1. Vizir sous Mérenrê et tuteur (?) de Pépi II.

.... : Mariages.

Principaux personnages

Amélis : Nubienne. Fille de chef nubien, incorporée dans le harem de Pépi II.

Ankhenesmérirê : épouse de Pépi Ier.

Djou : frère d'Ankhenesmérirê.

Héqaib Pépinakht : successeur d'Horkhouef. Gouverneur de Haute-Égypte.

Horkhouef : gouverneur de Haute-Égypte.

Khoui : père de Djou et d'Ankhenesmérirê.

Mérenrê Ier : pharaon. Successeur de son père Pépi Ier.

Mérenrê : fils de la reine Neit et de Pépi II.

Neit : épouse du pharaon Pépi II. Mère de Mérenrê II.

Nitocris : fille officielle de Mérenrê Ier.

Ouni : haut fonctionnaire sous Mérenrê Ier.

Pépi Ier : pharaon. Fils de Téti et d'Ipout.

Pépi II : pharaon. Fils de Pépi Ier.

Pépitis : servante d'Ankhnès.

Titou : scribe chargé des impôts.

REMERCIEMENTS

Je remercie M. Moubarak et son épouse, M. Ahmed Nazif, Premier ministre de la République arabe d'Égypte ; M. Farouk Hosni, ministre de la Culture ; M. Mandouh el Beltagui et M. Ahmed al-Maghrabi, ministre du Tourisme ; Le Conseil supérieur des Antiquités égyptiennes ; M. S. Abd el Aziz Khater, responsable des Antiquités auprès du CSAE et tous ceux qui facilitent depuis de nombreuses années mon travail et mes recherches dans toute l'Égypte ; M. Ali el Asfar et M. Ibrahim Soleyman de Thèbes ; M. El Beltagui, directeur d'EgyptAir en France ; Mme Naheb Rizk, directrice de l'Office du tourisme égyptien en France ; M. Pelissier, attentif aux richesses du patrimoine international, Mmes Catherine Magnien et Armelle Volceauge du Groupe Accor, fidèle partenaire culturel ; M. Mavrokordados, directeur de l'Office du tourisme hellénique, pour leur précieuse collaboration. Mes remerciements les plus chaleureux vont aussi à mon ami Olivier de Ronseray, directeur général du Sofitel Winter Palace de Louxor et de l'Old Cataract d'Assouan, monuments historiques et légendaires qui participent à la culture de l'Égypte, et à son épouse ; à toute la direction du Mena House du Caire, ancien pavillon de chasse de l'impératrice Eugénie, construit au pied des pyramides de Gizeh ; à M. Hesham el Katan du

Novotel Cairo ; à M. Werner Gessner du Sonesta de Sharm pour son accueil chaleureux et son goût pour la beauté et les arts ; à M. Takis Arapoglou ; M. Costas Iliopoulos, M. Thomopoulos, Mme Ioanna Dimopolou de l'Astir Palace de Vouglialmeni en Grèce, établissement remarquable construit sur un site historique exceptionnel ; à Mmes Mylonaki et Angelopoulos de l'Olympian Village d'Olympie ; à Mme Anna Argyros du Poseidon Resort de Loutraki ; à M. Savvidès de l'Hinitsa Bay de Porto Heli ; à M. Llys de Daimler-Chrysler-Mercedes ; à M. Kiliaris d'Olympic Airlines ; à mon ami Christos Panaretou de Yalos Tours d'Athènes, en tous points exemplaire.

Grâce aussi à tous ces humanistes, conscients de la richesse du patrimoine mondial, mes découvertes se sont multipliées et mes recherches accrues. Je rends hommage à leur intérêt et à leur passion pour l'art et l'Histoire.

Violaine Vanoyeke

Du même auteur :

L'ART AUX YEUX PERS, Le Cherche-Midi, 1980, poésie.

TORRENT, R.E.M, Lyon, 1983, poésie.

L'HARMONIE ET LES ARTS EN POÉSIE, Monaco, 1985.

LE MYTHE EN POÉSIE, Monaco, 1986.

CŒUR CHROMATIQUE, R.E.M, Lyon, 1986, poésie.

CLAIR DE SYMPHONIE, 1987, roman.

MESSALINE, R. Laffont, 1988, roman.

LE DRUIDE, Sand, 1989, roman.

AU BORD DU DOURO, Lizier, 1989, poésie.

LES LOUVES DU CAPITOLE, R. Laffont, 1990, roman ; Le Livre de Poche, 2006.

LA PROSTITUTION EN GRÈCE ET À ROME, Les Belles Lettres, 1990, histoire.

LE CROTTIN DU DIABLE, Denoël, 1991, roman.

LES BONAPARTE, Critérion, 1991, histoire.

LA NAISSANCE DES JEUX OLYMPIQUES ET LE SPORT DANS L'ANTIQUITÉ, Les Belles Lettres, 1992. Nouvelle édition 2004.

LES GRANDES HEURES DE LA GRÈCE ANTIQUE, Perrin, 1992, histoire.

LES SÉVÈRES, Critérion, 1993, histoire.

L'ÉGYPTE ANCIENNE, Tallandier, 1998 (collectif), histoire.

LES SCHULLER, Presses de la Cité, 1994, roman.

LE SERMENT DES QUATRE RIVIÈRES, Presses de la Cité, 1995, roman.

HANNIBAL, France Empire, 1995, histoire.

PAUL ELUARD, LE POÈTE DE LA LIBERTÉ, Julliard, 1995, histoire.

LE SECRET DU PHARAON, L'Archipel, 1996, roman ; Presses Pocket, 1999.

UNE MYSTÉRIEUSE ÉGYPTIENNE, L'Archipel, 1997, roman ; Presses Pocket, 1999.

LE TRÉSOR DE LA REINE-COBRA, L'Archipel, 1999, roman ; Presses Pocket, 1999.

QUAND LES ATHLÈTES ÉTAIENT DES DIEUX, LES JEUX OLYMPIQUES DE L'ANTIQUITÉ, Fleurus, 1996.

RAMSÈS, 1995-1996, série.

PÉRICLÈS, Tallandier, 1997, histoire.

LES HISTOIRES D'AMOUR DES PHARAONS (2 vol.), 1997-1999, M. Lafon ; Le Livre de Poche, 1999.

NÉFERTITI ET AKHENATON ; RAMSÈS II ET NÉFERTARI ; TYI ET RAMSÈS III ; CÉSAR ET CLÉOPÂTRE ; ANTOINE ET CLÉOPÂTRE ; AHMOSIS ET AHMÈS-NÉFERTARI ; TIÂA ET AMÉNOPHIS II ; TOUTANKHAMON ET ANKHESEPATON ; SÉTHI II ET TAOUSERT, Éd. Le Chardon bleu, 2000.

LA PASSIONNÉE, M. Lafon, 1997, roman.

DE LA PROSTITUTION EN ALSACE, Le Verger, 1997, histoire.

LES PTOLÉMÉES, DERNIERS PHARAONS D'ÉGYPTE, Tallandier, 1998, histoire.

LES PHARAONS DU SOLEIL (saga) : La Pharaonne Hatchepsout (3 vol.) ; Thoutmosis (3 vol.) ; Aménophis (3 vol.) ; Néfertiti et Akhenaton (3 vol.) ; Toutankhamon (3 vol.) ; Aÿ pharaon (3 vol.) ; Horemheb, roi d'Égypte (3 vol.), M. Lafon, romans ; Le Livre de Poche, 2000-2006.

VIOLAINE VANOYEKE, LES PHARAONS MÈNENT À LA VIE ÉTERNELLE, M. Lafon, 2001, autobiographie ; Le Livre de Poche, 2002.

ZÉNOBIE, L'HÉRITIÈRE DE CLÉOPÂTRE, M. Lafon, 2002, histoire. Le Livre de Poche, 2004.

LES VOLUPTUEUSES DE L'ÉGYPTE À ROME, M. Lafon, 2003, histoire.

LES VÉRITABLES INVENTIONS DES ÉGYPTIENS, Le Rocher, 2006, histoire.

d'Égypte [illegible] M. Lafon [illegible] Le Livre de Poche [illegible]

[illegible]

[illegible] M. Lafon [illegible] Le Livre de Poche, 2002.

[illegible] M. Lafon, 2002 [illegible] Le Livre de Poche, 2003 [illegible]

[illegible] M. Lafon [illegible]

www.livredepoche.com

[illegible] Le Poche [illegible]

le catalogue en ligne [illegible]

[illegible]

[illegible] par mois [illegible]

Composition réalisée par IGS-CP

Achevé d'imprimer en mai 2009 en France sur Presse Offset par
Maury-Imprimeur - 45330 Malesherbes
N° d'imprimeur : 146558
Dépôt légal 1re publication : avril 2009
Édition 02 - mai 2009
Librairie Générale Française - 31, rue de Fleurus - 75278 Paris Cedex 06